アルバート家の令嬢は没落をご所望です

2

さき／著

どれだけって……どれだけ待ったの？
俺がどれだけ待ったと思います？
illustration/ 双葉はづき

アルバート家の令嬢は没落をご所望です 2

さき

19280
角川ビーンズ文庫

プロローグ

数年に一度、メアリは自分の髪《かみ》がストレートになるようパーマをかけていた。

それはもちろん脱《だつ》縦ロールのためなのだが、これがなかなかどうしてしぶとく、どれだけ時間を掛《か》けようが腕《うで》のいい美容師を呼び寄せようが施術《せじゅつ》前後が間違《まちが》い探しのように何一つ変わらないのだ。その恐《おそ》ろしさたるや今では施術中にも諦《あきら》めの想《おも》いが湧《わ》いてくるほどで、サロンでは『美容師殺しの合金ドリル』というまったく有り難《がた》くない異名で恐れられていた。

それでも何度も挑《いど》むのは、変わり者といえどメアリもやはり年頃《としごろ》の令嬢《れいじょう》で緩《ゆる》やかなウェーブの髪形に憧《あこが》れを抱《いだ》いていたからである。とりわけ、大学部に進んで二年目の今は母親のようにフワリと銀糸の髪を風に揺《ゆ》らす優雅《ゆうが》な姿への憧れが募《つの》る。

ドリドリと——この擬音《ぎおん》はよくアディが使うものである。他《ほか》にもメアリのロールが強めに巻かれているときは「ドリドリしぃですね」だの「今日はいつもよりドリってますね」だのと大学部に進んでも言いたい放題である——強固に巻かれる縦ロールにドレスではあまりに子供っぽすぎるのだ。高等部まではまさに貴族の令嬢らしくて良かったかもしれないが、流石《さすが》に大学部では頂けない。

だからこそ、無《む》駄《だ》だと分かっていてもメアリはこうやってストレートパーマをかけているのであった。いつの日かこの合金ドリルを脱却《キャストオフ》する日を夢見て……はたしてこれを諦めが悪いと言うのか健気《けなげ》と言うのか微妙《びみょう》なところである。

「メアリ様、今回はきっと大丈夫《だいじょうぶ》ですよ」

安心してください！　と励《はげ》ましつつ美容師がメアリの銀の髪を撫《な》でるように乾《かわ》かしていく。

それを聞くメアリは「このやりとりは何度目かしら……」と考えつつも「そうね、期待しているわ」と微笑《ほほえ》んで返した。何度目どころか二桁《ふたけた》いきそうな負け戦《いくさ》ではあるが、そのたびに持てる技術全《すべ》てを費《つい》やしてくれる美容師達を無下に扱《あつか》うことは出来ないのだ。

なにより、『美容師殺しの合金ドリル』にやられて散っていった同胞《どうほう》達のためにも諦めるわけにはいかない。彼等の意志を継《つ》いでいるのだ。それを考えれば「いつの日かきっとドリルを破ってくださいね」そう夢を託《たく》しながら去って行った美容師達の後ろ姿が脳裏《のうり》をよぎり、思わずメアリの瞳《ひとみ》に涙《なみだ》がたまる。——念のためにいっておくが、なにも美容師達はドリルに敗北して職を奪《うば》われたわけでもサロンを去って行ったわけでもない。ドリルを恐れてメアリの担当を外れるか数年に一度のこの挑戦《ちょうせん》の時だけ辞退して普段《ふだん》は普通に働いている。ただ多少大袈裟《おおげさ》に演出した方がいつの日かの喜びに繋《つな》がるし、あとはドリルに負けた悔《くや》し紛《まぎ》れのノリで茶番が行われているに過ぎない——

「お待たせいたしましたメアリ様」

「あら、もう終わったの？」

「えぇ終わりました……」

そう言い掛け、美容師がゴクリと唾《つば》を飲んだ。その音の大きさと言えばそのまま美容師の緊《きん》張《ちょう》の度合いを表しているようなものだ。

だがそれも仕方あるまい。普段ならばこの言葉の最後「終わりましたよ」の「よ」と同時に髪が巻き上がるのだ。それはもう勢いよく、ギュルルルと効果音が鳴りそうなほど。まるで今までの努力を嘲笑《あざわら》うかのように……。

今回もまた同じことになるのだろうと、そう心のどこかで諦めを抱きつつ、メアリは落ち着き払《はら》って美容師の言葉を待ち……。

…………。

緩く巻かれたまま微動《びどう》だにしない銀色の髪に、美容師とメアリが、それどころかサロン全体がシンと静まった。

「お嬢《じょう》、無理なもんはさっさと諦めて、何か食べに行きましょう！」

とは、そんな静まった空気をぶち壊《こわ》すアディ。今日も今日とて相変わらず従者とは思えない不遜《ふそん》な発言でサロンに現れるも、シンと静まり返る妙《みょう》な空気に首を傾《かし》げた。いったい何があったのか、メアリの脱ドリル失敗は今更《いまさら》なことだからこんなに静まるなんて有り得ない。

そう異変を感じてアディがサロンを見回してメアリの姿を探し……緩やかなウェーブを揺らす一人の女性を見つけて視線を留めた。

思わずポカンと口を開けてしまう。そんなアディの姿にメアリは小さく笑《え》みをこぼし、自慢《じまん》気《げ》にゆっくりと立ち上がるとフワリと軽く銀色の髪を揺らしながら近付き、得意気に微笑んで彼を見上げた。フワリ、なのだ。ブゥンではなく軽《かろ》やかにフワリ。

「お、お嬢……」

「アディ、これどうかしら？」

「ど、どうって……」

「あら、そんなに驚《おどろ》かないでちょうだい。まぁ私もちょっとはビックリしたけど」

「大丈夫なんですか⁉」

「どういうことよ！」

「そんなにバッサリとやられて、痛くはないんですか⁉　誰《だれ》か医者を！」

「えぇそうね！　医者が必要だわ、あんたにね！」

まったくもって失礼な驚き方をするアディに、メアリがそれに負けじと吠《ほ》えて返す。相変わらずな二人のやりとりにサロンも落ち着きを取り戻《もど》し、呆然《ぼうぜん》としていた美容師も我に返ると満足そうにメアリの髪に視線をやった。

緩やかに揺れる母親譲《ゆず》りの美しい髪。今まで散々悩《なや》まされ嘲笑うように君臨していたそれが、今はしおらしく窓から入り込む風に揺れている。

そう、風に揺れているのだ。些細《ささい》な風ではビクともせず、メアリの縦ロールが揺れれば春一番とされていたというのに。——「お嬢の髪が揺れてる。もうそんな季節なんですね」と感慨《かんがい》深《ぶか》げなアディにメアリが喚《わめ》いて足を踏《ふ》む。これもまた春の訪《おとず》れを感じさせる定番であった——

「メアリ様、とてもお似合いですよ」

「えぇ、ありがとう。貴方《あなた》も腕を上げたわね。……本当、本当に長い戦いだったわ」

過去幾度《いくど》となく繰《く》り返された戦いと散っていった同胞達を想い、メアリが労《ねぎら》うように美容師の肩《かた》を叩《たた》いた。周囲のスタッフまでもが涙ながらにその光景を眺《なが》めているのは、それほどまでにメアリと美容師の戦いが長かったからである。

手をかえ品をかえ、時には半日以上の時間を費やし国外からも美容師を呼び、それでも誰一人としてドリルを打ち破ることはできなかったのだ。だからこそ、この瞬間《しゅんかん》の感動は容易に言い表せるものではなく中にはハンカチで目元を拭《ぬぐ》っている者すら居る。

もちろんそれは当のメアリも同じこと。むしろ脱ドリルに誰よりも興奮し「皆《みんな》に見せに行くわよ！」とアディの腕を引っ張った。

「まさかお嬢のドリルを破る不届き者が居るなんて……」

「今この瞬間、このサロンにおいて誰よりも不届き者なのはあんただと思うんだけど。それより屋敷《やしき》に戻るわよ、新しい髪形を皆に見せるんだから！」

「そんな！　ドリル装備しないで外に出て大丈夫なんですか⁉」

「えぇ、とりあえず無礼がすぎる誰かさんの首の皮一枚を叩き切るくらいは出来るわね」

「さ、さぁ参りましょう！　きっと皆ビックリしますよ！」

ほら！　と今度はアディがメアリの腕を引っ張る。

それに対してメアリは溜息《ためいき》をつきつつ、歩く度《たび》に軽やかに揺れる銀色の髪を横目に隠《かく》しきれず小さくはにかんだ。

そうしてアルバート家の屋敷を回って新しい髪形を披露《ひろう》したわけなのだが……。

予想していた「どちら様ですか？」から始まり「メアリ様、少し横になられたらいかがですか？」と案じられ、果てには「どこで落としたんですか、捜《さが》してきますよ」と気を遣《つか》われる始末。酷《ひど》い者は「本体《ドリル》が無くても動くんですね」とまで言って寄越《よこ》してきた。

これには流石のメアリもダメージを喰《く》らうと言うもので――けしてドリルがなくなって防御《ぼうぎょ》力が落ちたわけではない――アルバート家の屋敷を一周りし終える頃《ころ》には見て分かるほどに肩を落とし陰鬱《いんうつ》とした空気を纏《まと》っていた。サロンを出たときの勢いは既《すで》に無く、若干《じゃっかん》涙目になっている。これにはアディも「しまった」と表情をしぶめる。誰か一人ぐらいはメアリを褒《ほ》めて普通に賛辞を贈《おく》ると思ったのに、全員が全員このざまなのだ。

「お、お嬢、皆ノリが良いだけで本気で話してるわけじゃないですよ」

「あたりまえでしょ！　守衛なんて私の姿を見るや『まだ届いていませんよ』って答えたのよ！　何が届くっていうのよ！　あれが本気なら今すぐ奴《やつ》に解雇《かいこ》通知を叩きつけてやるわ！」

キィ！　と怒《いか》りを露《あら》わに喚くメアリをアディがとりあえず落ち着かせようと「まぁまぁ」と宥《なだ》める。だがまるで動物を宥めるようなその動作が逆効果なのは言うまでもなく、メアリが更《さら》に不満げにアディを睨《にら》みつける。……が、どういうわけかスゥと表情を穏《おだ》やかなものに変えるとおもむろにアディの手を取った。

今までの怒りはどこへやら、ニッコリと微笑むのだ。緩やかに巻かれた銀糸の髪《かみ》が揺れ、もとより美しかったメアリの魅力《みりょく》に大人びた妖艶《ようえん》さを追加させる。

普段のメアリらしからぬその態度に、思わずアディがビクリと肩を震《ふる》わせた。

「お、お嬢……？」

「貴方の気持ちは受け取ったわ」

「え、それって……！」

「そもそもあんたが一発目に無礼な発言をしたのよね！　守衛より先に解雇通知を叩きつけてあげる！」

「ドリルが無くなって心の余裕《よゆう》まで無くなった！」

「この期《ご》に及《およ》んでまだ言うか！」

本気でクビにするわよ！　と怒鳴《どな》るメアリに――むしろここまで言われてもまだ本気ではないのも問題な気もするが――アディが誤魔化《ごまか》すように笑い、そっと手を伸《の》ばしてメアリの髪に触《ふ》れかけ……直前で手を止めた。先程《さきほど》までの冗談《じょうだん》めいたやりとりはどこへやら、いつのまにか愛《いと》おしむような表情で、それでも躊躇《ためら》いがちに眉尻《まゆじり》を下げてアディがメアリの顔を覗《のぞ》き込む。

「あの……髪に触れても良いでしょうか？」

「え、えぇ別に構わないわよ」

許可を求めてくるアディに、メアリが何を今更と言いたげに頷《うなず》いて返した。

それを受けてアディの手がそっと銀の髪に触れ、柔《やわ》らかく巻かれたウェーブを撫でる。ガラス細工でも扱うような慎重《しんちょう》なその手つきに、メアリがくすぐったそうに小さく笑った。

「凄《すご》くお似合いです……とても、お綺麗《きれい》ですよ」

「あ、あらそう。ありがとう」

まるで自分のことのように嬉《うれ》しそうに賛辞を贈るアディに、メアリもまた照れくさそうに微笑《ほほえ》んで返す。改めて言われるとどうにも気恥《きは》ずかしさが勝《まさ》る、それもこんな風に触れられながらでは尚更《なおさら》。とりわけどういうわけかアディの言葉は胸の内に染《し》みわたっていく。

指の背で撫《な》で、時に指に絡《から》めて、愛おしむように触れられるその感触《かんしょく》がくすぐったく心地《ここち》よい。それでいてもどかしいような恥ずかしさもあり、言い表しにくいその感覚にメアリが瞳《ひとみ》を細めた。今まで味わったことのないこの甘く痺《しび》れるような感覚は何なのだろうか……。と、名も知れぬ感覚に酔《よ》いしれつつ、メアリが自分の銀色の髪に視線を移す。

あそこまで強固だったドリルの面影《おもかげ》はもうない。誰もが驚くほどの大変身だ。――といっても、髪形以外は特に変わってはいない。大変身だとメアリ自身が思えるぐらい周囲のドリル（故）への反応が大きすぎたのだ――そうして、これなら……とメアリが嬉しそうに笑いつつうっかりと、

「これだけ変わったんですもの、隣国《りんごく》の大学に留学したら誰も私がメアリ・アルバートだって気付かないかもしれないわね」

と、口にしてしまった。しまった、と思ったときはもう遅《おそ》い。

髪を撫でていたアディの手が、それどころか彼自身が、まるでピシリと音がしそうな程に硬《こう》

直《ちょく》した。


「どうして！　どうしてお嬢《じょう》は一人で留学なんてするんですか！」

「そりゃ、あっちの学校で受けたい講義があるからよ。それに留学の枠《わく》は一人だし」

「メアリ様そんなの酷いです！　パトリック様も、知っていたならなんで私に教えてくれないんですか！」

「なんでかって？　そりゃ、こうなるからだ」

あっさりと言い切り、パトリックが紅茶をすする。そうしてチラとメアリに視線を向けるのだが、その瞳に「もっと上手《うま》く話を進めるんじゃなかったのか」という非難の色が混ざっているのは言うまでもない。

そんな視線を受けつつ、メアリは喚《わめ》く二人の騒《さわ》ぎように自分の迂闊《うかつ》さを悔《く》やんでいた。ついポロッと口に出してしまったが、予定では落ち着いた場所で順を追って説明するはずだったのだ。アディに対しては父親も同伴《どうはん》させるつもりだったのだが、どうやら自分で思う以上に脱《だっ》ドリルに浮《う》かれすぎていたようだ。

そんなメアリとパトリックに対し、アディとアリシアの不満そうな表情といったらない。とりわけアリシアは「これが我が国の王女か」と頭が痛くなりそうな程の膨《ふく》れっ面《つら》である。思わずメアリが「はしたない表情するんじゃないわよ！」と怒鳴りつけるもアリシアからの返事は無く、それどころか彼女の頰《ほお》がプクと一段階膨れた。

　そんな様子に見かねたメアリが溜息をつくと共に、カチャンとティーカップをソーサーに戻《もど》した。

「あのね、留学といってもたった一年。それも国境にある大学だから行き来にもそう時間はかからないわ。こまめに戻ってくるからあまり騒がないでちょうだい」

「でも、一年もメアリ様がいらっしゃらないなんて……日帰りできる距離《きょり》ならご自宅から通えば良いじゃないですか」

「嫌《いや》よ、面倒《めんどう》くさい」

　毎日通学のために国越《ご》えなんかやってられないわ、と言い切るメアリに、アリシアが更に頰を膨らませる。それどころか自棄《やけ》になったように紅茶をがぶ飲みするのだ。王女の優雅《ゆうが》さとは懸《か》け離《はな》れているその姿に見ていられないとメアリの眉間《みけん》に皺《しわ》が寄る。最近ほんの少し――本当に少しだけれど――女王らしくなり小指の爪《つめ》程度なら見直してやっても良いかなと思っていた矢先にこの有り様、今までの加点を全《すべ》て覆《くつがえ》す膨れっ面である。

　そうして今度はアリシアからバトンを受けたアディが「それなら」と真剣《しんけん》な眼差《まなざ》しでメアリを見据《みす》えた。

「休みの前日講義が終わり次第《しだい》馬車に飛び乗って帰ってきてください。そして休み明けの講義にギリギリ間に合う時間に出発してください。それなら俺も納得《なっとく》できます」

「過酷《かこく》！　というか、なんであんたの許可を貰《もら》わなきゃならないのよ！」

「それなら俺も一緒《いっしょ》に……！」

一緒に行きます、と、そう言い掛《か》けアディが言葉を飲み込んだ。

というより、パチンと音を立ててメアリの両手が彼の頬を押さえるものだから何も言えなくなってしまったのだ。平手打ちとも言えない軽い音に、頬を押さえられたアディは勿論《もちろん》アリシアとパトリックもキョトンと目を丸くしてその光景を眺《なが》める。

ただメアリだけは真剣な表情で「それ以上の言葉を許さない」と言わんばかりの強い瞳でアディを見上げていた。

「あのね、なんで私がわざわざ『学校にまで従者を連れてくる世話のかかる令嬢《れいじょう》』なんて言われ続けていたと思っているの？」

「それは……俺が、カレリア学園で学びたいことがあったからです」

「そうよ。貴方《あなた》はここで学びたいことがある、そして私は向こうで学びたいことができた。それならとるべき行動は分かり切っているでしょ」

まるで子供に言い聞かせるようなメアリの口調に、アディが困ったように眉尻を下げ「そうですね」と小さく返す。子供が諭《さと》されたかのようなその態度に、メアリが「まったく」と言いたげに小さく溜息《ためいき》をついた。

そうしてアディの頬に触れていた手を離そうとし、今度は逆に手を掴《つか》まれてしまう。これにはメアリも驚《おどろ》いて改めてアディを見れば、先程まで弱々しかった錆色《さびいろ》の瞳がジッとこちらを見つめていた。

「アディ？」

「それならせめて、向こうで無茶《むちゃ》をしないと約束してください。貴女《あなた》が俺の手の届かない距離に行ってしまうなんて、考えただけで気が気じゃないんです」

先程までの喚《わめ》いていた様子から一転し、真剣な表情で見つめられ熱い視線で懇願《こんがん》される。その変わりようにメアリがわずかに息を呑《の》み慌《あわ》てて視線を逸《そ》らした。彼に調子を狂《くる》わされるのはいつものことなのだが、どうにもこの流れは今までと違《ちが》って返し方が分からないのだ。

以前からアディの笑顔《えがお》には弱いと思っていたが、どういうわけかここ最近は時折見せるこの熱い視線にも弱くなってしまった。錆色の瞳に見つめられると落ち着かなくなり、心臓が締《し》め上げられ痺《しび》れるような感覚さえするのだ。

そんな動揺《どうよう》を悟《さと》られまいとメアリがコホンと小さく咳払《せきばら》いをし、誤魔化すようにそっと手を離して代わりに髪を軽く払《はら》った。銀色の髪がフワリと揺《ゆ》れる。その仕草はまさに貴族の令嬢そのものである。

「え、えぇ……分かったわ。そうね、ずっと一緒に居たんだもの、一年とはいえ貴方が心配するのも無理はないわね。こまめに帰るようにするから、安心してちょうだい」

「それじゃ休みの日の朝一に馬車に乗って帰ってきて、休み最後の日のギリギリに出発してくださいね」

「妥協《だきょう》の色が見えない！」

「そもそも、向こうで学びたいことって何なんですか！　国越えまでしてやることなんて何があるっていうんですか！」

「経営学！」

「渡《わた》り鳥丼《どん》屋が着実に進んでいる！」

先程《さきほど》の熱い視線はどこへやら、まるで切り替《か》わったかのように通常運転の喚き合いに戻るメアリとアディに、パトリックが溜息をつく。「あと一歩なんだけどなぁ」と彼が小さく呟《つぶや》けば、それを聞いたアディとアリシアがメアリの両腕《りょううで》を左右から掴んだまま揃《そろ》えたように振《ふ》り向き「パトリック様も加わってください！」と加勢を求めてきた。もちろんパトリックがそんなことをするわけがない。もっとも、かといってメアリの加担をする気もなく、終始優雅に傍観《ぼうかん》に徹《てっ》していたのだが。

そうしてなんとか煩《うるさ》い二人を宥《なだ》め、改めてメアリが銀の髪《かみ》を払った。

「ところで二人とも、何か言うことがあるんじゃゃなくて？」

とアリシアとパトリックに話しかけるのは、言わずもがなこの髪形に関してである。先日まで強固に巻かれていた髪が今は緩《ゆる》やかに垂れ、メアリの手を受けてフワリと揺れるのだ。ブゥンではなくフワリと。

それを見たアリシアとパトリックが顔を見合わせ、思わず苦笑《くしょう》を浮かべあった。社交界の頂点に君臨するアルバート家の令嬢といえど新しい髪形は嬉しく、そして褒《ほ》めてほしいのだ。そんなメアリのアピールに最初に応《こた》えたのはアリシア。メアリの瞳をジッと見つめ、次いで揺れる銀糸の髪に視線を向けた。

「メアリ様、その髪形とてもお似合いです」

「そ、そう？　ちょっとだけイメージを変えてみようと思っただけなのよ」

「ええ本当に……最近は暖かくなりましたものね」

「季節の生え変わりじゃないわよ！　だいたい、去年も私と一緒に居て、私のドリ……縦ロールを見てたでしょ！」

キィ！　と喚くメアリに、次いでパトリックが彼女の名を呼ぶ。

それを受けてメアリが僅《わず》かに安堵《あんど》の色を見せたのは、彼が他《ほか》でもないパトリック・ダイスだからだ。誰《だれ》もが焦《こ》がれる完璧《かんぺき》な王子様、文句のつけようのない彼は勿論だが女性を褒める言葉も嗜《たしな》んでいる。その性格から不用意に甘い言葉を振りまくようなことはしないが、過去何度も彼の社交辞令を受けているメアリはその言葉一つ一つに知性とセンスを感じ取っていた。ちなみに、今はその全てがアリシアに向けられている。

そうしてパトリックがメアリに向き直り、愛《め》でるように銀の髪を眺めた。メアリの中に彼への恋心《こいごころ》は微塵《みじん》も無く胸が高鳴ることもないが、それでもようやく褒め言葉を貰えるのだと期待を胸に続く言葉を待った。

「メアリ、大人になったな」

「成人の証《あかし》じゃないわよ！」

「で、次はどうなるんだ？　二年後あたりにはストレートか」

「なにそれ、今が第二形態ってこと⁉　もう良《い》いわよ！　期待した私が馬鹿《ばか》だった！」

「お嬢《じょう》ほら落ち着いて、そんなに怒《おこ》るとまた髪の毛がロールしますよ」

「そういうものでもないから！」

　声を荒《あら》らげるメアリをアディが宥める——そもそも一番暴言を吐《は》いているのはアディなのだが——そんな二人の変わらぬやりとりにアリシアとパトリックが肩《かた》を竦《すく》めあった。

第一章

不満そうなアディとアリシアをなんとか宥め、メアリは晴れてエレシアナ大学への初登校日を迎《むか》えた。――宥めるためのメアリの奮闘《ふんとう》ぶりといったらなく、アディは荷物をまとめてくれていると思いきや「これが無ければエレシアナ大学に行けない、これを忘れたら戻《もど》ってこなきゃいけない……」とさり気無く荷物を抜《ぬ》いてくるし、アリシアに至っては「エレシアナ大学に行ってしまう日まで毎日お会いしましょう！」と、一日一度遊び《襲撃》に来るようになった――

そんな状況《じょうきょう》ながらもようやく訪《おとず》れたこの大学はカレリア学園の姉妹《しまい》校であり、貴族や豪商《ごうしょう》の子息令嬢が通う教育機関である。姉妹校だけあり内装の雰囲気《ふんいき》や金のかけ具合もカレリア学園に似ており、生徒達の会話内容もどこか聞いたことのあるようなものだ。やれ次の茶会ではどうの、やれ今度は何を買っただの……そういった自慢《じまん》話が趣味《しゅみ》ではないメアリからしてみればうんざりしてしまうものではあるが、逆に言えば対応の勝手が分かるし馴染《なじ》みのあるものだ。

これなら早く慣れそうね、そう心のどこかでメアリが安堵していると、前を歩く理事長が愛《あい》想《そ》の良い笑顔で振り返った。

薄《うす》くなった彼の頭が窓からの光を反射させ、その眩《まぶ》しさにメアリが僅かに目を細める。その胸中を言いようのないものが過《よ》ぎるがこれはいったい何だろうか……何かが引っかかるような、はっきりとしない感覚だ。

「転入してくる女子生徒がもう一人いるんです」

「あら、そうなんですか」

「殆《ほとん》どは選択制《せんたく》ですが時折クラス単位で講義を受けることもあるので、せっかくだと思い同じクラスにいたしました」

「お心遣《こころづか》いありがとうございます」

メアリが愛想良く笑い理事長のあとを歩く。同時期に転入生とは珍《めずら》しい話ではあるが一人だけ浮《う》く心配が無いのは有り難《がた》い話だ。

それが分かって僅かな安堵が浮かぶが、それでも胸騒《むなさわ》ぎは消え去らず胸の内に留《とど》まるのはどういうことか。理事長の頭がキラと光るたびに何かを思い出しそうになり、それでもどこかで引っかかって出きらない。あと少し、ほんの僅かな切っ掛《か》けで全《すべ》てがハッキリしそうなのに……。

もどかしい……と、そうメアリが心の中で呟くと、ほぼそれと同時に理事長が足を止めた。どうやら転入先の教室についたらしい。見れば小綺麗《こぎれい》な扉《とびら》の窓に人の影《かげ》が見える。なにやら盛り上がりを見せているが、あいにくと扉の作りが良いせいで聞こえてこない。

そんな教室の様子を窺《うかが》うよう理事長が扉をノックすると、扉がガラと開いて若く爽《さわ》やかな男が顔を覗《のぞ》かせた。

「理事長、わざわざありがとうございます」

「いや結構。ところで、もう一人のお嬢《じょう》さんは来ているのかな？」

「はい、少し迷っていたようですが。これから自己紹介《しょうかい》をさせようと思っていたんです」

ちょうど良かった、と苦笑する教授にメアリが優雅《ゆうが》に頭を下げた。

随分《ずいぶん》と若く見えるがエレシアナ大学で教鞭《きょうべん》を執《と》っているのだから相当学のある人物なのだろう。外見はやたらと見目が良く些《いささ》か軽めに見えるが、人を見た目で判断しないのがメアリの主義である。軽そうな男といえど、案外に学問一筋だったり根はしっかりしているかもしれない。――けして「人は内面が大事！」等と綺麗事《きれいごと》を言うわけではない。単に自分が「動かず喋《しゃべ》らず取り繕《つくろ》えば見事な令嬢」であることを自覚しているからだ。だからこそ、「人は見た目で判断できない」と言い切れる。良い意味でも、悪い意味でも――

「はじめまして、メアリ・アルバートと申します。一年の期間ですがご指導の程よろしくお願いいたします」

スカートの裾《すそ》をつまみ上げ優雅に頭を下げるメアリに、教授が「流石《さすが》アルバート家の令嬢だ」と爽やかな笑《え》みを浮かべ応えるように自らも名乗った。

聞けば若くして学者の地位に立ち、若者達を導くべく教授の道を選んだのだという。ひけらかすでもなく自らを語る彼の瞳《ひとみ》に迷いはなくしっかりとした意志が見られ、やはり見た目の軽さだけで判断は出来ないとメアリが心の中で呟いた。……まぁ、その途中《とちゅう》で通りかかった女子生徒から黄色い声をかけられ、それに対して微笑《ほほえ》んで手を振る態度はやはり軽くもあるのだが。

どうやら若く見目の良い彼は女子生徒達の憧《あこが》れの的らしい。確かに、爽やかで甘い顔付きにスラリとしたスタイル、若いながらも年上の貫禄《かんろく》もあり、おまけに教授という立場では年頃《としごろ》の少女に惚《ほ》れるなというのも無理な話だ。もっとも、メアリからしてみれば「格好良い教授」ぐらいの認識《にんしき》なのだが。

「もう一人の転入生も中にいるから、一緒《いっしょ》に自己紹介してくれるかな」

「ええ、勿論《もちろん》です」

まるで紳士《しんし》が女性に扉を開けるかのように教授がメアリを教室内に招き入れる。

それに対しメアリは小さく会釈《えしゃく》をして、ゆっくりと教室内に足を踏《ふ》み入れ……、

「みなさん、私リリアンヌと言います。よろしくお願いします！」

と、まるで星だのハートだのといったマークが飛び交《か》いそうなほど可愛《かわい》らしい——それでいて同性からは「声帯どうなってるの？」と聞かれそうな——声で元気に挨拶《あいさつ》をする少女と、

「やっぱり来たわね……」

と、まるで宿敵が登場したかのように不穏《ふおん》な空気を漂《ただよ》わす少女、そしてやたらと見目の良い男子生徒数名が一室に集《つど》うその光景に、メアリは一瞬《いっしゅん》目眩《めまい》を覚えかけた。思考のどこかで引っかかっていたものが暴れ出すような、何かを思い出しかける前兆のような感覚。

「メアリ様、なにかあれば遠慮《えんりょ》なく私どもにお申しつけください」

それでは、と深々と頭を下げる理事長にメアリが「待って……」と呼び止めかけ、彼が頭を下げたことで自分に向けられる頭部の天辺《てっぺん》に目を細めた。とりわけ薄いその部分に光が反射する……。

その瞬間、メアリは自分の中で引っかかっていたものがストンと落ちる音を聞いた。またも思い出したのだ、

この世界は相変わらずまるで乙女《おとめ》ゲームなのだ、と。

『ドキドキラブ学園』で人気を博したゲームメーカーは自社ブランド第二《だいに》弾《だん》を発売した。タイトルは『ドキドキラブ学園2〜偽《いつわ》りの花嫁《はなよめ》と真実の愛〜』略称《りゃくしょう》ドラドラ。前作の流れを汲《く》んだ王道乙女ゲームとしてこちらも人気が出た作品である。

ゲームのストーリーとしては、

『上流階級の子息令嬢が通う大学に通うことになった庶民《しょみん》のリリアンヌが、魅力的《みりょくてき》ながら悩《なや》みを抱《かか》える異性達に出会い、彼等が抱える問題に共に立ち向かいながら真実の愛を見つける……』

という相変わらずの直球王道シンデレラストーリーである。ちなみにここで挙げられる『彼等の問題』とは殆どが家柄《いえがら》とそこからくる婚約《こんやく》問題であり、結果的に彼等の婚約を解消させることが『真実の愛』として描《えが》かれている。

前作との大きな違《ちが》いがこの『攻略《こうりゃく》対象者の婚約』であり、ゲームを進めるには婚約者である女性キャラクターとぶつかり時に理解し合う必要がある。つまり今回のライバルキャラは複数、それもただ最終的に倒《たお》せばいいというわけではないのだ。

前作でメアリ一人に悪役を押しつけた結果、全ルート漏《も》れなく登場し主人公に次ぐ登場回数になったことから制作陣営《じんえい》も考えたのだろう。もっとも、一時は女性キャラクターを増やすくらいなら攻略キャラクターを増やせと非難の声も上がったのだが、結果的に見ればストーリーの幅《はば》も広がり、特定のライバルキャラクターとは友情イベントもあったため男性ユーザーも確保でき成功に終わっている。

そこまでを思いだし、メアリが眉間《みけん》に皺《しわ》を寄せた。

おかしい、仮にここが『ドラドラ』めいた世界だとしてもメアリ・アルバートが居るわけがないのだ。

前作からのプレイヤーが楽しめるようにと多少の関連性や細工が仕掛《しか》けられてはいたが、あくまで『ドラドラ』は『ドラ学』と同じ世界観の、それでも別の場所で繰《く》り広げられるストーリーである。唯《ただ》一つの要素を抜かし、前作のキャラクターが描かれることはない。

ファンディスクにすら出番の無かったメアリに至っては言うまでもないだろう。使い捨てと言ってしまえば聞こえは悪いが、敗北した悪役令嬢に用はないのだ。それを自覚しているからこそメアリはなぜ自分がここにいるのか分からず、それでも混乱を悟《さと》られぬよう当たり障《さわ》りのない自己紹介をして頭を下げた。

そうして促《うなが》されるままに席に着いたのだが……。

右を見ればフワフワの柔《やわ》らかな髪《かみ》をした少女が、そのイメージのまま可愛らしい笑顔と甘い声で「道に迷っちゃって」と自分のドジっぷりを周囲に話している。対して左を見れば、艶《つや》のある黒髪と端整《たんせい》な顔付きの美しい少女が「どのルートに入るつもり……」とブツブツと呟《つぶや》いている。

そんな二人は時折目があうとニッコリと微笑みあい、そしてほんの一瞬《いっしゅん》、それこそ間に挟《はさ》まれなければ分からないほどの一瞬、互《たが》いに鋭《するど》い視線を交《か》わす。それはそれは、バチバチと火花があがりそうなほど熱く、それでいて身震《みぶる》いしそうな程《ほど》に冷ややかな視線である。おおよそ、年頃の、それも初対面の少女が交わしあう視線ではない。

運悪くその交差地点にいるメアリは意味深な視線が交わされるのを感じつつ小さく溜息《ためいき》をついた。アディを連れてくれば良かった……と、あれだけ大口を叩《たた》いておいて早々に後悔《こうかい》しはじめていた。

たぶん転入生のリリアンヌも、そして彼女を意味深に睨《にら》みつける令嬢カリーナも前世の記憶《きおく》があるはずだ。そう考えつつ、メアリは食堂の隅《すみ》に陣取《じんど》り優雅に昼食を進めていた。

転入して数日間こそあのアルバート家の令嬢だと誰《だれ》もがメアリを囲んでいたが、三ヶ月経《た》つ頃《ころ》には皆《みな》メアリを普通《ふつう》の一生徒として扱《あつか》っていた。もちろん大学の風習だけあって家柄を重視し敬われる場面も多々あったが、あくまでメアリは「話してみると普通の令嬢」なのだ。

取り巻きになるつもりだったのか終始つきまとっていた連中も、金魚の糞《ふん》に徹《てっ》しても得はないと判断したのか徐々《じょじょ》に離《はな》れていった。その変わり身の早さはなんとも貴族らしく、気付けばメアリの鞄《かばん》を持っていた少女は今は別の令嬢の荷物持ちをしている。その反面、アルバート家の令嬢といえど普通の少女だと分かるや気さくに話しかけてくる者もおり、人間関係で言えば平均的と言えるだろう。パトリックを独り占《じ》めする令嬢として陰《かげ》で女子生徒の嫉妬《しっと》を買っていたカレリア学園時代を考えれば至って順調とさえ言える。

それでもこうやって食堂の隅で一人で食事をしているのは、メアリ自身が今の話題にうんざりし、それればかり話す学友達に距離《きょり》を取り始めていたからだ。現に今もあちこちから同じ話が聞こえメアリが内心で溜息をつけば、やにわに食堂内がざわつき始めた。

ほらおいでなさったわ、とメアリが嫌悪《けんお》を込めて小さく呟き、誰かに同意を求めるように隣《となり》に視線を向け……そこが不在であることに一瞬目を丸くした後まるで誤魔化《ごまか》すように慌《あわ》てて食堂の出入り口に視線を向けた。

そうしてメアリを含《ふく》む食堂内の視線が集められた出入り口から颯爽《さっそう》と現れたのは、見目の良い男子生徒達を侍《はべ》らせた……リリアンヌ。

転入してからというもの、リリアンヌは首尾《しゅび》良《よ》く大学内のトップに君臨する男子生徒達を魅了《みりょう》していった。それはもう、まるで彼等の好みや悩みを事前に知っており、それに対して最善の回答まで知っていたかのような手際《てぎわ》の良さである。

そうして三ヶ月が経った今、大学内でプリンスと呼ばれていた男子生徒の半分近くがリリアンヌの虜《とりこ》になり、果てには見目の良い教授——言わずもがな、あの担任である——までもが彼女を囲む始末。その男子生徒達と教授が『ドラドラ』の攻略対象キャラクターなのは言うまでもない。

そう冷静に分析《ぶんせき》しつつメアリが所謂《いわゆる》『逆ハーレム』な集団を眺《なが》め、一口サイズに切った魚のソテーを口に運んだ。

カレリア学園の姉妹校《しまい》だけありエレシアナ大学の食事レベルも高く、この魚のソテーも流石《さすが》は一流シェフといった出来の良さだ。口に含むだけで濃厚《のうこう》な味が広がり、舌の上で軟《やわ》らかな魚の身がゆっくりとほぐれていく。食べさせてやりたいけど、そのためには馬車に乗せなきゃいけないのよねぇ……、とそんなことを考えながらもう一口含む。濃厚でそれでいて諄《くど》すぎない味わいは食の止めどころを失わせる。もう一口、もう一口……と無意識に銀食器が皿の上で踊《おど》るのだ。この味わい、誰とは言わないが二皿ぐらい余裕《よゆう》で平らげそうなものである。

そうして気付けば見事に食べ切っており、さてデザート……とナイフをスプーンに持ち替《か》えようとした瞬間、カタンとメアリの向かい側に食事の載《の》ったトレーが置かれた。

顔を上げれば、見覚えのある少女が一人。

「あ、あの……その……」

そうしどろもどろに話すのはパルフェット・マーキス。メアリのクラスメイトの一人であり、柔らかそうな栗色《くりいろ》の髪に大きな瞳《ひとみ》、童顔と小柄《こがら》さが相まってまるで小動物のような愛らしさにあふれた少女だ。

彼女もまた『ドラドラ』の登場人物の一人である。それも食堂の一角を陣取《じんど》る逆ハーレムの一人、ガイナス・エルドランドの婚約者。ゲームの役割で言うのならばガイナスルートのライバルキャラクターである。

今まで何度か挨拶《あいさつ》ぐらいなら交わしたことはあるが別段親しいわけでもない人物からの接触《せっしょく》に、メアリが目を丸くし周囲を見回した。昼時とは言え食堂内は比較的《ひかくてき》空いており、メアリの周辺もいくつか空席が見られる。これといって詰《つ》めて座る必要性は感じられない。だというのにわざわざ目の前にトレーを置くパルフェットにメアリが視線を向ければ、彼女は困惑《こんわく》したような表情を浮《う》かべ「座ってもよろしいでしょうか……」と消え入りそうな声で許可を求めてきた。

「えぇ、構わなくてよ」

許可を求める意図は分からないが、それでも別段断る理由も無いとメアリが微笑《ほほえ》んで返す。

だがパルフェットはメアリの手元を見ると何かに気付いたように表情を強《こわ》ばらせた。

「あ、あの……誰かご一緒《いっしょ》でしたか？」

「いえ、私一人ですけど、どうなさったの？」

「あの……でも、コップが……」

チラとパルフェットがメアリの手元に視線を向ける。そこにはメアリ一人に対してコップが

二つ。これを見れば誰だって同席者が居ると思うだろう。

だがメアリはそれを察しても尚《なお》「私の分よ」と言いのけた。パルフェットの表情が訝《いぶか》しげな色を含みはじめるが、それを察したメアリが着席を促すように「どうぞ」と声をかける。続けて「気になさらないで」と質問される前に先手をうっておくのは、勿論《もちろん》「つい癖《くせ》で二人分の飲み物を用意してしまった」等と言えるわけがないからである。

そんなメアリの心情など知る由《よし》もなく、パルフェットが僅《わず》かに困惑の色を残しつつそれでも促されるままに椅子《いす》に腰《こし》を下ろした。


そうして再び食事が始まるわけだが、これといって何を話しかけてくるわけでもないパルフェットにメアリが心の中で疑問符《ぎもんふ》を浮かべた。

いったい何なのかしら、そう疑問に思えど直接尋《たず》ねるのも気が引け、メアリがチラと彼女の様子を窺《うかが》い……怯《おび》えるような息詰《いきづ》まった表情に心の中で合点《がてん》がいったと溜息をついた。

彼女はガイナス・エルドランドの婚約者《こんやくしゃ》である。だがそのガイナスと言えば今まさに噂《うわさ》の渦《か》中《ちゅう》であるリリアンヌが築く逆ハーレムの中の一人なのだ。つまり彼女は婚約者を転入生に奪《うば》われた哀《あわ》れな令嬢《れいじょう》。それも一対一ならばまだしも『リリアンヌを囲む男達の一人』として奪われたのだ。

これを不名誉《ふめいよ》と言わずに何というのか。彼女の居心地《いごこち》の悪さは想像に難《かた》くない。おまけにパルフェットのマーキス家は貴族の中でもそう高い位置にあるわけではなく、言ってしまえばガイナス・エルドランドと婚約したことによりエルドランド家に引き上げられていたようなものだ。ゆえにそれを失った今彼女を守るものはないに等しく、注がれる好奇《こうき》の視線は他《ほか》の婚約者を奪われた令嬢達より容赦《ようしゃ》がないのだろう。

現にチラチラとパルフェットに視線を送る者や冷ややかに笑う者が視界に映り込み、メアリが気だるげに溜息をつき、

コホン、

と一つ咳払《せきばら》いをした。

その瞬間《しゅんかん》慌《あわ》てて顔を背《そむ》ける生徒達の情けなさといったらない。所詮《しょせん》は悲劇の令嬢を陰《かげ》で笑うような性質の者達なのだ、メアリ・アルバートにかかればこの程度である。

もっとも、メアリの咳払いを聞いてパルフェットまでもがビクリと肩《かた》を震《ふる》わせて怯えた様子を見せたのだが。というより、誰より怯えたのがパルフェットである。

「あ、あの、私もしかしてお邪魔《じゃま》でしたでしょうか……」

「いいえ、違《ちが》うの！　大丈夫《だいじょうぶ》、気になさらないで」

涙目《なみだめ》になりながら慌てて席を立とうとするパルフェットを宥《なだ》め、ひとまず彼女を落ち着かせる。フルフルと震える彼女は、それでもメアリがさいさん「大丈夫だから」を繰《く》り返すと僅かに安堵《あんど》の息をもらして再び銀食器に手を伸《の》ばした。

その様子はまさに気弱で「小動物のような」という比喩《ひゆ》がよく似合う。メアリからしてみれば自分とは真逆の……それこそ言ってしまえば扱いに困るタイプなのだが、今の彼女の状況《じょうきょう》を

考えると追い出すようなことは出来ない。元祖悪役令嬢といえど人でなしではないのだ。

だからこそメアリは落ち込んだ表情で食事を進めるパルフェットに視線を向け、

「何も聞かないから、もう少し美味《おい》しそうに食べたらいかが？」

と言ってやった。彼女の食事中の表情と言えば、まるで人生最後の食事を、それも酷《ひど》く不味《まず》いものを何とか飲み込んでいる……といった様子なのだ。優雅《ゆうが》さの欠片《かけら》もなく苦行にさえ見える。事情は分かるがシェフに失礼だと言ってやれば、パルフェットが小さく溜息《ためいき》をついた。

「そう、ですよね……」

ポツリと呟《つぶや》かれる声のなんと弱々しいことか。それでも周囲の生徒達は好奇の視線を送るのを止《や》めず、食堂の一角ではまるでそこだけ花畑のようにキャッキャと賑《にぎ》やかな声が聞こえてくる。

正面には陰鬱《いんうつ》とした表情で食事を進める少女。向けられてくる視線にヒソヒソと聞こえてくる囁《ささや》き。脳天気な女の笑い声とそれを持て囃《はや》す男達の声……。

うんざりとした表情でメアリは溜息をつき、デザートの最後の一口を頬張《ほおば》った。

極力メアリはリリアンヌにもカリーナにも、それどころかゲームに登場するキャラクター達には総じて関《かか》わらないように生活してきた。

といっても「もう乙女《おとめ》ゲームなんてこりごり！」だの「私は脇役《モブ》に徹《てっ》するわ！」だのという

意志があったわけではなく、たんに「どうせ一年でカレリア学園に戻《もど》るんだし」というモチベーションの低さからである。しかも今回の留学は後々の渡《わた》り鳥丼《どん》屋のために経営学を学びに来たのだ、他人の揉《も》め事に首を突《つ》っ込む気にはなれない。おまけに隣国《りんごく》という完璧《かんぺき》なアウェーにいるのだから大人しくするに越《こ》したことはないだろう。

そういうわけで、これと言った行動を起こさずそれでいて『目立たぬ努力』をするわけでもなく、メアリなりの学生生活を送っていた。

その結果、メアリはエレシアナ大学において只《ただ》の平凡《へいぼん》な一生徒であった。アルバート家の令嬢として多少は優遇《ゆうぐう》されることもあったが、かといってそれをひけらかすのはメアリの性分《しょうぶん》ではない。それゆえ大学内で人気のある見目麗《みめうるわ》しい生徒会役員や各委員長、運動部のエース、若くてプレイボーイな教授、それらを侍《はべ》らす転入生と奪われた女子生徒……と、まるで作り話の愛憎劇《あいぞうげき》のような面々とは関わらずにいた。

もっとも、その中の二人ほど、時折メアリをチラと見ては「どうやって北の大地を回避《かいひ》したの……」「ドリルはどうなったの……」と呟いているようだが、直接話しかけてこない限りメアリの与《あずか》り知らぬところである。

だがそんなメアリの『控《ひか》えめにしているわけでもないのに結果的に地味になった大学生活』も、パルフェットと接触し彼女がメアリのあとをついて回るようになって崩《くず》れてしまった。

件《くだん》の転入生に婚約者を奪われた令嬢と、婚約者を王女に譲《ゆず》った令嬢。その二人が一緒にいるのだから好奇の視線が注がれないわけがない。といってもパルフェットと違いメアリはアルバート家の令嬢、それも彼女への不敬な態度はアルバート家どころか隣国の王族すらも敵に回しかねないので、比較的「聞こえない程度の小声」での噂が殆《ほとん》どである。もちろんそういった噂話はいかに小声であろうと当人に筒《つつ》抜けなのは言うまでもないのだが。

「メアリ様、申し訳ありません……」

教室への移動中、ポツリと呟かれたパルフェットの言葉にメアリがチラと横目に彼女に視線をやった。

教科書を両手で抱《かか》え、周囲の視線から逃《のが》れるように俯《うつむ》く彼女は誰《だれ》がどう見ても敗者の姿勢である。おまけに、隣《となり》を歩くメアリにまで怯えるように謝罪の言葉を口にするのだからいよいよもってメアリが溜息をついた。

「私と一緒にいるから……だからメアリ様も色々と言われてしまって……」

「あら、私別に貴女《あなた》と一緒にいるつもりはないわよ。貴女が勝手に私の隣を歩いているんでしょ？」

そうピシャリと言ってやると、パルフェットが小さく息を呑《の》んで立ち止まった。見れば元より青ざめた表情を更《さら》に強ばらせ、瞳は今にでも涙を落としかねないほどに潤《うる》んでいる。キュッと閉じられた唇《くちびる》と下がりきった眉尻《まゆじり》が、彼女の表情をより弱々しいものに感じさせる。

う、打たれ弱い……！

これにはメアリも慌《あわ》ててしまう。

「なによ泣くことないじゃない！」

「でも、私やっぱりメアリ様にご迷惑《めいわく》をかけて……そうですよね、私なんてご迷惑でしかないですよね、分かってます……」

「なにが分かったの⁉　私なにも言ってないわよ！」

ジンワリと瞳《ひとみ》を潤ませ今にも泣き出さんばかりのパルフェットに、メアリが逆に混乱してしまう。世に箱入り令嬢が少なくないのは知っていたが、これほどまでに打たれ弱いとは思っていなかったのだ。

メアリの周囲と言えば、皮肉を言えば同じように皮肉で返してくるアディやパトリック、もしくはまったく通じないアリシアと、癖が強い上に嫌みの一つや二つで傷つくような繊細《せんさい》さとは程遠いものだった。むしろ下手《へた》に皮肉や嫌みを言えばこちらの心が折れかねない顔ぶれである。打てば響《ひび》くどころではなく、響かせようと打ったところ向こうも打ち返してくるような相手ばかりだったのだ。打てばペシャンと潰《つぶ》れてしまうパルフェットはまさに未知の領域である。

「べ、別に私は貴女が居ようが居まいがどうでも良いのよ」

「そうですよね……メアリ様からしてみれば、私なんて……」

「そうじゃなくて、貴女が隣を歩いていても構わないってことよ！　それに、パトリックとの婚約破棄《こんやくはき》だって周囲がどう話そうが知ったことじゃないわ」

「はい……私もガイナス様に捨てられたのは事実ですし……ガイナス様ぁ……」

「自分で言って自分で傷つかないでちょうだい！」

グスと洟《はな》をすすりいよいよ泣き出しかねないパルフェットにメアリが慌てて一喝《いっかつ》する。なんとも扱《あつか》い難《にく》い相手ではないか。おまけにパルフェットは小柄《こがら》で小動物のような愛らしさがあり、下手に泣かせればこちらの罪悪感を刺激《しげき》しかねない分扱いが難しい。

だからこそメアリは丁寧《ていねい》に、かつ無意識に出てしまいそうな皮肉を抑《おさ》え込み、「落ち着いて、泣かないで、傷つかないで、私の話を聞いてちょうだい」と宥めた。メアリ・アルバート史上、未《いま》だかつてないほどの穏《おだ》やかな対応である。

「貴女が隣にいて、それで何か言われたとしても私は別に知ったことじゃないの。パトリックとの婚約破棄だって、こっちに実害がない限り好きに言わせておくのが一番よ」

「そうですか……」

「男女の話に首を突っ込む方が野暮《やぼ》なんだから、堂々としてればいいの」

そう言い切り「さ、行くわよ」と再び歩き出すメアリに、パルフェットが驚《おどろ》いたように目を丸くした後、涙目ながらに小さく微笑《ほほえ》んでそのあとを追った。


「それで、ガイナス様ってば酷いんです。パーティーの最中もずっと上の空で……」

と、目の前で不満そうにするパルフェットに、メアリは優雅に紅茶を飲みつつ「あら、大変だったのね」と軽く返した。

　場所は今日も変わらず食堂。季節が変われど今日も今日とてリリアンヌは一角で男達を侍らせており、周囲の生徒達はチラと視線を向けては妬《ねた》んだり羨《うらや》んだりと忙《いそが》しそうである。リリアンヌが、そしてメアリが転入してきて約半年が経《た》とうとしているのにエレシアナ大学は相変わらずな状態であった。

　それでも多少の変化はあるようで、それが今メアリの目の前で怒《いか》りを露《あら》わにしているパルフェットである。といっても元々愛らしい作りの彼女が怒《おこ》ったところで迫力《はくりょく》などあるわけがなく、涙目《なみだめ》で食堂の一角を睨《にら》む表情もどこかあどけなさを感じてしまう。それでも、めそめそと泣きながら怯《おび》えていた頃《ころ》よりはマシと言えばマシだろう。

「エスコートの最中に上の空なんて失礼な男ね」

「以前はそんなことけしてありませんでした。ガイナス様はいつも私を見つめてくださって……ガイナス様と私は確かに親が決めた仲ですが、私達の想いはしっかりとしたものだったと、そう思っていたんです」

　それなのに……とポツリと呟いてパルフェットが俯く。怒ったかと思えば落ち込んだりと忙しいものだと思いつつメアリが「そうねぇ」と生返事をした。

　食堂の一角に視線を向ければ、そんなパルフェットの想いなど微塵《みじん》も知らぬとリリアンヌとそれを囲む男達がお花畑を築き上げ、キャッキャと楽しそうな声をあげているではないか。ゲームでは隠《かく》しキャラだったはずの『理事長の息子《むすこ》』までいるのだから、その手際《てぎわ》の良さは流石《さすが》としか言いようがない。あと彼女の虜《とりこ》になっていないのは……とメアリが記憶《きおく》の中のキャラクター一覧を思い出していると、ふとパルフェットがメアリの名を呼んだ。プクと頰《ほお》を膨《ふく》らませて逆ハーレムを睨んでいるのは彼女なりの威嚇《いかく》だろうか。

「どうなさったの？」

「メアリ様、気になるんですか？」

「そりゃ、あれだけ目立つんですもの。それに気になっているのは私ではなく貴女じゃなくて？」

「わ、私は全然気になんかしていません！　あの人達がどうなろうと、私にはまったく関係ないんですから！」

そう言ってプイとそっぽを向くパルフェットに、メアリが「そうね」と苦笑《くしょう》を漏《も》らした。

メアリ・アルバートはあくまで前作のキャラクター、それもファンディスクにすら登場していない。加えて今のメアリは単なる留学生なのだから、まったくもって『無関係』である。誰が逆ハーレムを築こうが誰が没落《ぼつらく》を阻止《そし》せんと暗躍《あんやく》しようがメアリには与り知らぬ話である。

だと言うのに……とメアリがうんざりと溜息《ためいき》をついたのは、リリアンヌとカリーナが無言で視線を送ってくるからだ。渦中《かちゅう》の人物であり逆ハーレムの女王エレシアナ大学の女子生徒全《すべ》てから嫉妬《しっと》されるリリアンヌと、対して大学中から支持される万能《ばんのう》の令嬢《れいじょう》カリーナ。そんな対極である二人からジッと視線を送られれば、流石のメアリも居心地《いごこち》の悪さを感じると言うもの。

かといって「私は貴女達のゲームとは無関係よ！」等と自ら尻尾《しっぽ》を出すような発言は口が裂《さ》けても言えるわけが無く、まるで何も知りませんと言わんばかりの微笑みで「どうかなさいました？」と彼女達に尋《たず》ねるしかないのだ。当然、彼女達も前世だのゲームだのと言えるわけが無く「いいえ、なんでもありませんの」とわざとらしく微笑んで返してくる。

なんて浅はかな腹のさぐり合いだろうか。これを何度と無く繰《く》り返していれば嫌気がさすのも仕方ない。

だが逆に言えば、彼女達のこのメアリを警戒《けいかい》するような動きこそ、彼女達が前世の記憶を持っていると言っているようなものだ。

もっとも、それを抜《ぬ》きにしてもまるで最善の選択肢《せんたくし》を知っているかのように効率的に男達を落としていくリリアンヌと、対してまるで自分の末路を知っていてそれを避《さ》けるように日々努力し味方を増やしているカリーナの行動は、裏を知る者からしてみれば分かりやすすぎる。気付いて当然、むしろ隠しているのかと疑いたくなるようなものなのだが。

そんな彼女達にとって、メアリ・アルバートは予期せぬ人物なのだろう。既《すで》に舞台《ぶたい》から退いたはずの前作の悪役、没落せずゲーム上有り得ない道を進んでいる人物。どう動くのか予想が出来ず、どう影響《えいきょう》するのかも分からない。どちらにとってもイレギュラーである。――メアリとて自分がどうしてエレシアナ大学にいるのか分からないのだが……むしろあれほど没落を目指して頑張《がんば》っていたメアリにとって、どうしてこうなったのか教えてほしいくらいである――

そういうわけで、「どうしてここに」だの「彼女も記憶が？」だのと向けられる疑惑《ぎわく》の視線にメアリはうんざりとし、いっそ直接聞きに来てくれれば良いのにとさえ思っていた。

「あ、またカリーナ様とリリアンヌさんが」

と、ふと気付いたようにパルフェットが彼女達の方を向く。

メアリがそれに対して「そうね」と返したが、視線はあくまで手元の本に落としたままだ。確認《かくにん》しようと彼女達の方を向こうにも、その瞬間《しゅんかん》に顔を背《そむ》けられるか愛想笑《あいそわら》いが返ってくるかのどちらかなのだ。

「メアリ様はお二人と仲がよろしいんですか？　なんだか、気付けばお二人ともメアリ様のことを見ていらっしゃるような」

「アルバート家の令嬢だから気になるんでしょ。カリーナさんは国外への外交に力を入れてらっしゃるらしいし、リリアンヌさんにとってはアルバート家の権力は彼女から男の方を奪《うば》い取りかねないし」

「メアリ様、もしかしてガイナス様を……⁉」

「そうねぇ、アルバート家なら奪い取るのも造作ないかもしれないわ」

そう冗談《じょうだん》混じりにコロコロと笑えば、パルフェットが拗《す》ねるようにムゥと唇《くちびる》を尖《とが》らせた。リリアンヌに婚約者《こんやくしゃ》を奪われ、そのうえアルバート家の令嬢にまで……と、流石に笑えないようだ。

だがそれを指摘《してき》してやるもパルフェットは「あんな方もう知りません！」と意地を張ってそっぽを向いてしまう。その分かりやすい態度にメアリが苦笑を漏らせば、パルフェットが小さく首を傾《かし》げて「メアリ様は……」と尋ねてきた。

「メアリ様は、そういう方はいらっしゃらないんですか？」

「そういうって？」

「心からお慕《した》いして、会えない時はその方のことばかり考えてしまうような……そんな方です」

胸を押さえるように話すパルフェットに、対してメアリは悩《なや》むように眉間《みけん》に皺《しわ》を寄せた。

まったくもって思い当たらないのだ。そもそも、元よりメアリはアルバート家の令嬢としてパトリックと結婚《けっこん》するのだと考えていた。それは希望ではなく互《たが》いの家柄《いえがら》を考えた上での予測でしかないのだが、結果的に婚約が破棄《はき》となったからと言って「さぁ自由だ！　次の男を！」とも考えられない。なにより、相手はあのパトリックだ。誰《だれ》もが焦《こ》がれる理想の王子を相手にしていたのだから、今更《いまさら》そこいらの男に惚《ほ》れろというのも難しい話である。

そこまで考え、メアリがふと「誰か思い当たる？」と隣《となり》を見上げ……誰もいないその空間にパチンと一度瞬《まばた》きをした。

「あの……メアリ様？」

メアリの突然《とつぜん》の行動に、パルフェットもまた目を丸くする。

「そこに誰かいるのか」と、聞くまでもなくメアリの隣は空席なのだ。なにより、メアリのこうぃった行動は今日に限ったわけでもなく何度か見られ、その都度パルフェットが不思議そうに首を傾げていた。誰かに話しかけるように隣を見上げ、誰も来ないのに待っているような素《そ》振《ぶ》りを見せる。そして今日もまた、メアリの手元を見ればコップが二つ……。

「メアリ様は……なんと言いますか、少し不思議なお方ですね」

「あら、嫌《いや》なら離《はな》れてくださっても構わないのよ」

「……そ、そんなぁ」

メアリの照れ隠しの一言を真に受け、パルフェットの瞳《ひとみ》に涙が溜《た》まる。

この相変わらずの打たれ弱さにメアリが慌《あわ》てて「これくらいの冗談、令嬢なら笑って聞き流しなさいよ！」と——メアリなりの——慰《なぐさ》めの言葉をかけた。

「そ、そうですよね。私もっと強くならなきゃ……何を言われても気にしないくらいに……」

「まぁ、でも何を言っても響《ひび》かなくてスルーされるってのもそれはそれで堪《こた》えるものがあるんだけど……」

「メアリ様、なにかあったんですか？」

「えぇ、メンタル最強の田舎娘《いなかむすめ》とね……全弾《ぜんだん》見事に散っていったわ」

どこぞの王女様を思い出し盛大に溜息をつくメアリにパルフェットが首を傾げ、いったい何があったのかと尋ねかけ……ハッと息を呑《の》んだ。その異変に気付いたメアリがパルフェットの視線を追えば、移動しようとしていたのか逆ハーレムの集団がゾロゾロとリリアンヌを囲んで出入り口へ向かい、その中の一人がこちらに視線を向けていた。

ガイナス・エルドランド、他《ほか》でもないパルフェットの婚約者である。――今のところはまだ、と言った方が良いのかもしれないが――彼はジッとこちらを見つめ、メアリの視線に気付くと慌てて顔をそらし、それでも一度小さく頭を下げた。少なくとも、メアリにはそう見えた。

パルフェットを見れば彼女は俯《うつむ》いたままだし、周りを見回してもリリアンヌの逆ハーレムに嫉妬の炎《ほのお》を燃やす者はいるがガイナスが頭を下げそうな人物はいない。となると、彼が頭を下げたのはやはり……と、そこまで考えメアリが「面倒《めんどう》くさい」と小さく呟《つぶや》いた。

この世界は相変わらずゲームのようでいて、それでいて一概《いちがい》にゲームとは言い切れない。なんとも微妙《びみょう》な案配である。

イレギュラーの最たる存在であるメアリは先日のことを考えながら、その微妙な案配に溜息をつきつつ紅茶を一口すすった。久しぶり……ではない頻度《ひんど》で帰らされている自宅は何だかんだ言いつつやはり落ち着くもので、愛用のティーカップが手に馴染《なじ》む。

「それで、パルフェット様が今回の悪役令嬢なんですか？」

正面に座るアディがスコーンに手をのばしつつ尋ねれば、メアリがそれに対して「悪役ってわけじゃないわね」とあやふやな返答をした。

前作にあたる『ドラ学』では『メアリ・アルバート』という明確な悪役がいた。

彼女は悉《ことごと》く主人公に嫌がらせと妨害《ぼうがい》をし敗退するといったまさに悪役のポジションであったが、第二弾《だいにだん》にあたる『ドラドラ』のライバルキャラは皆《みな》が皆メアリのような悪役令嬢というわけではない。確かに一部の女性キャラクターはメアリの再来が如《ごと》く主人公の邪魔《じゃま》をして没落《ぼつらく》コースに陥《おちい》るわけだが、反して一部のキャラクターは主人公と友情を築き、主人公とヒーローのために身を引き、それどころか友情イベントなるものまで与《あた》えられていたのだ。

ちなみに前者がカリーナであり、後者がパルフェットである。だがガイナスが攻略《こうりゃく》されているというのにパルフェットがリリアンヌと親しくしている素振りはなく、それどころかパルフェットはリリアンヌを恨《うら》んで立場的に孤立《こりつ》しかけてさえいた。ゲームの通りならばガイナスがリリアンヌに骨抜《ほねぬ》きになる頃《ころ》には彼女達の間には友情が芽生え、パルフェットは自らの意志で身を引く決意をするのだ。

そもそもゲームの設定ではパルフェットもガイナスも親の都合で婚約しているだけで、互いに恋愛《れんあい》感情を抱《いだ》いてはいなかった。だからこそリリアンヌの登場でパルフェットは身を引き、そして身分の差に苦しむ彼等を誰よりも応援《おうえん》し手助けするのだ。弱く泣き虫なパルフェットがリリアンヌとガイナスのために立ち上がり、身分の差ゆえに二人を離そうとする周囲を説得するシーンは感動さえ呼んだ。

だが先日のパルフェットの反応を見るに、少なくとも彼女はガイナスを心から慕っている。それも、リリアンヌを囲む彼の姿を見てもまだ、だ。

「パルフェット様おかわいそうに……立場的にも話しかけられず、さぞやお辛《つら》いでしょうに」

まるで我が事のように悲痛そうな表情を浮《う》かべるアディに、メアリがおやと彼に視線を向けた。深く溜息《ためいき》をついているあたり、随分《ずいぶん》と肩入《かたい》れしているようではないか。

「どうしたの、なんだか随分と親身になってるみたいだけど。貴方《あなた》、彼女と知り合いだっけ？」

「え……い、いや、別に……。以前に一度パーティーでお見かけしたことはありますが……それに、知り合いだからとかではなく、どちらかと言うとパルフェット様の境遇《きょうぐう》に共感できるからであって……」

らしくなくしどろもどろなアディに、メアリが訝《いぶか》しげに彼の顔を覗《のぞ》き込んだ。

顔が赤い。そのうえ露骨《ろこつ》に視線をそらされてしまう。くわえて先程《さきほど》の「パルフェット様の境遇に共感できる」という発言。

これらから考えられることは……とメアリが考えを巡《めぐ》らせ、ハッと気付いたように顔を上げた。

「そ、そうだったのね。アディ、貴方……！」

「お嬢《じょう》……俺は……！」

「そこまでお父様のことを想《おも》っていたのね！」

「……はい？」

　どういうことですか？　と間の抜《ぬ》けた表情のアディに、メアリが「皆まで言うな」と悟《さと》ったような表情で首を横に振《ふ》った。

「貴方がそこまでお父様を慕っていたなんて思いもしなかった……驚《おどろ》きだわ」

「えぇそりゃそうでしょうよ。俺だって驚いてますよ」

「確かに従者の貴方とアルバート家の当主とでは身分の差が大きすぎる。だから声を掛《か》けられず只《ただ》見つめるだけしか出来ないパルフェットさんに自分の姿を重ねていたのね……！」

「お嬢……現実に戻《もど》ってきてください……いや、もう現実じゃなくても構わないんで、とりあえずその世界から出てきてください！　その世界は危険です！」

「貴方の邪魔をするのは気がひけるけど、お父様とお母様の間に割って入らせることはできないわ……！」

　ごめんなさい！　と申し訳なさそうに顔を背《そむ》けるメアリに、アディが盛大に肩を落とした。……が、すぐさま顔を上げて「で、本題に戻りますけど」と強引《ごういん》に話を切り替《か》える。流石《さすが》メアリの従者である。この程度の玉砕《ぎょくさい》で傷つくほどヤワな作りではないのだ。なにせ、玉砕歴を言うのならばメアリよりアディの方が長い……胸を張って言えることではないが。

　そうして二人揃《そろ》って本題に切り替え、改めてアディがコホンと咳払《せきばら》いをした。若干《じゃっかん》表情が青ざめているのは、メアリの話を聞いて多少なり想像してしまったからだ。

「それで、今回もまた乙女《おとめ》ゲームとやらだとして、お嬢はどうするおつもりですか？」

「何もしない！」

「何もしない？　前回あんなに頑張《がんば》ってたのに？」

「学生の本分は勉学よ！　つまり私が頑張るべきは経営学！」

「そりゃまぁ、確かにそうですけど……」

「それにゆくゆくは渡《わた》り鳥井《どん》屋の国外進出をねらってるのよ。今のうちにめぼしい土地を見つけて押さえておくの！」

ドヤ！　と胸を張って答えるメアリに、アディが「そのやる気を別の方向に向ければ……」と呟きつつムギュと盛大に足を踏《ふ》まれた。

だがアディが拍子抜《ひょうしぬ》けするのも仕方あるまい。なにせ前回はあれ程までに意欲的に行動していたのに——まぁ、結果はこのざまなのだが——対して今回はこの「何もしない宣言」である。

てっきり今度こそ没落だの北の大地だのとリベンジするのかと思った、とアディがポツリと呟けば、メアリが言わんとしていることは分かると肩を竦《すく》めた。

「確かに、私だってこの記憶《きおく》を利用したいところではあるけど、なにせ『ドラドラ』にはメアリ・アルバートの出番がないの。何をすればどうなるか、それが分からない限り迂闊《うかつ》な行動はとれないわ」

「確かにそうですね」

なるほど、とアディが頷《うなず》く。

今のメアリはゲームには存在しないイレギュラーの存在なのだ。おまけに、メアリは今や

『王家に並び、王家を支えるアルバート家』の令嬢《れいじょう》である。下手《へた》にゲームの記憶《きおく》を頼《たよ》りにキャラクターにちょっかいを出して場を引っかき回せば外交問題にもなりかねない。流石にそこまでの大事、それも国を跨《また》いでの問題はメアリの許容範囲外《はんいがい》である。あくまでメアリの望んだ没落は、原因であるメアリを北の大地に追いやりアルバート家の権威《けんい》の一部を返還《へんかん》する程度の始末で済む没落なのだ。もっとも、それも今のアルバート家には必要ないのだが。

それになにより……と深刻な表情で言いよどむメアリに、アディが「更《さら》になにか？」と思わず聞き入るように顔を寄せた。

「私《メアリ》のライバルはあくまであの子《アリシア》よ！」

「うわぁー……まだ諦《あきら》めてないんですか」

「現状アルバート家が順風満帆《じゅんぷうまんぱん》だろうがもう知ったことじゃない、ここから先は私の意地！とりあえず一度はあの子《アリシア》を泣かすわ！」

「どんどん志が低くなってませんかね。あ、でも」

「うるさいわね！　とりあえず下手な行動に出られない以上、ひとまず傍観《ぼうかん》に徹《てっ》するしかないじゃない！　だからこそ、私はエレシアナ大学では学業に励《はげ》んで、こっちではあの子《アリシア》を泣かすためにっ」

「メアリ様、おかえりなさーい！」

言い掛けたメアリの背後に何か——言わずもがな、アリシアである——が勢いよく突撃《とつげき》してきた。

タックルとも言えるその熱い抱擁《ほうよう》にメアリが「うぐっ」と低い声をあげる……が、なんとか崩《くず》れずに持ちこたえたのは流石の一言である。アルバート家の令嬢たるもの、いかに不意打ちで弾丸《だんがん》タックルを喰《く》らおうと無様に取り乱す姿も、ましてやテーブルに突《つ》っ込んでいく姿も晒《さら》せるわけがないのだ。

だからこそなんとか持ちこたえ、ギチギチと音がしそうなほどゆっくりと背後を振り返った。

そこに居たのは勿論《もちろん》アリシアである。美しい金糸の髪《かみ》を揺《ゆ》らし、輝《かがや》かしいばかりの笑顔《えがお》でメアリに抱《だ》きついている。頬《ほお》がほんのりと赤く染まっているのはよっぽど嬉《うれ》しいのか、それとも長距離《ちょうきょり》を全力で走ってきたのか定《さだ》かではない。そんな笑顔にメアリがひきつった表情を浮かべれば、優雅《ゆうが》に紅茶をすすっていたアディが「すみません」と謝罪の言葉を投げかけた。

「今日お嬢が帰ってくるってアリシアちゃんに言っちゃいました」

「毎度のことながら、この裏切り者！」

「俺が裏切り者ですって!?　俺はお嬢の味方をベースにした……」

「はいはい、私の味方をベースにしたこの子の応援し隊の大隊長なんでしょ」

「アリシアちゃん応援し隊カレリア本部の大隊長です！」

「だから何で出世を……本部!?　増えてる!!」

そんな普段《ふだん》通りのやりとりをしていると、メアリの腰《こし》に抱きついたアリシアがクスクスと楽しそうに笑った。

「メアリ様、お久しぶりです！」

「えぇ、そうねぇ本当に何日ぶりかしら……先週の休みも帰ってきたでしょ！　毎度毎度抱きついてこないでちょうだい！　田舎臭《いなかくさ》さがうつるでしょ！」

離《はな》れなさい！　とメアリが強引にアリシアを引き剝《は》がせば、遅《おく》れて現れたパトリックが「相変わらずだな」とクックッと笑みをこぼした。ゆったりとしたその余裕《よゆう》を感じさせる歩みと爽《さわ》やかな笑顔に、メアリが彼を睨《にら》みつける。

「王女ともあろうお方が田舎臭さ丸出しじゃない。この田舎娘《むすめ》がいずれ国を率いるなら今から亡命の計画でもたてようかしら」

「はは、まぁそれがアリシアの魅力《みりょく》でもあるからな」

メアリの嫌《いや》みにパトリックが苦笑《くしょう》を浮《う》かべて返す。が、その表情は満更《まんざら》でもなさそうで、それどころかアリシアを見つめる瞳《ひとみ》は穏《おだ》やかで愛《いと》おしむような色さえ感じられるのだ。「少しは落ち着いたらどうだ」と窘《たしな》めるその言葉がまったく怒《いか》りも叱咤《しった》の色もなく愛《め》でているだけなのは今更《いまさら》言うまでもない。

まったくもって惚気《のろけ》じみたその言葉と表情に、メアリが目眩《めまい》がすると言いたげに額を押さえた。アリシアの隣《となり》に座り、優《やさ》しげに微笑《ほほえ》むパトリックのなんと柔《やわ》らかなことか……。『ドラ学』でのあのクールを通り越《こ》した冷酷《れいこく》な態度がまるで嘘《うそ》のようである。

思わずメアリが「色ボケ」と呟《つぶや》きつつ、おもむろに立ち上がった。

「せっかく来て貰《もら》ったのに悪いけど、少し席を外させて貰うわ」

「メアリ様、なにか用事があるんですか？」

「バカみたいにイチャつく恋人《こいびと》達を見せられるのが苦痛なだけよ」

「えへへ、そんなぁ恥《は》ずかしいです」

「な、なぜその反応が返ってくるの……！」

　照れくさそうに笑うアリシアにメアリが愕然《がくぜん》とする。……が、すぐさまコホンと咳払いをして話を改めた。この程度の玉砕、もはや引きずる程《ほど》ではないのだ。

「実を言うと、ちょっと会わなきゃいけない人がいるの。まぁでも、そんなに時間はかからないと思うわ」

「せっかくの休みなのに、君も大変だな」

　紅茶を飲みつつ労《ねぎら》ってくるパトリックに、メアリが肩《かた》を竦めることで返した。性別の違《ちが》いこそあれアルバート家とダイス家という貴族の家柄《いえがら》に生まれた二人は互《たが》いの重荷を知っている。たとえ友人とお茶を楽しんでいたとしても、子息令嬢としての対応を求められれば応じなければならないのだ。

　だからこそメアリが「文句を言っても仕方ないわ」と苦笑をもらした。そうして、さも当然のように、

「ちょっとお見合いしてくるだけよ」

　と言いのけるのだ。これには当然だがアリシアが目を丸くし、彼女が多忙《たぼう》だと知っていたパ

トリックでさえ慌《あわ》ててアディに視線を向けた。

現在、メアリの元には数え切れない程の結婚《けっこん》の申し出が殺到《さっとう》していた。なにせアルバート家は王家と並ぶ権威を持つ家なのだ。それも王家公認《こうにん》として。となればアルバート家の令嬢を家に招き入れたいと思う者が出るのも当然である。上手《うま》いことメアリを引き込めばアルバート家との繋《つな》がりは勿論、王家とも、そしてダイス家とも親交を持てるのだ。どんなに小さな家柄だろうとメアリ一人が持つパイプで一気に社交界のトップに躍《おど》り出ることが出来る。

そんな付加価値から、今やメアリは社交界の注目の的、自家の繁栄《はんえい》を望む者ならば誰《だれ》だって喉《のど》から手が出るほどに渇望《かつぼう》する存在であった。だが逆に言えばメアリの背後にはアルバート家はおろか王家とダイス家が構えているわけで、誰もが迂闊な手段には出られないと婚約《こんやく》の申し出に止《とど》まっているのもまた事実である。

更にメアリ本人も家柄に見合った美しさと聡明《そうめい》さを持ち合わせているのだから、これで申し出が殺到しないわけがない。——もっとも、美しさと聡明さに比例するように変わり者な点や奇行《きこう》も多々見られるのだが、それを上回る付加価値である——

今までは「ダイス家のパトリックと結婚するのだろう」と誰もが考え敬遠していた、というのも今回の殺到ぶりに拍車《はくしゃ》をかけているのかもしれない。

勿論メアリの父も娘のことを想《おも》い、次から次へと送られてくる申し出を片《かた》っ端《ぱし》から篩《ふるい》にかけていた。——ちなみに、その篩にかける際の常套句《じょうとうく》が「娘に会わせるのはダイス家のパトリックと並ぶ男でなくては」というもので、これが驚《おどろ》く程に効果がある……というのをパトリック本人は知らずにいる——

そんな中でも家の関係で会わなくてはならない人物は出てくる。聞けば今回の相手は外交上の関係をもつ隣国《りんごく》の名家子息で、どうしてもと相手の父親から頼《たの》み込まれてしまったのだという。

「といっても、向こうは好きな女性がいるみたいだし『お見合い』といってもちょっとしたお茶会なのよ。向こうの親だけが乗り気で、相手の男性もその気はないみたいだし」

そう話しながらメアリが身嗜《みだしな》みを整える。

その背後で銀糸の髪を結《ゆ》っていたアディが安堵《あんど》の色を浮かべたが、あいにくとメアリは気付かずにいた。今は背後の従者より、いかに早く、かつ失礼のないように、それでいて相手が「これは無理だ」と悟《さと》れるような流れに持っていけるかが重要なのだ。

「まぁでも、あんまり長くなるようなら最終手段を使えばいいわけだし」

「最終手段ですか？」

「そうよ。こう……儚《はかな》げに俯《うつむ》きながら『アリシア王女のように、私にも王子様が現れてくれると思っていますの……』って呟けば一発よ！」

「何さり気無くパトリック様を引き合いに出してるんですか！」

「使えるものは何でも使うわ！　それにこれ効果抜群《ばつぐん》なのよ、ほぼ全《すべ》ての男が退くの！」

「そりゃ相手がパトリック様ならどんな男でも辞退しますよ。というか、そんなこと言ってるからまだパトリック様を想ってるなんて噂《うわさ》されるんでしょ」

「言いたい人には言わせておけば良いのよ。むしろパトリックの名前が牽制《けんせい》になって良いかもしれないわね、パトリック様々だわ。あとでクッキーをあげましょう」

コロコロと上機嫌《じょうきげん》で笑うメアリに、思わずアディが「人の気も知らないで」と恨《うら》めしそうに呟いた。

流石《さすが》にこの言葉にはメアリも気付いたようで、キョトンと目を丸くさせると振り返り上目遣《うわめづか》いでアディを見上げた。

「貴方《あなた》の気持ち？　どういうこと？」

「えっ、それは……その……」

「あぁ、お見合いの間ずっと立ちっぱなしで居なきゃいけないから辛《つら》いのね！」

分かった！　とでも言いたげにメアリがパッと表情を明るくさせる。

勿論それがまったくもって見当違《けんとうちが》いなのは言うまでもないのだが、かと言って真相を言えるわけがなくアディが盛大に肩《かた》を落とした。ポツリと漏《も》れる「この人は本当に……」という小さな声が哀愁《あいしゅう》を誘《さそ》うのだが、あいにくとこの部屋にはメアリしかいない。パトリックあたりがいれば哀《あわ》れんで肩でも叩《たた》いてやっただろうに。

「えぇそうですよ……お嬢《じょう》が他《ほか》の男性と話をされている最中、ずっと部屋の隅《すみ》で立ってそれを見てなきゃいけないのは辛いなんてもんじゃありません」

「そうねぇ、私も座らせてあげたいとは思うんだけど嫌がられるじゃない」

「こ、これでも通じない……！　今までのスルーは全て合金ドリルの防音効果で弾《はじ》かれていたからだって俺は自分に言い聞かせていたのに……！」

「なんか良く分からないけれどバカにされているのは分かったわ！　貴方ね、これから私がお父様を交えた茶会に行くって忘れたの!?」

「申し訳ございませんでした！　編み込みに！　髪形《かみがた》を編み込みにするんで許してください！」

「あんたの謝罪の基準がいまいち分からないのよねぇ。で、何の話だったの？」

不思議そうに首を傾《かし》げるメアリに、アディが慌てて視線を逸《そ》らし誤魔《ごま》化《か》すようにコホンと咳《せき》払《ばら》いをした。

そうしていまだ「部屋の隅に椅子《いす》を用意する」だの「いっそ全員立ったらどうかしら」だのと明後日《あさって》な考えを巡《めぐ》らせているメアリをチラと一瞥《いちべつ》した。相変わらず見当違いではあるが、少なくとも今のメアリは見合いを前にしてもなおアディのことを考えている。

それがアディにとっては嬉《うれ》しくもあり、そしてこの後に他の男と——それも見合い相手と——話している姿を見なくてはならないことが胸にモヤを残す。

「……俺は」

「うん？」

「俺は貴女《あなた》が他の男性と話しているのを立って見ているなんて耐《た》えられないんです。だから……」

「だから？」

どうしたの？　とメアリが再び首を傾げる。

その瞳《ひとみ》にジッと見つめられ、アディが意を決したかのように口を開いた。


「だから、俺のために早く終わらせてください」


と、そう言い切ってから数秒すればアディの顔が徐々《じょじょ》に赤くなっていく。

本来であれば到底《とうてい》許される発言ではない。従者の身分で主人の茶会を、それも婚約に繋がりかねない大事な茶会を、勝手な感情で「早く終わらせてくれ」等と無礼どころの話ではない。調子に乗るなと叱咤《しった》され解雇《かいこ》されてもおかしくないレベルだ。

だからこそ言い終わるやアディはギュッと目をつぶり、くるやも知れない叱咤と拒絶《きょぜつ》の言葉に身構えた。

「何を言ってるの」と呆《あき》れられるか。

「そんな無理を言わないで」と冷静に諭《さと》されるか。

「主人の茶会に口を挟《はさ》まないで」と怒《おこ》られるか……。

だが身構えるアディとは反対にメアリがあっさりと「いいわよ」と返した。驚いてアディが目を開ければ、目の前にはドヤ顔のメアリの笑顔《えがお》。

「……え？」

「どうしたのそんな間抜《まぬ》け面《づら》して。早く終わらせるんでしょ、別に構わないわよ」

「……俺の、ために？」

「えぇ、貴方のためにね。時間を計ってなさい、最短で終わらせてあげるわ！」

意気込むメアリに、アディが僅《わず》かに呆然《ぼうぜん》とし……クスと小さく笑みをこぼした。自分の気持ちは何一つとして伝わっていないが、それでも茶会より優先されたことが彼の胸のモヤを消して安堵をもたらす。

「えぇ、それじゃ時計で計っていますね」

「最初からパトリックの存在をほのめかしつつ未《いま》だ胸を痛める令嬢《れいじょう》を演じて相手に辞退を促《うなが》す、私の最終奥義《おうぎ》を見せてあげる！」

「フルコースでいきますね」

得意げなメアリにアディが嬉しそうに頷《うなず》いて返す、部屋の扉《とびら》がノックされメアリを呼ぶメイドの声が聞こえてきたのはちょうどその時である。

そうしてメアリとアディは客間へと向かい、そこに座り待ちかまえる相手を目にし……「これは最短は無理かも知れない」と早々に先程《さきほど》の話を撤回《てっかい》した。

そこに居たのが他でもない、ガイナス・エルドランドだからである。

第二章

ガイナス・エルドランドは寡黙《かもく》で強面《こわもて》気味ではあるが、背の高さと体格の良さから格好良いと女性達の間で評判の男である。さらに言えば性格は面倒見《めんどうみ》がよく同性からも慕《した》われており、真面目《まじめ》な性格で生徒に限らず教授からの信頼《しんらい》も厚い。

『ドラドラ』の攻略《こうりゃく》対象であるガイナスも同様に、キラキラ王子タイプばかりのこのゲームシリーズにおいて王子というより騎士《きし》といった表現の似合う一味違《ちが》った魅力《みりょく》を持つキャラクターとして描《えが》かれていた。

もっとも、今はそんな『ゲームの中のガイナス』は勿論《もちろん》、実際の彼の評価に関して冷静に考えている場合でもない。対峙《たいじ》するのはゲームではなく現実のガイナスで、おまけに両家の親がニコニコと笑いながら彼と向き合う席に座れと勧《すす》めてくるのだ。

メアリがうんざりした表情でチラと背後を振り返れば、従者モードに切り替《か》わったアディが恭《うやうや》しく頭を下げて定位置である部屋の隅へと向かう。その去り際《ぎわ》にほんの一瞬《いっしゅん》、メアリにだけ分かるように視線を合わせて目を細めるのは彼なりの励《はげ》ましだろうか……。

そんなことを考えつつメアリがガイナス達に向かい頭を下げれば、彼の隣《となり》に座る父親らしき男性が「これは美しいご令嬢だ」と嬉しそうに笑った。どうやら寡黙な息子《むすこ》とは反対に饒舌《じょうぜつ》のようだ。当のガイナスはと言えばメアリの登場に僅かに身構え、父に続いてぎこちなく頭を下げるだけなのだ。

「本日はわざわざご足労いただきありがとうございます。メアリ・アルバートと申します」

「いや、こちらこそ無理を言って申し訳ない。そんなに畏《かしこ》まらず、今日のところは軽く話でもしていただければと思っていますので」

「見合いではない」と言いつつも、それでいて「今日のところは」とこれからの進展を匂《にお》わせる。その言葉にメアリが内心で小さく舌打ちをした。

なんだ、やっぱり見合いじゃないの……と。だがその反面、彼等の考えが見えはじめてきた。

なにせいまだガイナスはパルフェットと婚約《こんやく》中、それでいて既《すで》にリリアンヌに落とされているのだ。そんな中でのメアリとのこの見合いもどき……。

なるほどそういうことね、とメアリが内心で呟《つぶや》きつつ、両家の親達に誘導《ゆうどう》されるかのようにガイナスと会話を続け、時には柔《やわ》らかく微笑《ほほえ》んで見せた。親同士の面子《メンツ》がある以上、いくら面《めん》倒《どう》な茶番でも冷ややかな対応をとるわけにはいかない。面倒くさいが、猫《ねこ》を総動員して被《かぶ》らなければならないのだ。

そんな奮闘《ふんとう》ぶりを見せるメアリに対してアディはと言えば、勿論部屋の隅である。背筋を正し自らの存在を消すかのように沈黙《ちんもく》を保つ姿はまさに従者そのもので、そんな彼の様子を一瞥したメアリが誰《だれ》にも気付かれないように小さく溜息《ためいき》をついた。

どうしてだろうか、今日に限って妙《みょう》に遠く感じる。先程アディの頼《たの》みを受けて最短を宣言したくせに、早くもそれが無理だと考え始めているからだろうか……。そう思えど会話をぶつ切りにすることも出来ず、メアリが心の中でアディに謝罪をすると共にガイナスに向き直った。

そうしてしばらくは他愛《たわい》もない——それでいて売り込むような——会話を続けていると、まるでこの機会を狙《ねら》っていたかのようにガイナスの父親が「では、我々はそろそろ……」と、メアリの父に目配せをした。

なんともセオリー通りの使い古された手ではないか。まさに「後は若い二人で」といったその流れにメアリは気付かれないように溜息をつきつつ、去り際の父親達を見送る振《ふ》りをしてアディに視線を向けた。

彼は変わらず従者らしくメアリとガイナスの父親が退室するのを扉を開けて見送っていた。その姿はまるで従者そのもので、頭を下げる角度も扉を開ける所作もなにもかも完璧《かんぺき》である。流石《さすが》アルバート家に仕える者と言え、それでいてメアリからしてみればひどくアディらしくない。

なにせ今朝方、片手に紅茶・片手にスコーンを持ったアディに「お嬢、両手が埋《う》まったんでドアを開けてください」と頼まれたのだ。態度も言動もまったくもって従者らしくなくそれでいて彼らしいあの言葉を思い出せば、なぜかメアリの胸が痛んだ。

——ちなみにそんな相変わらず無礼極《きわ》まりないアディに対してメアリは何か言ってやろうと思ったのだが、焼き立てのスコーンを見せられて出かけた言葉を飲み込んでしまった。なにせフンワリと甘く芳《こう》ばしい香《かお》りが漂《ただよ》ったのだ、あれに逆らえる者がどこにいるというのか――

そんな他愛もないやりとりを思いだし、メアリがふと自分の胸元《むなもと》を押さえた。何かチクリと小さな針で刺《さ》されたような痛みが胸に走ったのだ。

「……なにかしら」

だが胸を押さえた時には既に痛みも引き、原因を探《さぐ》るように窺《うかが》っても鼓動《こどう》は正常。いったいどうしたのかしら……とメアリが自分の胸元を不思議そうに見下ろせば、そんなメアリこそ不思議だとガイナスが名前を呼んだ。

「メアリ嬢《じょう》、どうかしましたか？」

「……別になんでもないの、きっと気のせいだわ」

ガイナスに名前を呼ばれて我に返ったメアリが誤魔化《ごまか》すように愛想笑《あいそわら》いを浮《う》かべ、改めて彼に向き直る。そうして穏《おだ》やかな笑みを浮かべ、両手を胸の前で握《にぎ》った。まさに女性らしいポーズであり、傍《はた》から見ればさぞや愛らしい令嬢だろう……と、本人がそう考えているのだからたちが悪い。

「今回のお話、突然《とつぜん》でビックリしました。まさかこんな強引《ごういん》に話を進めるほど、貴方《あなた》が私に想《おも》いを寄せていてくれたなんて」

「え、それは……あの……」

「やだ冗談《じょうだん》に決まってるじゃない、本気にしないでちょうだい」

あっさりと言い切り、それどころか一瞬にして先程の愛らしい令嬢から冷ややかな態度に変わるメアリに、ガイナスが虚《きょ》を衝《つ》かれたように目を丸くさせた。根が真面目な彼はメアリの皮肉と変化についていけないのだろう。

それもまた彼の魅力ですと、そう切なげに話すパルフェットの顔がメアリの脳裏《のうり》を過《よ》ぎる。メアリの皮肉を真正面から受け止めバカ正直に傷ついて涙目《なみだめ》になるパルフェットと、今この目の前の生真面目《きまじめ》を絵に描《か》いたような男はまさにお似合いではないか。リリアンヌが割って入らなければ、さぞや平穏《へいおん》で温かく仲睦《なかむつ》まじい二人だったことだろう。

そんなことをメアリが考えていると、コホンと咳払《せきばら》いが聞こえてきた。見れば、ガイナスがまるで何かを訴《うった》えるようにわざとらしく咳払いをし、そのたびに部屋の一角に視線を向けている。

いったい何が言いたいのか……と、そんなこと確認《かくにん》するまでもない。この部屋の隅《すみ》にいる人物、メアリとガイナスと、もう一人……。

「彼なら気にならないで、全部知ってるから」

ガイナスの言わんとしていることを察し、メアリがチラとアディに視線を向けた。アディもそれを受けて無言のまま応《こた》えるように頭を下げる。

彼を下がらせてくれと、咳払いを通じてそう訴えていたのだ。年頃《としごろ》の男女を同じ部屋に居させるのも問題かとは思うが、反面せっかく親達が気を利《き》かせて二人きりにしたというのに従者がジッと部屋の隅に構えているのは無粋《ぶすい》とも言える。

毎度のことだわ……とメアリが溜息をつきつつ、それでも「何を話しても彼は他言しないわ」とガイナスを宥《なだ》めた。

いつだって誰が相手だろうとこの調子なのだから、椅子《いす》を用意してアディを座らせてやるなど出来るわけがない。この場においてアディに許される行動は『退室』か『用を言いつけられるまで黙《だま》ってジッと立っている』だけなのだ。それが分かっていてもメアリが食い下がろうとし、重苦しいガイナスの咳払いと、それに被《かぶ》せるようなアディの「失礼いたしました」という謝罪に出かけた言葉を飲み込んだ。

「気が利かず申し訳ございません。扉《とびら》の外におりますので、用があればお声をかけてください」

そう言葉を残し、アディが一礼すると部屋を出ていく。その背中を主人らしく無言で見送り、バタンと閉まる扉の音に被さるようにメアリが小さく溜息をついた。

いつもこうだ。男性と話をしていると決まって誰もがアディを退室させたがる。もしくは彼がまるで存在していないかのように「二人きりになれた」と言って寄越《よこ》すのだ。

もちろんそれは貴族として考えれば当然のことで、従者の同室を希望し、ましてや同じテーブルについて一緒《いっしょ》に話をしたいと考えるメアリの方がおかしい。それはメアリだって自覚している。

だからこそガイナスを責めることもアディを呼び止めることも出来ず、只《ただ》黙って見送るしかなかった。言いようのない気持ちが胸を占《し》めるがそれが何なのかも分からない。

いいわ、さっさと終わらせてしまおう……、そうメアリが心の中で決意し、ガイナスに向き直った。

彼はジッとメアリを見据《みす》え、目が合うと申し訳なさそうに眉尻《まゆじり》を下げ深々と頭を下げた。

「この度《たび》は父が勝手に話を進めてしまい、申し訳ありません」

真摯《しんし》に頭を下げ、おまけに「断れなかった俺の責任でもあります」と己《おのれ》の非を認めるあたり、まさに好青年である。

そんな彼に対し、メアリは小さく肩《かた》を竦《すく》めた。

「おおかた、庶民《しょみん》の娘《むすめ》に惚《ほ》れ込んだ見る目のない息子《むすこ》の目を覚ますために他《ほか》の女を……ってところでしょうね」

「ええ、お恥《は》ずかしい話ですが」

身内の魂胆《こんたん》を見破られたからか、ガイナスが正直に認め改めて深く頭を下げた。


ガイナスの父親の気持ちが分からないわけでもない。

今までは婚約者《こんやくしゃ》のパルフェットと仲睦まじくやってきたというのに、突然現れた庶民の娘に跡《あと》取り息子があっという間に惚れ込んでしまったのだ。

それも彼女を囲む男達の一人として……。流石にこれは父親も大人しく受けいれられるわけがない。一族郎党《ろうとう》笑われ者になるのは目に見えて明らかで、身分を越《こ》えた愛などと美談にもなりやしない。

だからこそガイナスの父親はパルフェットとの婚約状態を保ったまま、メアリに声をかけてきたのだ。パルフェットが無理なら他の女を……というところがなんとも貴族らしい考えではあるが理にかなっている。更《さら》に言えば、メアリは現在婚約の申し出が殺到《さっとう》中ときた。その中の一人であれば余所《よそ》に変に嗅《か》ぎつけられる可能性も少ないし、あわよくばアルバート家の令嬢《れいじょう》を家に招き入れられる。

そんなわけで、メアリの付加価値に目を付けている者は今や国内に限らないのだ。

保険をかけ、ガイナスの父親は外交上の繋《つな》がりを武器に『見合いではない』と世間体《せけんてい》へのようにと、メアリの父親に声をかけた。願わくば色ボケした息子が好条件の女になびきますようにと、そう考えたのだろう。

「以上が私の考えなんだけど、答え合わせしてもらえる？」

長々と話し終えたメアリが紅茶で喉《のど》を潤《うるお》わせつつ皮肉混じりに尋《たず》ねれば、ガイナスが僅《わず》かに唖然《あぜん》とした後「まったくもってその通りです」と居心地《いごこち》悪そうに頷《うなず》いた。——ちなみに、メアリは『色ボケした息子』の部分までオブラートに包まずに伝えている。それどころか『庶民の娘を囲む男の一人に成り下がった色ボケ息子』と言いたい放題である——

「さすがはアルバート家のご令嬢……お見逸《みそ》れしました」

「別にこんなこと考えるまでもなく分かることよ。それで、どうなさるつもりなの？」

メアリが睨《にら》むようにガイナスに視線をやれば、彼は僅かに言いよどんだ後、まるで覚悟《かくご》を決めたかのように深く深呼吸をしてゆっくりと口を開いた。

「俺は……俺はやっぱりリリアンヌを」

「あら、別に私その件に関してはまったくこれっぽっちも興味ございませんの」

「……え？」

一刀両断するメアリの言葉に、ガイナスが驚《おどろ》いて顔を上げる。

それに対してメアリはまるでうんざりだと言いたげにナプキンで口元を拭《ぬぐ》い、興味がないとアピールするようにハタハタと手を振《ふ》った。

「私、貴方がリリアンヌさんをどう思っていようが、ましてや貴方が彼女を取り囲む方々の一人だろうが、どうでもいいと思ってますの。熱く語られても迷惑《めいわく》だわ」

「それなら、いったい貴女は何の話を……」

「私が聞きたいことなんて一つに決まってるでしょ。貴方がどうするのか。まさかこのまま、あの子を縛《しば》り付けたまま色欲女のハーレムに浸《つ》かるなんてことしないでしょうね」

冷ややかにメアリがガイナスを睨みつける。

それを受けたガイナスが僅かに臆《おく》し、メアリの言う『あの子』が誰《だれ》かを察して気まずそうに小さく息を呑《の》んだ。

「勿論《もちろん》……俺もこのまま彼女を放《ほう》っておくわけにはいかないと思っています。近いうちにでも、きちんと話をしなくては……」

「そうね。その時には泥《どろ》をかぶるぐらいの誠意は見せてほしいものだわ」

優雅《ゆうが》な動作でティーカップをソーサーに戻《もど》し、メアリがガイナスを一瞥《いちべつ》した。自然と睨みつけるような視線になってしまうのは仕方ないだろう、今この時もメアリの頭の中ではパルフェットが涙目で震《ふる》えているのだ。

そんなメアリの視線を受けつつガイナスは申し訳なさそうに眉尻を下げ、それでも「勿論です」と瞳《ひとみ》を見つめ返してきた。

「今回の件、全《すべ》て俺に非があります。世間に何と言われようと、罵《ののし》られようと、誤魔化《ごまか》すような真似《まね》はしません」

「……その言葉忘れるんじゃないわよ」

ジロリと今日一番きつく睨みつければ、ガイナスが居住まいを正して深く一度頷いて返してきた。リリアンヌに惚れ込んではいるが、パルフェットに対して嫌悪《けんお》を抱《いだ》いているわけではないのだろう。それどころか彼女を傷付けまいとしているようだ。これならいっそ、たちの悪い男にこっぴどく捨てられた方が断《た》ち切れるのかもしれない……と、そんなことを考えつつメアリがおもむろに立ち上がった。

ガイナスには片を付ける覚悟と決意がある、それだけ分かれば十分だ。どう片を付けるつもりなのかどう話をするのか……そこまでは流石《さすが》にメアリの立場では口を挟《はさ》む気になれないし、ガイナスの態度を見るにそう酷《ひど》いことにはならないだろう。

それが分かればもう彼と話すことはない。彼のリリアンヌへの熱い語りを聞かされるなど御《ご》免《めん》だし、かといって彼の父親が期待する『男女の会話』等もってのほかだ。

だからこそ「それじゃ」とメアリが茶会をしめようと別れの言葉を口にした瞬間《しゅんかん》、ガイナスが呼び止めてきた。

「あ、あのメアリ嬢《じょう》、このあと二人で食事でもどうでしょうか」

「……二人で？」

思わぬ誘《さそ》いにメアリが目を丸くさせる。

もちろんこの状況《じょうきょう》で二人きりの食事に誘われるとは予想していなかったからだ。なにせメアリにその気がないように、ガイナスもまたメアリに対してそういった感情がないのは明らかなのだ。

そしてなにより「二人きり」というのが引っかかりメアリがガイナスを見れば、彼もまた同様に自分の言葉の一般的《いっぱんてき》な意味を察したのか慌《あわ》てて首を横に振った。

「ち、違《ちが》います！　やましい気持ちがあるわけではなく……！」

「やましい気持ち？」

どういうこと？　と首を傾《かし》げるメアリに、ガイナスが更に慌てだす。

「父が店を用意していて」だの「迷惑をかけたから」だのと赤くなったり青くなったり忙《せわ》しなく言い訳しだすあたり、彼が女慣れしていないのがよく分かる。幼い頃《ころ》からパルフェットと婚約関係にあり、今の今まで――リリアンヌに捕《つか》まるまで――女性を誘うような台詞《せりふ》を吐《は》いたことがなかったのだろう。

対してメアリはと言えば、ガイナスの慌てる様子から彼の言わんとしていることと「二人で」という誘いがメアリのみだということを改めて察し、小さく溜息《ためいき》をつくとフルと一度首を横に振った。銀色の髪《かみ》がフワリと揺《ゆ》れる。

「止《や》めておきましょう。全てが終わったら皆《みんな》でお茶を飲む……それで良いじゃない」

「……えぇそうですね」

『皆』という言葉に果たして誰が含《ふく》まれているのか、それは今の時点では分からない。だからこそメアリも深くは言及《げんきゅう》せず一礼して扉《とびら》に手をかけた。

そうして扉を半分程《ほど》開けたとき、再びガイナスがメアリの名を呼んだ。

「メアリ嬢……俺にこんなことを言う権利が無いのは分かっています……それでも、パルフェットを……彼女をお願いします」

「あら、別に私とパルフェットさんのことは貴方《あなた》に関係ないことでしょう。他人の交友関係に口を挟まないでちょうだい」

そう言い切るメアリの厳しい口調にガイナスが息を呑み「失礼致《いた》しました」と頭を下げた。

――バカ真面目《まじめ》な男め……とメアリが心の中で呟《つぶや》くのは、勿論先程の発言が『大丈夫《だいじょうぶ》』という意味であったからだ。パルフェット同様、ガイナスも言葉を真っ直《す》ぐに受け止めてなんとも扱《あつか》いにくい――

罪悪感がこちらまで伝わってきそうなその姿にメアリの心が痛む……が、彼をフォローする気になれないのは辛《つら》そうに話すパルフェットの顔が脳裏《のうり》にチラつくからだ。今こうやって話している間でさえ彼女を裏切っているような気分になってくる。

だからこそメアリはこれ以上話すべきではないと判断し、もう呼びとめてくれるなと言いたげに音を立てて扉を閉めた。

そうしてメアリが部屋を出れば、勿論だがアディが待っている。

背筋を伸《の》ばしたまま後ろ手を組みジッと構える姿はまさに従者そのものだが、メアリが扉から出てくるのを見るや肩《かた》の力を抜《ぬ》いて待ての構えを崩《くず》した。

そのリラックス具合は従者としてどうなの？　と僅かな疑問が浮《う》かぶが、普段《ふだん》通りのアディの様子にメアリも思わず肩の力が抜けるのを感じた。ガイナスとの対峙《たいじ》で張っていた気持ちが彼を見ると緩《ゆる》やかに溶《と》かされていく。

「アディ、待たせたわね」

「終わりましたか」

「ええ、そもそも話すこともそんなに無かったし。さ、お父様達に知らせて、アリシアさん達の所に戻ってお茶の続きをしましょう」

そう話しながらメアリが歩き出す。一度も振り返らないその歩みに後ろ髪《がみ》引かれる様子は一《いっ》切《さい》無く、それどころか「最短では終わらなかったわね」と残念そうに言ってのけるのだ。

未練も何もない、本当に只《ただ》早く終わらせるために話をしていたのだろう。それを察したアディがホッと安堵《あんど》の息を吐き、メアリの後を追った。

そうして中庭に戻り「メアリ様！　おかえりなさい！」と脳天気に迎《むか》えるアリシアに、メアリが開口一番「自分の部屋に戻れば良かったわ」と毒を吐いた。

が、もちろんそれがアリシアに通じるわけもなく、彼女はいそいそと二人分の紅茶を用意しだした。そうして真剣《しんけん》な表情でティーカップに紅茶を注ぐと「さ、どうぞ！」と椅子《いす》を引いて招いてくるのだ。

これにはメアリもうんざりと溜息をつき、断るのも面倒《めんどう》だと促《うなが》されるまま席についた。

そうして差し出された紅茶を一口飲み……、

「40点」

これである。

「うーん、相変わらず厳しいですね……。お父様もお母様も美味《おい》しいって言ってくださるのに」

「そりゃ、淹《い》れた本人を前にしたら不味《まず》いなんて言えるわけないじゃない。私は言うけど。そもそもね、王女たるもの紅茶を淹れるなんてメイドの真似事するんじゃないわよ。温《ぬる》いし、変に渋《しぶ》みが出てるし、素人《しろうと》の付け焼き刃《ば》で飲めたものじゃないわ」

「はい、分かりました！　今度こそメアリ様に満足して頂けるように頑張《がんば》りますね！」

「まったく通じてない！　ちょっとパトリック、この子に話を通すには何語が必要なの⁉」

相変わらず効果のない嫌《いや》みに自棄《やけ》になってメアリが訴《うった》えるが、パトリックは優雅に紅茶を飲みつつ爽《さわ》やかに笑うだけである。それどころか相変わらずアリシアを愛《め》でるような瞳で見ているのだ。

余談だが、ダイス家の嫡男《ちゃくなん》であり文武両道眉目秀麗《びもくしゅうれい》、かつ大学部でも変わらず学生代表をこなす彼の一番好きな飲み物が『アリシアの淹れてくれた紅茶』なのだから、メアリがいかに訴えても無駄《むだ》なのは言うまでもない。

「まぁそう怒《おこ》るな。アリシアもメアリに飲んでもらうために毎日頑張ってるんだ」

「……そ、そんなの知らないわ、勝手に頑張られても迷惑《めいわく》よ。そもそも私はアディが淹れた紅茶を飲むんだから」

「あ、俺しばらくはアリシアちゃんの紅茶トレーナーなんで、アリシアちゃんがいる時はお嬢の紅茶は淹れません」

「この！　相変わらずの裏切り者！」

「俺が裏切り者ですって⁉　俺はお嬢の味方をベースにした……」

「あぁ、またやるの、このやりとり。はいはい私の味方をベースにしたこの子の応援《おうえん》し隊カレリア本部の大隊長なんでしょ」

「はい！」

「だから何で増えて……そうよね、この短時間じゃ出世も増員も無理よね！」

リアリティがあるわ！　とよく分からない感心の仕方をするメアリにアディがクックッと笑う。そうしつつも手元では紅茶の準備をするあたり、冷やかしてしまった詫《わ》びのつもりか、もしくは染《し》み付いた従者精神か。そんなアディの慣れた手つきをアリシアが真剣な瞳で食い入るように観察し、時になにやら頷《うなず》いている。

そうして何かしらのポイントを掴《つか》んだのか、アディに対抗《たいこう》するように紅茶を淹れてメアリに

渡《わた》す。うんざりとした表情のメアリがそれを受け取り、それでも律儀《りちぎ》に一口飲み……、

「34点」

と、これである。

そんなやりとりを高みの見物と言わんばかりに眺《なが》めていたパトリックがこれでは埒《らち》が明かないと判断し――そして十分に楽しんだと言いたげに――「ところで」と話題を変えてきた。

「メアリ、せっかく帰ってきたんだ、三人で夕飯を食べにいかないか？」

「えぇ、構わないけど……三人？」

どういうこと？　とメアリが首を傾げた。

なんだか今日は二人だの三人だの人数に関《かか》わる話ばかりではないか。そんなメアリの不思議そうな視線に気付き、パトリックが「そうか」と苦笑《くしょう》を浮かべた。

「まだ話してなかったか。アリシアは今夜おばの家に泊《と》まりにいくんだ」

「あら、そうなの」

「はい、もうすぐ迎えが来るはずなんですが……」

「なに勝手に人の家に迎えを呼んでるのよ。王宮から行きなさいよ」

「あ、来ました！　それじゃみなさん、失礼します！」

「人の話を聞きなさい！」

迎えの馬車を見つけ嬉《うれ》しそうに立ち上がるアリシアにメアリが喚《わめ》く。だが今回も通じるわけがなく、アリシアが「はい！」と元気よく返事をするとメアリの両手をギュッと握《にぎ》りしめた。

アリシアの手首に塡《は》められた金色と藍色《あいいろ》の飾《かざ》り玉のブレスレットがカチャリと揺れる。対してメアリの手首には何も飾られていないが、相変わらずスカートのポケットに隠《かく》し持っているのは既《すで》に周知のことである。

「メアリ様、エレシアナ大学でお勉強頑張ってくださいね」

「な、なによ……貴女《あなた》に言われなくても頑張るわよ」

「また次のお休みに帰ってきてください。私、もっと美味しい紅茶を淹れられるようにしておきます」

人懐《ひとなつ》っこく微笑《ほほえ》んでアリシアが握った手を軽く上下に揺する。

そんな子供じみたやりとりにメアリは呆然《ぼうぜん》とし、何を言えばいいのか分からず只パクパクと音も出さずに口を動かした。

「それではメアリ様、失礼いたします。パトリック様、アディさん、また学校で」

ペコリと一度頭を下げ、アリシアが馬車に向かって走っていき……その途中《とちゅう》で何かを思い出したかのように慌《あわ》てて足を止め、優雅《ゆうが》に余裕《よゆう》を感じさせるように歩き出した。もちろん、アリシアが途中で思い出したのが「みっともなく走るんじゃないわよ！」という誰《だれ》かさんの怒声《どせい》なのは言うまでもない。

そんなアリシアが去った後には、クツクツと笑うパトリックとアディ、そして未《いま》だ呆然とするメアリだけが残されていた。

「……な、何よ二人とも、言いたいことがあるなら言いなさいよ」

「いや、別に……なぁアディ」

「えぇ、まったく何も、これっぽっちも言いたいことなんてありませんよ」

顔を見合わせて笑う二人の態度にメアリがジロリと睨《にら》みつけて返す。

そうして「いいわ、その喧嘩《けんか》買ってあげる！」と声を荒《あら》らげた瞬間《しゅんかん》、まるでそれを遮《さえぎ》るかのようにパトリックが立ち上がった。そのタイミングの良さと言ったら、まるでメアリが痺《しび》れを切らして喚くのを予想していたようで、なおかつそんなメアリの反応を十分に楽しんだと言いたげなタイミングではないか。

忌々《いまいま》しい、と更《さら》にメアリが強く睨みつけるがこの状況《じょうきょう》で効くわけがない。

「実は既に店を予約してあるんだ。今から馬車で向かって……三回くらい休憩《きゅうけい》を挟《はさ》めばちょうど良いくらいだろう」

そう告げるパトリックに、アディが「ご迷惑をおかけします」と頭を下げた。

その自然な流れにメアリが僅《わず》かに目を丸くする。まるで当然のようにアディもパトリックに続いて席を立ち「どこの店なんですか？」と彼に話しかけているのだ。途中に挟む休憩は勿論《もちろん》アディの馬車酔《よ》い対策の為《ため》である。なにせ三人、彼も馬車に乗って一緒《いっしょ》に……。

「そうよ、だから私は……」

目の前の光景を眺めながらメアリが小さく呟《つぶや》いた。だがその先を言葉にするより先に、まだ立ち上がらないメアリを不思議に思ったアディが彼女を呼ぶ。

「お嬢《じょう》、どうしました？　行きましょうよ」

「え、ぇぇそうね。行きましょう……二人で」

アディが差し出す手に、メアリが応《こた》えるように自らの手を重ね立ち上がった。


その翌日、再びエレシアナ大学に戻《もど》ったメアリは先日の見合いもどきの件を全《すべ》てパルフェットに打ち明けることにした。年頃《としごろ》の男女に対しまるで親の駒《こま》のように扱《あつか》う行為《こうい》であっても社交界で言えば今回の見合いもどきはそれほどおかしな話ではないし、なにより隠すようなやましい気持ちは一切《いっさい》ないのだ。

ただ親の都合でガイナスと見合いもどきのお茶をした。少し話をしてさっさと切り上げた、と。むしろメアリとしては折角《せっかく》の休日を邪魔《じゃま》されたと文句の一つでも言いたいところである。

そんなメアリに対して最初こそ青ざめ泣きそうな表情を浮《う》かべていたパルフェットも次第《しだい》に落ち着きを取り戻し、最終的には苦笑を浮かべながら話を聞く余裕を見せていた。

「そうですか、そんなことがあったんですね」

「ガイナスの父親も薄情《はくじょう》な方よねぇ」

「いいえ、ガイナス様のお父様はとてもお優《やさ》しい方で、私のことを実の娘《むすめ》のように可愛《かわい》がってくださってました。だからきっと今回の件も……」

言い掛《か》け、パルフェットが俯《うつむ》く。

その様子は第三者のメアリですら見ていて辛《つら》いものがある。聞けば彼女のマーキス家とガイナスのエルドランド家は昔から付き合いがあり、パルフェットもまたガイナスの父を実の父親のように慕《した》い接していたという。そんな円満な関係が自分の色ボケ息子《むすこ》のせいで破談となれば、なるほどガイナスの父親はパルフェットにガイナスを見限らせたいのかも…と、そんなことすら考えられる。

現に、リリアンヌに婚約者《こんやくしゃ》を奪《うば》われた令嬢《れいじょう》達の中には「もうあんな男知らない！　もっと良い男を探すわ！」と早々に吹《ふ》っ切れた者もいるのだ。どれだけ慕っていた相手でも、余所《よそ》の女に現《うつつ》を抜《ぬ》かし、それも複数居る男達の中の一人で落ち着いているのを見れば百年の恋《こい》も冷めると言うもの。

もっともパルフェットがそのタイプではないのは言うまでもなく、彼女は相変わらず深い溜《ため》息《いき》をつき今日も今日とて一角を陣取《じんど》る集団に視線を向けた。その瞳《ひとみ》の切なげなことといったらない。

そうして一度チラリとメアリに視線を移すと、まるで何か聞いてはいけないことのような口調で「メアリ様は……」と恐《おそ》る恐る話しかけてきた。

「メアリ様は、まだパトリック様をお慕いしていらっしゃるんですか？」

「え？　なんで私があいつを……おっと」

思わず出た本音に、メアリが慌てて口元を押さえる。

隣国《りんごく》でもパトリックを慕う乙女《おとめ》は少なくない。むしろアリシアとの身分を越《こ》えた恋愛《れんあい》もあって彼の人気は日々増している。とりわけ人気のあった男達が軒並《のきな》みリリアンヌの逆ハーレムに取り込まれているこのエレシアナ大学内において『身分差の恋を貫《つらぬ》いてたった一人の手を取った隣国の王子様』となれば尚更《なおさら》だ。

そんな現状において迂闊《うかつ》な一言を放てばリリアンヌに向けられている嫉妬《しっと》の炎《ほのお》がこちらにまで飛び火しかねない。だからこそメアリは「誰があいつを」という言葉を飲み込んで、コホンと一度咳払《せきばら》いをすると論《さと》すように穏《おだ》やかな口調でパルフェットに話しかけた。

「あのね、何度も言うけど、私とパトリックはそういう仲じゃないの。彼に対して特別な想《おも》いなんて抱《いだ》いてないし、『自分の想いを胸に秘《ひ》め、愛し合う二人のために身を引いた健気《けなげ》な令嬢』なんてものは存在しないのよ」

「ですが、メアリ様はパトリック様との婚約を破棄《はき》されてから全ての申し出を断っていますよね。だからきっと身を引いてもなおパトリック様のことを慕っているのかと……」

そう言いよどむパルフェットにメアリが溜息をついた。

『身を引いた健気なアルバート家令嬢』の美談は隣国まで知れ渡っているようで、おまけに最近では尾鰭《おひれ》に背鰭《せびれ》はてには胸鰭《むなびれ》までついて『未だパトリックを忘れられず、愛し合う二人を見ているのが辛いから国外に留学した』とまで言われているのだ。

その改竄《かいざん》ぶりといったら、大衆好みに脚色《きゃくしょく》された本を読み終えたメアリが思わず「なんて切ない話なの……」と涙《なみだ》を流してしまう程《ほど》である。それほどまでにまったく根拠《こんきょ》のない、そして若い女性が好みそうな美談なのだ。

だが実際のメアリからしてみれば呆《あき》れてしまうくらいに見当違《けんとうちが》いである。パトリックに対して今も昔も恋愛感情など微塵《みじん》も抱いていなければ、彼とアリシアの為に身を引いた覚えもない。互《たが》いの立場を考えいずれ婚約するんだろうなと思っていたが、パトリックが相手を見つけたから「あら、そうなの」と対応を取ったに過ぎないのだ。パトリックとの婚約に縋《すが》る気もなければ、かといって無下にする気もない、そのレベルである。

だからこそ、パトリックとアリシアが仲睦《なかむつ》まじくしている様を見て胸が痛むなんてあるわけがないし、辛いから国外に……等と有り得ないのだ。まぁ、なんだかんだとイチャつく姿を見せられるのは別の意味で辛いと言えば辛いのだが、あくまでメアリの留学はカレリア大学で学べない経営学、そして渡《わた》り鳥丼《どん》屋のためである。――ちなみに、この件についてカレリア大学に置いていかれたアディは日々仲睦まじい二人を見せつけられメアリ以上のダメージを喰《く》らっていた――

とにかく、自分にはこれっぽっちもその気はないと説明すればそれを聞いたパルフェットが不思議そうに首を傾《かし》げた。

「なら、どうしてメアリ様は他《ほか》の方の申し出を断っているんですか？　素敵《すてき》な方がいらっしゃらないのでしょうか？」

「どうしてって……」

言い掛け、メアリが口を噤《つぐ》む。どうしてと改めて聞かれてもこれといった明確な返答が出来ないのだ。

確かにパトリックは見目も家柄《いえがら》もよく、まさに王子様といった外見と内面を兼《か》ね備えていた。女性の理想を集めて具現化したような男だ。

だが現状メアリに殺到《さっとう》する申し出の中にだって彼に匹敵《ひってき》する男は居《お》り、それどころか他国の王族が申し込んできてもおかしくないほどなのだ。まさに選《よ》り取り見取り。メアリが望めばどの誰《だれ》であろうが喜んで婚約するだろう。

だというのにメアリは悉《ことごと》く申し出を断り、誰かにアプローチするような素振《そぶ》りもない。至って普段《ふだん》通りに接し、そしてパーティーの際には今までエスコートを務めていたパトリックの代わりに兄や親戚《しんせき》に頼《たの》んでいるくらいなのだ。

改めて自分の身の振《ふ》りを考え、なるほどこれは確かに『未《いま》だパトリックを……』と言われてもおかしくないとメアリが自分自身で納得《なっとく》した。もっとも、改めて考えたところでやはり自分はパトリックに対して恋愛感情など微塵も持ち合わせていないのだが。

だからこそ、パトリックとの婚約は良くてなぜ他の男達は断り続けているのだろうか……。

恋愛感情がないからこそ分からないと尋《たず》ねるパルフェットに、メアリもまた何と説明すれば良いのか分からずに困ってしまう。こうやって改まって「どうして？」と聞かれるのが実は初めてなのだ。

親や兄達は婚約の申し出を片《かた》っ端《ぱし》から篩《ふるい》に掛けているくらいだし「断りたいなら断って良い」と言ってくれる。パトリックやアリシアは「断った」と報告すれば「そうなんだ」と、この程度だ。他にこんな話をするような人はいないし、だからこそ深く考えずにいた。

どうしてパトリックだけが良かったのか。

彼は家柄も良く、眉目秀麗《びもくしゅうれい》で品行方正、メアリの性格を知っていて……それに、なにより彼は……。

「だって、パトリックは他の人と違って……」

そう言い掛け、メアリはパルフェットの背後に立つ人物に気付き出かけた言葉を飲み込んだ。

それにつられてパルフェットも振り返り、顔を強《こわ》ばらせて息を呑《の》む。

「……ガイナス様」

ポツリと呟《つぶや》かれたパルフェットの声を切っ掛けに食堂内がにわかにざわつきはじめる。なんでこんな場所で……とメアリが心の中で舌打ちをすれば、ガイナスに寄り添《そ》うように身を寄せたリリアンヌがニヤリと笑うのが見えた。

『ドラドラ』でのパルフェットとガイナスの仲は決して良好とは言えず、互いに親の決めた婚約者でしかなかった。そしてなによりそんな関係を続ける言いなりな自分に憤《いきどお》りを感じていたのだ。

だがリリアンヌが転入してきたことによりガイナスは真実の愛を知り、パルフェットもまた彼女と親しくなることで自分に正直に生きる決意をする。今まで不仲であった二人は婚約を破棄することで改めて互いを認め合い友情を築き、片や恋人《こいびと》としてリリアンヌと寄り添い片や親友として支え、めでたしめでたし……というのがガイナスルートの大まかなストーリーである。相変わらずのご都合主義だが指摘《してき》するのは今更《いまさら》だろう。

幾《いく》つかあるストーリーの中でもガイナスルートは円満で誰もが幸せな終わり方をしている。最初こそパルフェットとリリアンヌは衝突《しょうとつ》するもののストーリーが進むと互いに理解しあい、エンディングでは幸せそうに主人公とガイナスを見守るパルフェットのイラストまであるのだ。今までになかった同性の味方というポジションからか女性キャラクターの中でも人気が高く、公式グッズも幾つか発売されていた。乙女ゲームの女性キャラクターでありながらかなりの優《ゆう》遇《ぐう》と言えるだろう。

記《き》憶《おく》の限りではそのはずなんだけど、そうメアリが心の中で呟いたのは、言うまでもなく現状が『円満』とは程遠いからだ。

ガイナスは申し訳なさそうな表情を浮《う》かべ、その腕《うで》をとるリリアンヌの勝ち誇《ほこ》った笑《え》みといったらない。パルフェットは泣きそうな表情でガイナスを見上げているし、この変化を感じ取ったのかカリーナが物凄《ものすご》い形相でこちらの様子を窺《うかが》っている。

そんな円満のえの字もない重苦しい空気に、メアリは溜息をつくと「ねぇ、みなさん」と声をかけた。

「何かお話があるのでしたら、どこか場所を移しません？　ここはあまりにも人が多くて落ち着かないでしょう？」

そう提案するとガイナスが頷《うなず》き、瞳を潤《うる》ませて泣きの態勢に入りつつあったパルフェットもコクリと頷く。だがリリアンヌだけはガイナスの腕に絡《から》みついたまま「あら」とわざとらしい声を上げた。

「あら、メアリ様も何か話されることがあるんですか？」

「どういうことかしら？」

「だって、もうメアリ様は用は無いんじゃないかしら。だから残ってくださって良いんですよ」

そうわざとらしくそれでいて可愛《かわい》さを濃縮《のうしゅく》したような声色《こわいろ》で話すリリアンヌに、ガイナスもパルフェットも不思議そうに彼女とメアリに視線を向けた。「もう用は無い」と、そう強調する意味が分からないのだろう。

対してリリアンヌの言わんとしていることを察したメアリはチラと横目でカリーナに視線を向けた。彼女もまたメアリ同様、なにか確証を掴《つか》んだような表情をしている。だがこちらに視線を向けつつも立ち上がらずにいるあたり直接的な関与《かんよ》はしてこないようだ。

随分《ずいぶん》と消極的だこと、とメアリがカリーナを小さく笑った。悪役令嬢《れいじょう》たるものここで躍《おど》り出て皮肉の一つでも言ってやればいいのに。

だが所詮《しょせん》彼女《カリーナ》はたった一つのルートの悪役令嬢なのだ。他《ほか》のルート、例えばガイナスルートに至っては名前すら出てこない。全ルート漏《も》れなく登場し悉く主人公の邪魔《じゃま》をした挙げ句に全《すべ》てのエンディングで没落《ぼつらく》し、結果的に「主人公に並び出番が多かった」とプレイヤーに言わし

めたメアリ・アルバートとは格が違う。

そう考えメアリは不敵に笑い、リリアンヌを見据《みす》えた。

悪役令嬢以前に、男の陰《かげ》に隠《かく》れるような女はもとより相手をするに値《あたい》しない。

「用は無い、とはどういうことかしら？　パルフェットさんは私と話をしていたのよ。それを邪魔して、同席の私は無関係だから黙《だま》っていろと？」

「もう」という部分には触《ふ》れず、メアリがリリアンヌを睨《にら》みつける。

間に挟《はさ》まれたパルフェットがおろおろと涙目《なみだめ》で戸惑《とまど》いつつ場を譲《ゆず》るように数歩退けば、その分かりやすい態度にメアリが心の中で「冗談《じょうだん》じゃない」と呟いた。パルフェットの態度はまるでメアリとリリアンヌの衝突を察したかのような動きなのだ。だがメアリからしてみればリリアンヌは衝突どころか言い合うにも値しない相手、こうやって向かい合っていることすら時間の無駄《むだ》に思える程なのだ。

だからこそメアリはリリアンヌに冷ややかな視線を向け、彼女がガイナスに腕を絡めていることに一瞥《いちべつ》すると露骨《ろこつ》に鼻で笑ってやった。

「庶民《しょみん》の出の色欲女が、このメアリ・アルバートの邪魔をして許されると思っているのかしら。男を落とす術《すべ》の前に、身の程を知る方が先なんじゃなくて？」

冷ややかな視線を更《さら》に強め、まるで汚《けが》らわしいものを見るような侮蔑《ぶべつ》の色を瞳《ひとみ》に宿し、そのうえ取り出したハンカチで口元を押さえる仕草までしてみせる。これ以上ないほどに嫌悪《けんお》を演出して見せればリリアンヌの顔が一瞬《いっしゅん》にして真っ赤になり、近くから彼女を見守っていた逆ハーレムの集団も聞き捨てならないと立ち上がり始めた。

……が、誰も割って入ってこないのは他《ほか》でもなくメアリがアルバート家の令嬢だからである。隣国《りんごく》の貴族の令嬢、それも王家と並ぶ家の令嬢ともなれば迂闊《うかつ》に口を挟むのは身分どころか一族揃《そろ》っての命取りになりかねない。国を挟んでもアルバート家は絶大で、このエレシアナ大学においてもメアリの右に出る者はいないのだ。

だからこそ誰も何も言えず、シンと静まった嫌《いや》な空気が周囲を包む。そんな中、メアリは嫌みが嫌みとしてきちんと通じたことに若干《じゃっかん》の感動を覚えていたのだが流石《さすが》にそれは心の内に収めておいた。


そうしてしばらくはメアリの発言により重くなった異質な空気が周囲をしめていた。

それでも中には勇気のある者もいるようで、逆ハーレムの一人がゆっくりと近付くやメアリに対して食ってかかるように……とまではいかないが、それでも「……メアリ嬢」と声をかけてきた。

端整《たんせい》な顔付きと鮮《あざ》やかな色合いの髪《かみ》と瞳、いかにも『正統派王子』といった出《い》で立ちである。確か紳士的《しんしてき》な態度と柔《やわ》らかな眼差《まなざ》し、そして誰に対しても崩《くず》さない丁寧《ていねい》な態度が人気で、ゲームでも実際でもリリアンヌのことを「お姫様《ひめさま》」と呼ぶようなキザな一面のある男だ。

そんな彼は恐《おそ》る恐るといった様子だがメアリ達の会話に割って入ると、ガイナスから引き剝《は》がすようにリリアンヌを抱《だ》き寄せた。「きゃっ」と可愛らしいリリアンヌの声が上がるが、その表情がいかにも「私を取り合わないで！」と言いたげでメアリが心の中で呆《あき》れたと溜息《ためいき》をつく。

「メアリ嬢、流石に今のは失礼が過ぎませんか？」

優《やさ》しげな声色でメアリを咎《とが》める男の言葉に、早々と乗り換《か》えたリリアンヌが困ったような表情で彼を見上げる。助けて、とでも言いたげなその表情は男の庇護欲《ひごよく》を刺激《しげき》するのだろう。男の瞳が活気付き奪《うば》われて堪《たま》るものかと他の男達も立ち上がる。

それを見たメアリが今度は心の中ではなく実際に溜息をついた。

女を護《まも》りたいと思う男は立派だ、頼《たよ》りにされて勇み立つ気概《きがい》は立派だと思う。だが相手を間《ま》違《ちが》えれば、それは只《ただ》の見当違いの間抜けでしかない。

そして今、彼らは相手を間違えている。腕の中のお姫様に夢中で、目の前にいる令嬢がどこの令嬢かをよく理解していないのだ。

「あら、失礼とはどういうことかしら」

「先程《さきほど》の言葉です。彼女に対してあのような言葉、流石に言い過ぎかと思いますが」

「そうかしら？」

しれっと言い切り視線すら合わせず、それどころか関心がないと言いたげにメアリが肩《かた》にかかった髪を払《はら》う。そのあからさまな態度に、間抜けな王子が僅《わず》かに眉間《みけん》に皺《しわ》を寄せた。この態度は目に余るとでも言いたいのだろう。――内心ではメアリが「これぞ悪役令嬢！」と興奮しているのだが、そんなこと誰《だれ》も知る由《よし》もない。誰かさんがいれば「お嬢、活《い》き活きしてますね」と言ってきそうなものだが、あいにくと彼は不在なのだ——

そんなメアリと王子を見比べリリアンヌが更に擦《す》り寄るのは、彼ならばメアリに対抗《たいこう》出来ると考えたからか。対してガイナスは「少し落ち着け」と王子を制する始末で、確かにリリアンヌからしてみれば天秤《てんびん》にかけるまでもないだろう。

だがこの状況《じょうきょう》、冷静に考えればガイナスの方が正論である。

なにせ相手にしているのは他でもないメアリ・アルバートなのだ。いくら只の一生徒のように生活し家柄《いえがら》を誇示《こじ》しなくても、すぐ泣く令嬢を宥《なだ》めているところを多々目撃《もくげき》されようと、やたらと経営学の時に意欲的に講義を受けていようと、経営学のノートだけ妙《みょう》に分厚かろうと、メアリはアルバート家の令嬢である。規模・歴史・権威《けんい》、全てにおいて他家を凌駕《りょうが》し、自国はもちろんこの国においても勝てる家はない。仮にリリアンヌが正しくても王子の言い分が正しくても、このエレシアナ大学においてアルバート家の名は全てを覆《くつがえ》すのだ。

そしてそれを分かっているからこそ、メアリは誇るでもなく当然のように冷ややかに眼前の男女を見据えた。

「男を侍《はべ》らすしか能のない庶民の女が、このメアリ・アルバートに挨拶《あいさつ》もなしに声をかけてきたんだもの。一言いってやるのが身分のある者のとるべき行動じゃなくて？」

「そんな、彼女は……」

「貴方《あなた》達にとってはお姫様かもしれないけれど、私にとっては庶民の女よ。それにここはエレシアナ大学なのよ、身の程知らずが通っていたら大学の品位を落とすとは思わない？」

リリアンヌを冷ややかに睨みつけメアリが言い切る。その言葉に数人が息を呑《の》むが、メアリの知ったことではない。

なにせここはエレシアナ大学。言ってしまえば社交界の縮小版。余所《よそ》の大学ならまだしも、貴族や豪商《ごうしょう》の子息令嬢が通う家柄重視の大学なのだ。庶民のリリアンヌはヒエラルキーでは最下層にあたり、トップにはアルバート家のメアリがいる。身分から言えば気安く声をかけることなど出来るわけがなく、言わずもがな男を何人侍らせているからといって許されるものでもない。

メアリの言わんとしていることを察したのか、それともエレシアナ大学の本質を思い出したのか、王子が小さく息を呑む音が聞こえた。そうして視線を泳がせるのは貴族らしく自分の家柄とメアリの家柄を比べたからである。否《いな》、比べるまでもないと考えたからか。

「そ、それは……確かに、そうなんですが……」

「理解していただけたみたいで嬉《うれ》しいわ」

良かった、とメアリが有無《うむ》を言わさぬ口調で押し通し、わざとらしく微笑《ほほえ》むと他の男達に視線を向けた。

最初こそリリアンヌを庇《かば》おうと、そして自分こそリリアンヌを抱き寄せようとしていた彼等もアルバート家の名の重さに足を止め、メアリがチラと一瞥すると僅かに肩を震《ふる》わせた。

「それと、皆《みな》さん話に加わるのは構わないけれど、その前に名乗って頂けないかしら？　私、留学生だから貴方《あなた》方の名前が分からないの」

お前達なんか知らない。

このメアリ・アルバートにとって、名前を覚える価値もない。

そう暗に訴《うった》えれば、誰もが気まずそうに顔を背《そむ》ける。

そんな重苦しい空気を打ち破ったのは、リリアンヌが逃《に》げるように走っていく足音と、次いで彼女を追う男達の足音。エレシアナ大学には似付かわしくない慌《あわ》ただしさに、メアリが「嫌ね、みっともない」と鼻で笑いながらわざとらしく肩を竦《すく》めて見せた。

その仕草、その台詞《せりふ》、まさにプライドの高い令嬢《れいじょう》である。それも見事なまでに嫌みな性格を表している。

誰が見ても納得《なっとく》の悪役ぶりだったわね、アディに見せてあげたかったわ……と内心で自分自身に賛辞を送りつつ、メアリが優雅《ゆうが》に肩の髪を払った。この仕草もまた嫌みな令嬢を演出する大事な要素なのだ、アディと二人で角度がどうの髪の動きがどうのと研究した甲斐《かい》がある。

そうして改めて一息つくも、周囲は未《いま》だシンと静まり返り気まずい空気が漂《ただよ》っていた。数人そそくさと退室しているのは、この空気に耐《た》えきれなかったからだろうか。

だがメアリは変わらず椅子《いす》に腰《こし》を下ろしたまま、平然と、それどころか何も無かったかのように鞄《かばん》から本を取り出して読書を始めた。リリアンヌの後を追ってやる義理もなければ、重苦しいこの空気を気遣《きづか》って退室してやる義理もないのだ。

そう言いたげに開いたページに視線を落とすと、唯一《ゆいいつ》残っていたガイナスが気まずそうにパルフェットに視線を向けた。

「……パルフェット」

「ガイナス様……」

互《たが》いに何か言いたいことがあり、それでもこの場の空気に気圧《けお》されて口に出すのが躊躇《ためら》われるのだろう。困惑《こんわく》の表情で見つめ合う姿はまさに似たもの同士。お似合いじゃない、とメアリが心の中で皮肉を告げる。

「パルフェット、少し話がしたいんだが……」

「え、えぇ構いません。あ、でも……」

チラとパルフェットがメアリに視線を向けた。彼女の心境からすればガイナスと話がしたいが、だからといってこの場にメアリを置いていけないと考えたのだろう。

だからこそメアリに一言……と口を開きかけ、何かを思い出したのかムグと噤《つぐ》んでしまう。

そうしてジンワリと瞳《ひとみ》に涙《なみだ》を浮《う》かべるのは……。

「あのね、今更《いまさら》私が貴女《あなた》の身分との違《ちが》いをどうこう言うわけ無いでしょ！」

「メアリ様ぁ……」

「良いからさっさと行って来なさいよ」

それを聞いたパルフェットが潤《うる》んだ瞳を一瞬《いっしゅん》丸くさせ、パァと表情を明るくさせた。少なくともメアリには見限られていない、それが今の彼女の支えになっているようだ。

そんな分かりやすい表情の変化にメアリは小さく溜息《ためいき》をつきつつも苦笑《くしょう》を浮かべ、次いでガイナスに向き直った。

「あ、あのメアリ嬢《じょう》、申し訳ありませんが少し彼女と……」

「なによ」

「あの、ガイナス・エルドランドと申します」

「知ってるわよ!!」

この大真面目《おおまじめ》共が！　とメアリが喚《わめ》き、なんとも調子が狂《くる》う二人を相手に溜息をついた。そうしてガイナスに対し、

「私、しばらくここで本を読む予定ですから」

と告げるのは「きちんと送り届けろ」という意味であり、流石《さすが》にこれは通じたのかガイナスが頷《うなず》いて返した。


そうしてメアリが読書に耽《ふけ》ってしばらく、再びガイナスとパルフェットが食堂に姿を現し、残っていた生徒達がやにわにざわつき始めた。だがメアリがコホンと咳払《せきばら》いをするとそれもピタリと収まるのだから呆《あき》れてしまう。

もっとも、いまだに残っている者など殆《ほとん》どが野次馬《やじうま》でしかなく、それでいて当事者達に直接

話を聞く勇気のない小物ばかりなのだ。現にカリーナをはじめとする今回の件に真っ向から立ち向かう決意をした者や、勝手にやってくれと無関係を決め込んだ者達――出来ればメアリもこの部類に入りたかったのに、どうしてこうなった――はさっさと食堂を後にしている。

「あの、お待たせしましたメアリ様」

「あら、私本を読んでいただけで貴女を待っていたわけじゃないのよ」

「そ、そうですよね……ごめんなさい、私ったら……」

「お・か・え・り・な・さ・い！」

再び瞳に涙をためて震えだすパルフェットにメアリが慌ててフォローを入れる。相変わらずの打たれ弱さではないか。

だがそんなパルフェットも戻《もど》ってきた時には泣いている様子もなく、それどころか少し晴れやかにさえ見えたのだから、少なくともガイナスとの話し合いは穏便《おんびん》に済んだのだろう。悪目立ちをしてしまったが結果的に見ればリリアンヌやその取り巻きを先に排除《はいじょ》出来たのは良かったかもしれない、そうメアリが僅《わず》かに安堵《あんど》をもらす。

そうしておもむろに立ち上がり、

「それじゃ、少し早いけど次の講義の教室に向かいましょう」

と移動を促《うなが》すのは、当然これ以上野次馬達に餌《えさ》を与《あた》える気がないからだ。じれったそうに送られる視線にパルフェットを連れたメアリが心の中で舌を出した。

結論から言えばパルフェットはガイナスに振《ふ》られてしまった。正式な婚約破棄《こんやくはき》の申し出があったのだという。

それでも二人の話し合いは穏便に進み、胸の内を全《すべ》て話したガイナスが頭を下げたことでパルフェットも婚約破棄の覚悟《かくご》を決めたらしい。

「ガイナス様、悪いのは自分だって何度も頭を下げてくださったんです」

「そんなの当然じゃない」

「困ったことがあれば何でも言ってくれって、気が済むまで殴《なぐ》ってくれても構わないって」

「で、何発いったの？」

「殴ってません！　それに、リリアンヌさんはガイナス様が抱《かか》えている悩《なや》みを理解し、ガイナス様を癒《いや》してさしあげたそうなんです。だから今度は彼女を支えたいって……。私、ガイナス様が悩んでらしたなんて気付きもしませんでした」

婚約破棄を恨《うら》むどころか自分の不甲斐《ふがい》なさを悔《く》やむようにパルフェットが項垂《うなだ》れる。話し合い、頭を下げられ、ようやく事態を受け止められたとはいえ直《す》ぐに傷が癒《い》えるわけではないのだ。とりわけ、二人の仲は良好だったのだから相手の悩みを気付けなかった自分の非すらも感じているのだろう。それもよりによって横から割り込んできた女にそこを突《つ》かれ、果てには奪《うば》い取られたのならば尚更《なおさら》だ。

ハァ……と深く溜息をもらすパルフェットに、メアリがチラと横目に彼女を見つつ眉間《みけん》に皺《しわ》を寄せた。

リリアンヌはガイナスの悩みを理解できて当然なのだ。

なにせ彼女も前世の、そしてゲームの記憶《きおく》を持っている。全ての男を陥落《かんらく》させているあたり前世でのやりこみ具合は相当なものなのだろう。難易度の低いガイナスルートなど彼女にとっては悩むまでもないはずだ。

むしろ彼女はガイナスだけに留《とど》まらず最難関である逆ハーレムルートを進んでいる。

前作には無かったこのルートは難易度は過去最高、誰《だれ》もが攻略《こうりやく》サイト頼《だの》みに進める程《ほど》だった。その難しさといったらなく、一つの選択肢《せんたくし》のミスも失敗に繋《つな》がりかねない。だがその難易度が逆にコアなプレイヤー魂《だましい》に火をつけ、中には意地になって自ら逆ハーレムエンドを目指す猛者《もさ》や果てにはプレイ回数が三桁《けた》を超《こ》えたと誇《ほこ》る者さえでる始末でおおよそ乙女《おとめ》ゲームとは程遠い盛り上がりを見せていた。

そんな鬼畜《きちく》とすら言える難易度に対し、逆ハーレムエンドの内容は、

『男達皆《みんな》がリリアンヌを囲み、争いもしない、奪い合いもしない、一夫多妻ならぬ多夫一妻』

というご都合主義を極《きわ》めたような内容だった。お花畑にも程がある、と誰もが粗《あら》を挙げてはそう評価していたものだ。

だがそれでも攻略対象者達が一挙に揃《そろ》った一枚絵《スチル》は見応《みごた》えが有り、主人公を囲む光景は乙女ゲーム好きには勿論《もちろん》、別の趣味《しゅみ》でゲームを楽しんでいた者達にとっても至高の一枚絵《スチル》とさえ言われていた。

故《ゆえ》に挑《いど》む者が後を絶たず、そのうえ逆ハーレムルートにだけ用意された『ちょっとしたおまけ』が更《さら》にプレイヤーの意欲を高めていた。

おまけ……そうだ、逆ハーレムエンドには確か……。

そこまで思い出し、メアリがはたと顔を上げた。

リリアンヌの狙《ねら》いが逆ハーレムエンドなのは明らか。それもパルフェットとの和解を省いているあたりゲームの記憶を頼《たよ》りにだいぶ急いで攻略を進めている。もしも仮に、彼女の狙いが『逆ハーレムエンドの先にあるもの』だとしたら……。エンドの先にあるものを目的にしているが故に、攻略を急いでいるのだとしたら……。

それこそまさに不毛な話ではないか……と、メアリが小さく溜息をついた。

「メアリ様、どうなさいました？」

考えを巡《めぐ》らせていたメアリに、不思議そうにパルフェットが声をかける。

その声にメアリが我に返って顔を上げれば、先程はじまったはずの講義がだいぶ進んでいた。どうやら随分《ずいぶん》と長く考え込んでいたらしく、メアリが雑念を消すようにフルと首を横に振る。

他《ほか》のことならまだしも、リリアンヌのことを考えて講義を蔑《ないがし》ろにするなど冗談《じょうだん》ではない。

今はとにかく講義を受けなくては、そうメアリが自分を窘《たしな》め改めて教壇《きょうだん》に視線を向ければ、見目の良い教授が――言わずもがな担任であり、彼もまた攻略対象の一人である――小難しい専門用語の説明をしつつ、それを交えた甘い台詞《せりふ》を吐《は》いては最前を陣取《じんど》る女子生徒達から黄色い声援《せいえん》を送られていた。もっとも、キザなそのやりとりの最後にチラとリリアンヌに視線を向けてウィンクするあたり彼も既《すで》に手遅《ており》れなのだ。

だが彼に関して言えば、講義を蔑ろにしなければどうでもいいというのがメアリの心境であった。

第二章

そんな騒動《そうどう》が数日前にあったとは露知《つゆし》らず、アルバート家の庭園では休日恒例《こうれい》のお茶会が開かれていた。

細工の施《ほどこ》された白いテーブルを囲むのはアリシアとパトリック。そして最初こそ「お嬢抜《じょうぬ》きでこの面子《メンツ》と一緒《いっしょ》に座るってどうなんだろう……」と躊躇《ためら》っていたものの最近では当然のように席に着くアディ。

アルバート家の庭園で開いておきながらアルバート家の者が誰一人としていないのだが、言わずもがなメアリを待っているからである。

「メアリ様、遅《おそ》いですねぇ」

「国境で工事があるらしいから、それに捕《つか》まってるのかもな」

「あ、でももしかしてエレシアナ大学でお友達をいっぱい作られて、みんなで遊んでいらっしゃるのかも」

「「それはない」」

「パトリック様もアディさんも、何も声を揃えて否定しなくても……」

「あのメアリが友達と遊んでいるところを想像できない」

「たった一年の留学先でお嬢が積極的になるとは思えない」

「別に詳細《しょうさい》を聞いているわけじゃありません！　というかお二人とも酷《ひど》すぎますよ！」

もう！　とプクと頰《ほお》を膨《ふく》らませるアリシアに、アディとパトリックが顔を見合わせて肩《かた》を竦《すく》めた。「だってなぁ」「えぇ、本当に」とでも言いたげなその表情は二人がメアリとの付き合いが長く彼女の性格を知っているからこそだ。

天の邪《じゃ》鬼《く》で意地っ張り、分かりやすくて分かりにくい、けして不用意に他人を自分のテリトリーには入れず、それでいて猫《ねこ》を被《かぶ》れば愛想《あいそ》の良い令嬢《れいじょう》を演じきる。そんな性格だからこそ、たった一年の留学先であるエレシアナ大学において『家のパイプ』こそ作っても『友達』は作らないだろうと、そう踏《ふ》んだのだ。

酷いというなかれ、事実二人の言う通りメアリは当たり障《さわ》りない令嬢を演じて特に親しい友人を作る気はなかったのだ。だというのに現状とある令嬢にやたらと懐《なつ》かれているのだが、メアリからしてみればこれもまた「どうしてこうなった？」である。

そんな二人の態度に、アリシアは非難しつつも思うところはあるようで「そう言えばこの間……」とポツリともらした。

遡《さかのぼ》ること数ヶ月前。

今と同様にアルバート家で茶会が開かれていたが、その時はアディとパトリックが不在のためにメアリとアリシアだけが席に着いていた。――もちろん二人だけの茶会に対して「用があって不参加が許されるなら、私だって毎週戻《もど》ってこなくてもいいじゃない」とメアリが文句を言っていたわけなのだが、アリシアの嬉《うれ》しそうな「はい、だから今日はケーキを二人占《じ》めですね！」という言葉に掻《か》き消された——

そうしてしばらくは長閑《のどか》に、たまにメアリが皮肉を言うも玉砕《ぎょくさい》するという通常運転で会話を楽しんでいたところ、ふとメアリが思い詰《つ》めたように「ねぇ」とアリシアに声をかけた。真剣《しんけん》な面持《おもも》ちと泳ぐ視線にアリシアがいったいどうしたのかとメアリの顔を覗《のぞ》き込む。

「どうなさいました？」

「あのね、貴女《あなた》に聞きたいことがあるんだけど……」

「私にですか？　お答えできるなら何でもお答えしますが」

「そう、それなら聞くけど……もしかして、万が一の話なんだけど……」

しどろもどろなメアリの様子はまったくもって彼女らしくなく、だからこそ、それほどまでに聞きにくいことなのかとアリシアにも緊張《きんちょう》が走る。

家の事だろうか、もしかしたら生まれの事かもしれない。それともパトリックとの事や王家の跡継《あとつ》ぎに関してか……。孤児《こじ》から王女になった自分の希有《けう》な人生を考えれば、誰だって聞きにくい疑問の一つや二つ抱《いだ》いてもおかしくない。それはアリシアも覚悟《かくご》の上で、時折は事情を知らぬ者の悪意のない好奇心《こうきしん》や質問に傷つくこともあり、作り笑いで誤魔化《ごまか》すことも数え切れぬほどである。

だが何にせよ、相手がメアリならば誤魔化すのはもちろん隠《かく》し事一つする気のないアリシアは「何でもお答えしよう」と決意を固め、ジッと彼女の次の言葉を待った。

そうして、ゆっくりとメアリが口を開く……。

「……私達って、もしかして友達というものなのかしら」

そう口にし、深刻な表情でメアリがアリシアを見つめる。

覚悟を決めて返答を待っているのか、真剣な眼差《まなざ》しと息を呑《の》むような緊迫感《きんぱくかん》すら感じられる態度にアリシアが言葉もないと唖然《あぜん》とすれば、以前に「お揃《そろ》いです！」と押しつけ、いつのまにかメアリの愛用となっていたティーカップの中で紅茶が揺《ゆ》れた。


「あれはちょっと……いえ、かなり寂《さび》しかったです」

そう話し終えたアリシアが当時を思い出して溜息《ためいき》をつく。この話にアディとパトリックも「……流石《さすが》にそれは」「いくらメアリといえど、そこまでとは……」と頭を抱《かか》えた。

が、ふとパトリックが何かを思い出し「そう言えば俺も……」と話しだした。


遡ること、これまた数ヶ月。

ダイス家の跡継ぎ交代やら王家に入るか否《いな》かの問題で多忙《たぼう》どころではない日々を送っていたパトリックが、アルバート家の助力を得てようやく肩の荷を下ろし始めた頃《ころ》のこと。勿論《もちろん》そこにメアリの助力があったわけで、互《たが》いに皮肉を言い合う仲だが今回は素直《すなお》に礼を言おうと彼女の元を訪《おとず》れた。

そうして心からの礼を述べれば、天の邪鬼な彼女はフィとそっぽを向いて「別に私は何もしてないわよ」と答える。その分かりやすい態度にパトリックが小さく笑《え》みをこぼし、普段《ふだん》ならば彼女の天の邪鬼に便乗するところだが今日だけはと改めて向き直った。

「メアリ、心から君に感謝してる」

「え、あ、あら、どうしたの……?」

「もしも君が何か困っていることがあったなら遠慮《えんりょ》なく俺に言ってくれ。何があろうと、必ず君の力になる」

そう面と向かって告げれば、メアリが分かりやすく慌《あわ》てだす。

普段とは勝手が違《ちが》うと困惑《こんわく》しているのだろう。それでも「私がアルバート家を追い出されたら助けてもらおうかしら」と冗談《じょうだん》めかして笑って見せるあたりなんともメアリらしい。だがそれに対してもパトリックは真剣な表情を崩《くず》すことなく、真っ直《す》ぐにメアリを見つめ返した。

「勿論だ。たとえ君がどうあろうと変わらない、家を追い出されても俺は必ず君の力になる」

「……パトリック」

メアリが小さく名前を呼ぶ。その声にどこか躊躇いが見られ、パトリックが決意を伝えるように深く一度頷《うなず》く。

そうして互いに見つめ合うこと数秒、メアリが眉間《みけん》に皺《しわ》を寄せると同時に首を傾《かし》げた。

「貴方《あなた》が私に感謝しているのは十分わかったけど、どうしてアルバート家の令嬢じゃなくなった私まで助けようとしてくれるの？」

アルバート家じゃなくなるのよ？　と念を押しまるで不思議でたまらないと言いたげなメアリの口調に、問われたパトリックが言葉を失った。

「……ということがあってな。あれは疎《うと》いとか鈍《にぶ》いとかを超《こ》えて、ただ俺に失礼なだけだと思う」

優雅《ゆうが》に紅茶を飲みつつ淡々《たんたん》と話すパトリックに、彼の気持ちが分かるのかアリシアがコクコクと頷く。アディに至っては聞くに堪《た》えないと言いたげに両手で顔を覆《おお》っている始末。

そんなアディに二人の視線が寄せられるのは、勿論この流れ的に次に話すのが彼だからである。それになにより、誰《だれ》よりメアリを理解している彼ならば今までの話も説明出来るだろうと、そんな期待も寄せられているのだ。

つまるところ「さぁ説明しろ」というわけで、それを察したアディは顔を覆っていた手をゆっくりと離《はな》すと溜息と共に肩を竦めて、

「お嬢は、あまりにもアルバート家の令嬢すぎるんです」

と話し始めた。

もとより、メアリは変わったところのある令嬢だった。

同年代の子息や令嬢と違い贅沢《ぜいたく》にはさほど興味を持たず、家柄《いえがら》をひけらかすこともしない。かといって庶民的《しょみんてき》かと言えばそうでもない。年頃《としごろ》の令嬢らしくお抱《かか》えのデザイナーにドレスを作らせたかと思えば、デザイナーを見送った足で従業員用の食堂で野菜の皮むきをしているのだ。だがその服装は貴族の令嬢らしく豪華《ごうか》なもので、皮むきに邪魔《じゃま》だからとまとめる髪飾《かみかざ》りはその価値が一目で分かる質の良さ。

貴族らしいとも言えず、それでいて庶民的というわけでもない。本人もどちらを目指しているわけでもなく、それでも元々メアリ自身の素質と今までアルバート家の令嬢として扱《あつか》われていた義務感からかアルバート家としての立ち振る舞《ふま》いを必要とされる時は誰もが手本とするような完璧《かんぺき》な令嬢を演じきっていた。

誰よりも令嬢らしく、それでいて誰よりも令嬢らしくない。

両極端《きょくたん》なその二つの性質をメアリはまるでスイッチのように切り替《か》え、状況《じょうきょう》に応じて見事に使いこなしてきた。

その結果、メアリは「変わり者の令嬢」と陰《かげ》で呼ばれ、それでいてアルバート家の恩恵《おんけい》を受けようとする者達に囲まれるようになっていた。パーティーに出向けば誰もが彼女に挨拶《あいさつ》をし美しいご令嬢だと褒《ほ》めそやし、それでいてメアリがアディやメイド達と楽しそうに話していると「従者と話して、やはり彼女は」と陰で笑うのだ。

そこまで話し終え「それでも……」とアディが溜息をついた。

「それでも、普通《ふつう》なら親しい令嬢《れいじょう》の一人や二人できるものだと思うんです。お嬢が変わり者でも良いと、アルバート家ではなくお嬢自身を見てくれる、そんな同年代の友達が出来そうなものなんです……でも……」

言い掛《か》け、アディがチラとパトリックに視線を向けた。

相変わらず見目の良い彼は、まるで王子と言わんばかりの麗《うるわ》しさでアディからの視線を受け「俺がなにか？」と言いたげに小首を傾げた。それにあわせてサラと揺れる藍色《あいいろ》の髪《かみ》に、深い色味の瞳《ひとみ》。まさに女性の理想、夢物語から出てきたような王子様。

それを見てアディが再び両手で顔を覆った。

「お嬢の周りのご令嬢って皆揃《みんなそろ》ってパトリック様に惚《ほ》れてて……」

アディの言葉を最後に、茶会に似合わぬシンと静まった空気が漂《ただよ》う。

流石にパトリックもまさか自分の名がでるとは思っておらず、話を聞き終えるとヒクと頬《ほお》を引きつらせた後「……すまない」と一言謝罪した。

「そんなわけで、パトリック様の婚約者間違《こんやくしゃまちが》いなしと言われたお嬢は陰で令嬢達から嫉妬《しっと》され学園では変わり者と言われ、それでいてアルバート家の名につられる者が後を絶たず孤立《こりつ》するわけでもない。といったややこしい状況の結果、対人感覚が歪《ゆが》んだんです」

「歪んだって、そんなハッキリ言わなくても……」

「いいえ、ハッキリ言います、歪んでます！　だってお嬢、いまだに俺のこと従者としか考えてないんですよ！」

そう喚《わめ》くアディに、パトリックとアリシアが思わず顔を見合わせた。

アディがメアリに惚れていることなど誰が見ても明らか。そのうえ、たまに「玉砕《ぎょくさい》しました」と投げやりに報告してくる彼のアプローチはいかに疎い者でも気付きそうなほどに直球なのだ。

だからこそ、パトリックもアリシアもメアリが返事を保留しているのだと思っていた。

「……そうか、伝わってなかったのか」

「お嬢は『アルバート家の令嬢』としてなら人を集めることが出来るけど、一転して『メアリ』には誰も好んで寄りつかない、現状は全《すべ》て『アルバート家の令嬢』だからこそって、そう割り切って……歪みきったまま割り切ってるんです」

「言い直したな」

「そりゃ言い直しますよ」

盛大に溜息をつくアディに、パトリックがその肩《かた》を叩《たた》いてやる。

そんな二人を眺《なが》めつつ、アリシアが紅茶をコクと一口飲んで不思議そうに小首を傾げた。

「アディさん、告白はしないんですか？」

「そりゃ俺だって出来るならしたいけど、俺の家は代々アルバート家に仕えてきた家系だし、俺の身分でお嬢に告白なんてしたら下手《へた》すりゃ家族全員路頭に迷いかねないんだよ」

改めて自分の立場を考えたからか、再びアディが溜息《ためいき》をついた。庶民と貴族ですら身分の差があって難しいというのに、よりにもよって国内一を誇《ほこ》るアルバート家の令嬢とその従者なのだ。とりわけ今のメアリは社交界の誰もが渇望《かつぼう》する存在で、アルバート家にとっても最高の外交カードである。

おいそれと告白など出来るわけがない。今までのアディのアプローチだって、普通ならば「身の程《ほど》知らず」と処罰《しょばつ》されてもおかしくないのだ。

「せめて、どんなに低くても爵位《しゃくい》があればなぁ……」

そうしたら正式に申し込めるのに、と何度目かの溜息をつくアディに、パトリックとアリシアが妙案《みょうあん》はないものかと眉間に皺を寄せた。

真っ先に思い浮《う》かぶのは養子縁組《えんぐ》み。だが社交界で養子縁組みが少なくないとはいえ、あくまで貴族間の話。アディがいくら優《すぐ》れていてもわざわざ引き取るような家があるだろうか？

「いや、でもアディを養子にすればメアリがついてくるわけで、それなら案外に引く手あまたかもしれないいな」

「うまくいけばの話ですよ。もしかしたら振《ふ》られるかもしれないし、下手すりゃ兄貴や親父《おやじ》の仕事を奪《うば》うことにもなりかねないし……」

だからこそ自分の想《おも》いを告げられないとアディが落ち込めば、その肩を叩いてやるパトリックと紅茶を注いでやるアリシアが困ったように顔を見合わせた。

アディが今悩《なや》んでいる身分の差という問題にはパトリックもアリシアも覚えがある。数年前、自分達もまた同じ問題を抱えて苦しんだのだ。そのうえアディの立場は己《おのれ》の身分を捨てれば解決する問題でもなく、家族まで巻き込みかねないからこそより深刻である。

本来であれば諦《あきら》めるべきだ。アルバート家はあまりにも大きすぎてアディにはリスクがある。だがそれが分かっていてもどうにかしてやりたいと思うのは、パトリックとアリシアが抱えていた身分の差という問題を解決してくれたのが、他《ほか》でもないメアリとアディだからである。

「でもメアリ様なら爵位とか拘《こだわ》らずに応《こた》えてくれるかもしれませんよ」

項垂《うなだ》れるアディを気遣《きづか》いアリシアがフォローをいれれば、パトリックも同様に「あのメアリだからな」と続いた。――若干《じゃっかん》、アリシアとパトリックの発言にニュアンスの違《ちが》いを感じさせるが、それもまたパトリックならではだろう――

そんな二人の励《はげ》ましに幾分《いくぶん》気が晴れたのか、アディが「そうですよね」と顔を上げた。

「そうですよね、相手はあのお嬢なんだし」

「そうですよ！　メアリ様ってちょっと変わってらっしゃるから、そんなに悩むことはないかもしれませんよ！」

「そうそう。友達のいないメアリが急に婚約者なんて作るわけがない。申し出を片《かた》っ端《ぱし》から断ってるみたいだし、このまま嫁《とつ》ぎ損《そこ》ねてアルバート家に残るかもしれないだろ」

「確かに、言われてみればあそこまで歪んだお嬢が大人しく婚約なんてするわけが」

「よぉし、その喧嘩《けんか》全部買った！」

……。

…………。

突如《とつじょ》割って入ってきた威勢《いせい》の良い声に、茶会が一瞬《いっしゅん》にしてシンと静まり返った。

その不穏《ふおん》な空気を打ち破ったのは、ギチギチと音がしそうな程ぎこちない動きで背後を振り返ったアディ。顔色の青さといったらないが、この状況を考えれば青ざめるのも仕方ないだろう。

「お、お嬢……なんでここに……」

「なんでって、アルバート家の庭園にアルバート家の令嬢がいるのは当然でしょ。むしろ人の家で茶会してるあんた達の方がおかしいのよ」

「い、い、いつから……いつから、聞いてました……?」

ゴクリとアディが唾《つば》を飲む。

アリシアとパトリックも真剣《しんけん》な面《おも》持ちでメアリに視線を向けるのは、もちろん彼女がどの部分から話を聞いていたかによって今後の展開が大きく変わるからだ。仮にアディがメアリへの求婚《きゅうこん》で悩んでいると打ち明けた部分から聞いていれば、少なくとも彼の悩みは解消される。メアリがどう返事をするかは分からないがとりあえず伝えることは出来たが、その反面アディの訴《うった》えたリスクが実現してしまう可能性もある。

そんな緊張《きんちょう》すら感じられる空気のなか、全員の視線を一身に受けメアリが不敵に笑った。

「どこから聞いてたかって？　そんなの言うまでもないでしょ」

「お嬢、まさか……」

「あんたの『そうですよね、相手はあのお嬢なんだし』っていうところからよ！」

「どうしてよりによって一番誤解を生みそうなところから！　貴女《あなた》って人はいつもそうだ！」

嘆《なげ》くアディに、メアリがキョトンと目を丸くする。

帰ってこいとうるさいから帰ってくれば「あのメアリ」だの「嫁ぎ損ねる」だの、果てには「大人しく婚約するわけがない」だのと暴言三昧《ざんまい》だったのだ。それに対して文句を言ったつもりが、いったいどういうわけかアディが嘆いてパトリックとアリシアが溜息をついて彼を宥《なだ》めている。おまけに、二人から注がれる視線の冷ややかさといったらない。

これにはメアリもさっぱり意味が分からず「ねぇ、いったい何なのよ！」と声を荒《あら》らげた。


そうしてメアリも茶会の席につき、改めて「で、何の話してたの？」と三人を見回した。

彼らはみな一様に視線を泳がせて怪《あや》しいことこのうえない。「何か隠《かく》しています」と宣言しているようなものだ。アリシアに至っては誤魔化《ごまか》しているつもりなのか「まぁ可愛《かわい》い鳥が」と素《す》っ頓狂《とんきょう》なことを言って空を見上げる始末。おまけに彼女の頭上を飛んでいるのがよりにもよってカラスなのだから白々しさが増す。

そんな中、痺《しび》れを切らしたパトリックがコホンと咳払《せきばら》いをして重苦しい空気を破った。

「アディが爵位を欲しがってて、その話をしてたんだ」

「爵位？」

なんでまた、とメアリがアディを見上げる。

「爵位がないと出来ないことがあって、どうしてもそれがやりたいんだと」

なぁアディ、とパトリックが紅茶を飲みつつアディに視線を向ければ、メアリもそれに倣《なら》って視線を向ける。真っ赤になったアディはその視線を受けつつも「えぇ、そうなんです……」と小さく頷《うなず》いた。

「爵位がないと出来ないこと？」

「そうなんです……出来ないと言うか、今の俺の身分じゃ許されないと言うか……」

「やめときなさいよ、そんな偏《かたよ》った思想。ろくなもんじゃないわよ」

あっさりと言い切るメアリにアディが溜息をつく。話を聞いていたアリシアと促《うなが》したパトリックも同様にメアリに冷め切った視線を向けた。

メアリからしてみれば、まったくもってわけの分からない居心地《いごこち》の悪さである。思わず「な、何なのよみんな……」と呟《つぶや》けばその声が情けなく揺《ゆ》れるが、自宅に帰ったのにここまで疎外感《そがいかん》を味わわされれば誰《だれ》だってこうなるというもの。

そんなメアリの心境を察したのか、アディが宥めるように「お気になさらず」と声を掛《か》けた。

「ただの俺の我儘《わがまま》なんです……でも、どうしても俺は諦められなくて……」

ジッとメアリを見つめて訴えるアディに、メアリが調子を狂《くる》わされるとでも言いたげに「貴方《あなた》も物好きね」と悪態をついた。――それに対してパトリックが内心で「本当に物好きで悪食《あくじき》な男だよ」と呟いたが、声にしなかったあたりさすがはパトリック・ダイスである——

それでもメアリが真剣に「爵位ねぇ……」と考えを巡《めぐ》らせるあたり、なんだかんだ言いつつ協力する気はあるようだ。だがやはりメアリでも難しい問題のようで自然と彼女の眉間《みけん》に皺《しわ》が寄る。

「養子縁組みって手もあるけど、基本あれは貴族間だし。そもそも、アディを余所《よそ》に出すのはお父様が何て言うか……」

「あ、あのお嬢《じょう》、無理ならいいんですよ」

あまりにメアリが悩むものだから、アディの中で申し訳なさが勝《まさ》る。好きな人に告白をするためにその本人を悩ませたのでは本末転倒《ほんまつてんとう》もいいところだ。

だがそんなアディに対し、メアリは「安心なさい！」と明るい表情で彼を見上げた。

「爵位が欲しいって言うなら、なんとしても叶《かな》えてあげるから！」

「お嬢、ありがとうございます……その気持ちだけでも、俺は……」

「それに、いざとなったら私と結婚《けっこん》して、アルバート家に入れば良いわけだし‼」

お父様も説得してあげるから！　と明るく笑うメアリに、アディは勿論《もちろん》アリシアとパトリックまでもが言葉を失った。

その後の茶会の冷めようといったらない。結果的にメアリの「もういいわよ！　せっかくあんた達が食べたいって言うから遠回りしてアップルパイ買ってきたのに！」という喚《わめ》き声と、次いで放った「私一人で食べてやる！」という貴族の令嬢《れいじょう》とは思えない捨て台詞《ぜりふ》、そして厨房《ちゅうぼう》へと去っていく彼女の後ろ姿を眺《なが》めつつ誰もがみな筆舌《ひつぜつ》に尽《つ》くしがたい表情を浮《う》かべて解散となった。

去り際《ぎわ》に交《か》わされた、

「アディさん……あの、きっと良いことありますよ……」

「アリシアちゃんにまで気を遣《つか》われるなんて……」

「どういう意味でしょうか」

という会話のなんと哀愁漂《あいしゅうただよ》うことか。もっとも、そんな二人の長閑《のどか》ながらどこか切なさを感じさせる会話に対し、パトリックは加わることなく一人思案し「これは忙《いそが》しくなるな」とだけ呟いた。その瞳《ひとみ》がキラと光り口角が上がったことをアリシアはもちろんアディも気付かずにいた。

その翌朝、数日ぶりに自分のベッドで眠《ねむ》っていたメアリは扉《とびら》の外から聞こえてくる騒《さわ》がしさに無理矢理《むりやり》夢の中から引きずり起こされた。あと若干の胃もたれも起床《きしょう》の要因ではある。

「なによ朝っぱらから、人が寝《ね》てるっていうのに……」

と、文句を言いつつ手元の時計を見れば時刻は既《すで》に昼近くで、これには思わず「あら」と声が漏《も》れてしまう。

そうして誰にともなく誤魔化すようにそそくさとベッドからおりて身嗜《みだしな》みを整える。普段《ふだん》ならばメイド達がやってくれることなのだが、聞こえてくる騒々《そうぞう》しさから考えるにどうやらそれどころではないようだ。——いかに大事が起きていようがアルバート家の令嬢の身支度《みじたく》を後回しにしていいわけがなく、この件に関してメアリはメイド達を叱《しか》りつける権利がある。……が、さっさと自分で身嗜みを整えてしまうので権利を行使することはないのだが——

そうして手早く着替《きが》えを済ませ緩《ゆる》やかなウェーブの髪《かみ》を整え、外の様子を窺《うかが》うようにそっと扉の隙間《すきま》から顔を覗《のぞ》かせた。一人のメイドが慌《あわ》ただしげに通りかかったのは丁度その時である。

「あらメアリ様、今起きたんですか？」

「まさか！　このメアリ・アルバートともあろう者がこんな時間までグースカ寝てるわけがないじゃない！」

「はいはいそうですね。おはようございます」

「……いつも思うんだけど、皆《みんな》もうちょっと私への態度を改めてみない？　円満な雇用《こよう》関係を継続《けいぞく》させるためには定期的にお互《たが》いの関係を見直すことが必要だと思うの」

「それで、目覚めのお飲み物は紅茶で宜《よろ》しいですか？」

「もう十分目覚めたわよ。それより、この騒々しさはなに？」

「ダイス家のパトリック様がお見えになっています。それで……」

言い難《にく》そうにチラと視線を向けてくるメイドに、メアリがいったい何だと首を傾《かし》げた。

そうしてパトリックが居ると聞いた大広間へ向かい、メアリは再び首を傾げる。それどころか目の前の光景にキョトンと目を丸くさせてしまった。

なにせパトリックが慌ただしくあちこちに指示を出し、それを受けたアルバート家の使用人が彼同様に慌ただしく動き回っているのだ。更《さら》にパトリックの隣《となり》ではアディが見て分かるほどに戸惑《とまど》っている。その光景の異様さといったらない。

いったいどうしてパトリックは他家の使用人に指示を出しているのか、それとも自室で寝ていたと思っていたが、いつの間にかダイス家に移動していたのか……それにしたってアディのあの戸惑いようは尋常《じんじょう》ではない。

と、そんなことを考えつつメアリが近くにあった椅子《いす》に腰《こし》をかけた。彼らに話しかける前にひとまず状況《じょうきょう》を把握《はあく》しようと考えたのだ。あとあまりに慌ただしい空気にどう声をかけていいのか分からないというのもある。

「司祭様とは連絡《れんらく》がついたか？」

「いえ、それが出かけているようで一ヶ月は帰《もど》ってこないとのことです」

「一ヶ月……よし、手紙の用意をしてくれ。戻ってきてもらえるよう俺の名前で一筆書くから急ぎで届けて欲しい」

「はい！」

ろうか。


「あと届けが必要なのは」

「あ、あのぉ……」

手際よく何かの段取りを進めるパトリックに、その隣であたふたとしていたアディが恐《おそ》る恐るといった様子で声をかける。彼の表情が若干《じゃっかん》だが青ざめているように見えるのは気のせいだろうか。

そんな様子をメアリは眺めながら、それにしても司祭様にまで話をするとは随分《ずいぶん》と大事《おおごと》だと……と、まるで他人事《ひとごと》のように用意された紅茶をすすった。

「あの……やっぱり本人抜《ぬ》きに話を進めるのはどうかと思うんですけど……」

「アディ、どうした」

「いえ、なんかこう……大事になりすぎてる気がしまして」

しどろもどろながら止めようとするアディに、パトリックがその肩《かた》を叩《たた》いた。諭《さと》すようなパトリックの姿は五歳の年の差がまるで逆転したかのようである。

「いいかアディ、よく聞くんだ」

「……はい」

「相手はあのメアリだ。言質《げんち》は取ってあるんだから、あとは徹底的《てっていてき》に外堀《そとぼり》を埋《う》めろ！」

「権力と行動力を持ち合わせた人ってこれだから恐ろしい……」

真剣《しんけん》な瞳で恐ろしいことを言い放つパトリックに、アディが頬《ほお》を引きつらせる。

そんな二人のやりとりを見守っていたメアリがおやと首を傾げた。今パトリックは自分の名前を口にしていたような……。つまり、この騒動《そうどう》は自分に関係しているということか。

「ねぇちょっと、いったい何の話をしてるの？」

さすがに自分の名前が出れば放《ほう》って置くわけにはいかず、メアリが腰を上げて彼らの元へと向かった。

アディが驚《おどろ》いたような表情ながら「おはようございます」と頭を下げる。対してパトリックは「やぁメアリ、朝から邪魔《じゃま》して悪いな」と爽《さわ》やかな挨拶《あいさつ》をしてくる始末。寝起《ねお》きの令嬢、それも令嬢の家においてこの挨拶なのだから随分と我が物顔である。

「とりあえず礼儀《れいぎ》として言っておくわ『どうぞごゆっくりなさってください』。それで、どういうこと？」

「どういうって？」

「この騒ぎよ」

訴《うった》えるようにメアリが周囲へと視線を向ける。

慌ただしく書類を持ってくる者も居れば、入れ替《か》わるように部屋を出て行く者。パトリックから手紙を託《たく》された者が飛び出すような速さで部屋を出て行ったが、彼は司祭の元まで早駆《はやが》けでもするのだろうか。よっぽどの緊急《きんきゅう》事態なのか普段より行きかう人数が多く、それでいて誰《だれ》もがどことなく嬉《うれ》しそうに見える。

忙しいのに楽しげで、次は何をすれば良いのかと自らパトリックに指示を仰《あお》いでいるのだ。

そんな騒動を一瞥《いちべつ》し「これ以外に何がある」とメアリが視線で訴えれば、パトリックがさも当然といったように「手続きをしてるんだ」と答えた。なんとも的を射ない回答ではないか。

「それぐらい見れば分かるわよ。で、何の手続きなのよ」

「君の」

「私の？」

重要な部分をわざとはぐらかすようなパトリックの回答に、意味が分からないと言いたげにメアリが眉間《みけん》に皺《しわ》を寄せる。冷やかしに焦《じ》らされているような気がして気分が悪いが、それすらもパトリックにとっては楽しいのだろう。この慌ただしさの中、それでもどこか嬉しそうに指示を飛ばしているのだ。

そんな二人のやりとりに見かねたアディが盛大に溜息《ためいき》をつき、申し訳なさそうにメアリの顔を覗き込んだ。

「お休みのところ起こしてしまい大変申し訳ございませんでした。全《すべ》て取り止《や》めますので、ご安心ください」

「別に十分休んだからいいけど……それで、何の手続きだったの？」

どことなく悲痛そうな声色《こわいろ》で話してくるアディに、メアリが調子を狂《くる》わされながらもそれでも尋《たず》ねる。だが彼の表情はよりいっそう悲痛そうに歪《ゆが》み、眉間に皺を寄せ果てにはメアリの視線から逃《のが》れるように顔を背《そむ》けてしまった。

冗談《じょうだん》混じりで視線から逃《に》げる時とは違《ちが》う、そのこちらの胸まで痛めかねない表情にメアリが不安げに彼の名を呼んだ。こんな痛々しげな表情を見たことがない、それ程《ほど》までに大事なのか……。

「アディ……？」

「……です」

「うん？」

「俺と、貴女《あなた》の……」

「私と、貴方《あなた》の？」

今一つハッキリしないアディの言葉に、メアリが促すように彼を見つめる。問いかけるような、窺《うかが》うような、案じるような、そんな気遣《きづか》いすら感じられるメアリの視線にアディが僅《わず》かに戸惑いをみせ……意を決したかのように口を開いた。

「俺と貴女の、結婚《けっこん》の手続きです！」

と。自棄《やけ》になったようなその荒《あら》い声にメアリが驚いたように目を丸くする。

そうして半ば呆然《ぼうぜん》としたまま、アディとパトリック、そして周囲でこちらの様子を窺っている者達へと順繰《じゅんぐ》りに視線を向け、それをもう一周繰《く》り返して最後に再びアディへと向き直った。

結婚の手続きとは、つまりそういうことなのだろう。それを朝からパトリック指揮の下《もと》これほど慌ただしげに進めていると……。

「あら、それじゃ止めちゃ駄目《だめ》じゃない。ほらパトリック、人手が足りないならもっと呼んであげるから、話を進めてちょうだい」

さも当然のように言い放ちそれどころか「みんな頑張《がんば》って！」と周囲を鼓舞《こぶ》するメアリに、

アディが膝《ひざ》から頽《くずお》れ、パトリックが「だから言ったろ」とその肩を叩いて宥《なだ》めてやった。

どんなにパトリックが手早く進めても、たった一日では処理しきれないものもある。

とりわけメアリはアルバート家の令嬢《れいじょう》で、それも今や社交界の優劣《ゆうれつ》をひっくり返しかねないほどの重要人物なのだ。そんなメアリの結婚となれば元々必要とされている司祭達への連絡はもちろん、あちこちに届け出や根回しが必要となってくる。

「といっても王家に関しては今アリシアが伝えに行ってるから、あとは司祭様と数名への伝達だけなんだがな」

「さすがパトリック、仕事が速いわねぇ」

「う、うわぁ……想像以上のスピードで外堀が埋まっていく……パトリック様おっかねぇ……！」

のんびりと紅茶を飲みつつ淡々《たんたん》と話すパトリックにメアリが感心したと言わんばかりに彼の手腕《しゅわん》を褒《ほ》めるが、アディだけが一人現状についていけないと言いたげに顔色を青ざめさせた。

なにせパトリックが平然と口にする人物は従者のアディならば話しかけるのもおこがましいと思える人物、アルバート家令嬢とダイス家嫡男《ちゃくなん》だからこそ気軽に名前を口に出来るのだ。外堀を埋めるどころの話ではない。

ちなみに、数時間前まで慌《あわ》ただしくしていたパトリックがなぜ今は優雅《ゆうが》に紅茶を飲んでいるのかと言えば、先述の通り今日中にできることに限界があるからだ。といっても今日中には無理だと諦《あきら》めたわけではなく、今日できることは既《すで》にやりきっただけのこと。

さすがはパトリック・ダイス、その手腕と徹底さといったら進捗《しんちょく》を聞いたアディを真っ青にさせるほどである。

「それでメアリ、次の休みはいつだ？」

「休みねぇ、エレシアナは明日《あした》から三日間テスト期間で、そのあと試験休みがあるけど」

「よし、それじゃ帰ってくるのは四日後だな」

「あのね、私の話を聞いてた？　試験休みは試験を頑張った人が休む日なのよ？」

「それなら頑張らなきゃいい」

「有無《うむ》を言わさぬ徹底ぶりね……」

未来の暴君だわ、とメアリが嫌《いや》みを言いつつ紅茶を飲み干す。

それでも文句こそ言いつつ拒否《きょひ》しないあたり四日後に帰ってくる気はあるのだろう、それを見て取りパトリックが予定帳に記入する。

そんな中、一人のメイドが書類を手に控《ひか》えめながらに話しかけてきた。それを聞いたパトリックが「失礼」と一言残し去っていけば、彼の背が扉《とびら》の向こうへと消えるのを見送ったメアリがクルとアディに向き直る。

「今のうちに貴方に言っておきたいことがあるの」

「えっ、言っておきたいこと、ですか……」

「そうよ、パトリックやアリシアに聞かれたらまずいのよ、だから今のうちに」

そう念を押すメアリの真剣な表情に、アディが思わず息を呑《の》む。つい先程まで結婚の手続きをしていたのだ、流れからいってその話題に違いない。

文句を言われるのか。もしや「結婚はしてやるけど身分を忘れるな」と忠告されるのか、いや、もしかしたら「結婚はするが愛はない」と言われるのかもしれない……。

あまりに突拍子《とっぴょうし》もない展開故《ゆえ》に何を言われるのか分からず――しかも相手はメアリであるため本当に何を言われるのか見当もつかない――アディが震《ふる》えそうになるのをそれでも何とか抑《おさ》え、意を決して「何でしょうか」と続きを促《うなが》した。

「今のうちに言っておくわ」

「は、はい……」

「厨房《ちゅうぼう》にアップルパイが残ってるから、パトリックに知られないうちに食べちゃいなさい」

「は……はい……？」

アップルパイ？　とアディが目を丸くさせる。なにせアップルパイだ。

それは昨日あなたが自棄になって食べたアップルパイですか？　隣国《りんごく》で有名な店のあのアップルパイですか？　時折胃のあたりを押さえて「もたれた」と呻《うめ》かせているアップルパイですか？……と視線で訴えると、メアリがコクンと頷《うなず》いた。

「昨日全部食べてやろうと思ったんだけどね、流石《さすが》に四人分は無理だったの。それで一人分残してあるから、パトリックやアリシアに見つからないうちに貴方が食べちゃいなさい」

「……三人分は食べたんですか」

呆《あき》れたようにアディが返せば、メアリが自慢気《じまんげ》に「美味《おい》しかったわ！」と胸を張った。

それに対して何と答えればいいのやら、はぁ…と盛大に溜息をつき、アディがメアリに視線を向けた。

「……良いんですか、このままだと本当に俺が頂いちゃいますよ」

と。あえて何をとは口にせず言えば、メアリはその意味などまったく理解していない満面の笑《え》みで「頂いちゃいなさい！」と返した。


そうして迎《むか》えた三日間の試験期間を、メアリはつつがなく、それでいて平均五位を狙《ねら》いつつ無事に終わらせた。

途中《とちゅう》、相変わらずパルフェットが涙目《なみだめ》でガイナスの文句を言ってきたり申し訳なさそうな彼に頭を下げられたり、果てにはリリアンヌとカリーナの牽制《けんせい》し合いに遭遇《そうぐう》してしまい机の下に身を隠《かく》して息を潜《ひそ》めてやり過ごしたり……というアクシデントはあったものの穏便《おんびん》に過ごすことができた。

通常の講義編成とは違い試験は午前中に終わり、食堂を使わずに済んだというのも良かったのかもしれない。あの逆ハーレムは見ていて気分の良いものではないのだ。

これからは外で食べるのも良いかもしれないわね……と、そんなことを考えつつメアリは寮《りょう》の脇《わき》にあるベンチで昼食をとっていた。テスト最終日だけあり周囲には誰《だれ》もおらず、もちろんだが一人の女を複数の男達が囲む愛憎《あいぞう》の光景も、ましてや悲劇の令嬢に向けられる好奇《こうき》の視線も感じられない。長閑《のどか》な空と手入れのされた草木を眺《なが》めつつテスト明けのご褒美《ほうび》にと贅沢《ぜいたく》を極《きわ》めたお弁当を広げて楽しめば、逆ハーレムの騒動《そうどう》もどこか別世界のように思えてくる。試験の疲《つか》れも吹《ふ》き飛んでしまいそうだ。

たまに吹き抜《ぬ》ける風が気持ちよく、それを受けて揺《ゆ》れる自分の銀糸の髪《かみ》のなんと美しいことか。フワリと揺れるのだ、ブゥンではない。

「メアリ様、試験はいかがでしたか？」

メアリの隣《となり》に座り赤いジャムの塗《ぬ》られたサンドイッチを食べていたパルフェットが尋《たず》ねてくる。彼女のランチボックスは愛らしい色合いで飾《かざ》られており、甘いジャムや果物、それにケーキといったラインナップにメアリが「これはデザートよ！　食事とは認めない！」と声をあげたのは数十分前のこと。

なにせメアリの弁当はコロッケがしきつめられており全体的に茶色い。不思議そうに「これは何ですか？」と尋ねたパルフェットに「聞かないでちょうだい、貴女とは体の構造が違《ちが》うの」と答えたほどなのだ。

「そうねぇ、まずまずといったところかしら。貴女はどうだったの？」

「私は……今回はちょっと自信がありません」

「そうね、最近上の空ですもの。何を企《たくら》んでいるのか知らないけど」

メアリの指摘《してき》を受け、パルフェットが息を呑《の》む。

そうして顔を俯《うつむ》かせてしまうあたり図星なのだろう。もっとも、その反応を見なくともここ数日ソワソワとし落ち着きなく行動する彼女は分かりやすく、察するなと言う方が無理な話なのだ。

きっと何かを企んでいる。それも、メアリに言えない何か。

おおかたリリアンヌ絡《がら》みだろうと、それも口止めをされているあたりカリーナが裏にいるのだろうと踏《ふ》んでメアリが小さく肩《かた》を竦《すく》めた。パルフェットに箝口令《かんこうれい》を敷《し》いたのは良かったかもしれないが、分かりやすい彼女の反応は口にせずとも何か企んでいると宣言しているのと同じだ。いっそ接近禁止令にでもした方が良かったのではとさえ思えてしまう。

そんなことを考えていると、パルフェットが気まずそうに「あの、メアリ様明日からのお休みは」と話題を逸《そ》らしてきた。震える声色《こわいろ》の哀《あわ》れなことといったらなく、メアリが苦笑《くしょう》を浮《う》かべてそれにのってやることにした。

「もし明日あいていらしたら、私の家に遊びに……」

「あら、せっかくお誘《さそ》い頂いたのにごめんなさい。明日はどうしても家に帰らなきゃいけないのよ」

「そ、そうですよね……隠し事してる私の家になんて来たくありませんよね……わ、私のこと……」

「自分で言って自分で傷つくほど脆《もろ》いなら下手《へた》に深読みしないでちょうだい！　本当に帰らなきゃいけないのよ！」

グスンと涙目になるパルフェットにメアリが慌《あわ》ててフォローを入れる。

そうしてコロッケを一つ彼女のランチボックスに入れてやるのは「大丈夫《だいじょうぶ》」と安心させてやるためである。いったい何を企んでいるのか知らないが、それを無闇《むやみ》に探《さぐ》る気もないし、彼女に対して嫌悪《けんお》を抱《いだ》くようなこともない。

それを察したのか、涙目ながらにホッと安堵《あんど》の色を浮かべ嬉《うれ》しそうに「交換《こうかん》です」とサンドイッチを一つ寄越《よこ》してくるパルフェットに、メアリが思わず小さく溜息をついた。話しかけてきた当時に比べれば多少なり気も晴れたのか気丈に振《ふ》る舞《ま》うこともあり、リリアンヌ関係で何かしらの行動を起こそうとするくらいには精神面も回復しているように見える。だがいかんせんパルフェットは元々が打たれ弱い。

困った子に懐《なつ》かれたものだと溜息をつきつつ「本当に大事な用事があるのよ」と念を押してパルフェットを宥《なだ》めた。

他《ほか》の日ならまだしも、明日はパトリックと、それにあの後から来たアリシアにまで「絶対、急ぎで、帰ってくるように」と迫《せま》られたのだ。いかにメアリがアルバート家の令嬢《れいじょう》といえど、あの二人にあそこまで強く言われれば頷かざるを得ない。というか、二人の有無を言わさぬ微笑《ほほえ》みを見る限り、下手に逆らえば王家の家紋《かもん》を背負った馬車が朝っぱらから寮の前で待ちかまえていそうである。

いわゆる強制帰国。寝起《ねお》き直後に馬車に詰《つ》められ、高速で走る馬車の振動《しんどう》に耐《た》えながら用意された朝食《コロッケ》を食べる自分の姿まで容易に想像できる。

少なくともアリシアにはそれを実行する権力があり、パトリックは行動力を持った男だ。二人合わさったなら何をするか分かったものではない。

だからこそ帰らなくちゃいけないのよ……とメアリが真剣《しんけん》な表情で訴《うった》えれば、話を聞いていたパルフェットがあまりの規模の大きさに頬《ほお》を引きつらせながらコクコクと頷いた。

「でも、そこまで重要な用事って何ですか？」

「そりゃ、これだけのことなんだから決まってるでしょ。私……」

説明しかけ、メアリがふと言葉を止めた。

その様子にパルフェットがどうしたのかと首を傾《かし》げ、それでも「楽しいことなんですね」と柔《やわ》らかく微笑む。まるで自分のことのように嬉しそうに笑う彼女に、今度はメアリが首を傾げた。

「楽しいって、どうして？」

「だって、メアリ様が嬉しそうに笑ってらっしゃるんですもの」

クスと小さく笑うパルフェットの言葉にメアリが目を丸くし自分の頬に触《ふ》れた。どうやら無意識に笑っていたようで、それを指摘されて思わず頬が熱くなる。

だがここで素直《すなお》に嬉しいとも言えず、誤魔化《ごまか》すように「そんなことないわ」と言いながら自分の顔を扇《あお》ぎ……明日のことを思ってその瞳《ひとみ》を細めた。

重要な用事だ。

とても、それこそ人生を大きく左右する重要な用事。

だけどそこに不安や躊躇《ためら》いは一切《いっさい》ない。何度考えたって、この決断に間違《まちが》いはないと断言できる。

明日、私はアディと……。

そこまで考え、メアリは自分の表情が僅《わず》かに緩《ゆる》んでいることに気付き慌てて咳払《せきばら》いをした。

そうしてフンとすましてさも冷静を取り繕《つくろ》い、

「重要なのは当然よ、だって結婚《けっこん》するんですもの」

と言い切れば、それを聞いたパルフェットが目を丸くさせ、食べていたサンドイッチから真っ赤なジャムをスカートに垂らした。

そうして何事もなく――あの後さいさんパルフェットに相手が誰かと聞かれ、のらりくらりとかわし――約四日ぶりのアルバート家である。

まったくもって変わりようのない景色に感慨深《かんがいぶか》いものなどあるわけもなく、馬車の窓から外を覗《のぞ》く気にもならない。

それでも国外に留学していたアルバート家令嬢《れいじょう》の帰還《きかん》である。普通《ふつう》であればメイドや使用人が玄関先《げんかんさき》に並び「おかえりなさいませお嬢様」と一列になって頭を下げるのが当然である。誰かが馬車の扉《とびら》を開けて手を引いて誘導《ゆうどう》し、もちろん荷物はメアリが手を触れることなく自室へと運ばれていく。……少なくとも、誰もいない玄関先に馬車が停《と》まり、令嬢が自ら馬車の扉を開けて荷物を持って降りてくるなんて有り得ない話だ。……そう、普通ならば有り得ない話なのだが。

「ねぇ、ちょっと誰か一人くらい迎《むか》えに出てくれても良いんじゃない⁉　寂《さび》しさで泣きそうよ！」

屋敷《やしき》の扉を開けると同時にそこまで吠《ほ》え、メアリが続く暴言を飲み込んだ。

なにせアルバート家は慌ただしく、今も目の前をメイドが一人駆《か》け抜けていったのだ。これは確かに迎えには出られないわね……と頷《うなず》きつつ、ならば自ら荷物を運ぼうとし、

「お嬢！」

と、聞き慣れた声に顔をあげた。そこに居たのはアディと、その隣には相変わらずテキパキと指示を出すパトリック。

「お嬢、いつ戻《もど》ってらしたんですか？」

「つい今さっきよ」

「迎えに出られず申し訳ございません。あぁ、荷物まで持たせてしまって」

「いいわよ別に、自分の荷物だし。それより相変わらず凄《すご》いことになってるわね」

バタバタと慌ただしく屋敷を出入りする者達を眺《なが》めメアリが圧倒《あっとう》されたと言いたげに一息つけば、パトリックが手元の資料を眺めながら当然だと頷いて返した。

「今回の結婚は異例の早さで進めてるからな、それも関係者には箝口令を敷いてるし。慌ただしくなるのは仕方ない」

「やっぱりアディのことはパーティーの時まで内緒《ないしょ》にしておくのね。サプライズ好きのお母様が考えそうなことだわ」

「と言っても流石《さすが》に身内だけで済ませられることでもないからな。この件は君の親族一部と俺のとこをはじめとする上位貴族の当主周辺、あと両陛下をはじめ一部の王族と近隣《きんりん》諸国の王族、それに各関係機関の最高権力者には伝えてある」

「あら、意外に結構な人数になったのね。なんだかちょっと恥《は》ずかしいわぁ」

「おっかない、パトリック様本当におっかない……」

パトリックの挙げた人選にメアリはさも当然と言いたげに、対してアディは真っ青になって返す。

そうしてしばらくは他愛《たわい》もない会話をしていると、メイドが一人パタパタと駆け寄ってパトリックに耳打ちをした。

どうやら誰《だれ》か来たらしく「大広間に通してくれ」だの「書類を預かる」だのと話をしている。

メイドの緊張《きんちょう》した面持《おもも》ちを見るに相当な位の人物なのだろう。メアリは「誰かしら」と興味深げに耳をすまし、アディは青ざめたまま「聞きたくない」と耳を塞《ふさ》いだ。

「悪いな二人とも、準備が出来たら呼ぶからもう少し待っててくれ」

そう告げて、パトリックがメイドのあとを追ってどこかへと向かっていく。

残された二人はその後ろ姿を呆然《ぼうぜん》と眺め、パトリックが見えなくなるとどちらともなく顔を合わせた。

メアリとアディの結婚のための慌ただしさだというのに、当の二人が置いてけぼりをくっているのだ。どうしましょうか、とでも言いたげな表情をしているとまた一人メイドが駆け抜《ぬ》けていった。

「……呼ばれるまでお茶でもしましょうか」

「そうですね。……ところで、あの、お嬢……」

歩きだそうとしたメアリをアディが呼び止める。

随分《ずいぶん》としどろもどろなその口調に振り返ったメアリが不思議そうに首を傾げて彼を見上げた。

「良いんですか？」

「何が？」

「このままだと、俺と結婚しちゃうんですよ？」

それでも良いのかと改めて確認《かくにん》をとってくるアディにメアリが肩《かた》を竦《すく》めて彼を見上げた。返事を請《こ》うような、それでいて不安だと言いたげな表情を浮《う》かべている。アディらしくないその気弱な態度にメアリが小さく笑《え》みをこぼした。

いったい何を今更、もうここまで話が進んでいるのに。

いいや、それだけじゃない。だって本当に、何を今更……。

「どこまでだって私についていくって、私の隣《となり》が自分の居場所だって、そう言ったじゃない。その気持ちに変わりはないんでしょ？」

「はい、勿論《もちろん》です。俺はずっと貴女《あなた》と居ます」

「それなら、婚姻届《こんいんとどけ》の上でも私の隣に居てちょうだい」

ね、とメアリが屈託《くったく》なく笑う。

その笑顔にあてられたアディは僅かに瞳を細め「はい」と一度深く頷いた。

「お嬢、順番が変わってしまいましたが、俺は……俺はずっと貴女のことが……」

「それに、何かやりたいことがあるんでしょ？　目的のためなら手段を選んでちゃ駄目《だめ》よ！」

「……はい、そうですね」

相変わらず屈託なく純粋《じゅんすい》な笑顔で出鼻を挫《くじ》いてきたメアリに、アディが力なくその場にしゃがみ込んだ。

たまたま通りがかりにその会話を聞いていた者が「頑張《がんば》れよ」とその肩を叩《たた》くが、それがまた心を折ってくることなど言うまでもない。もっとも、メアリは未《いま》だその慰《なぐさ》めの意味を理解せず、むしろこれからアディが行う「何かやりたいこと」への励《はげ》ましだと勘違《かんちが》いし「そうよ頑張りなさい！」と明後日《あさって》な応援《おうえん》――アディにとっては追撃《ついげき》である――をしだした。

「結婚してまでやろうって思えることなんでしょ、頑張りなさい！……あら、アディどうしたの？」

「いいえ、なんでも……」

「そう？　それにしては全身から負の空気が漂《ただよ》ってるけど」

「大丈夫《だいじょうぶ》です……手段を選んで没落《ぼつらく》しそこねたお嬢からのアドバイス、参考にさせて頂きます……。そう、手段なんか選んでられません！」

ガバ！　と勢いよく立ち上がったアディに、メアリが僅かに怯《ひる》みつつ「そう、大丈夫なら良《い》いけど」と窺《うかが》うように答えた。

先程《さきほど》のアドバイスが役に立ったのなら幸いだが、それにしてもアディの吹《ふ》っ切れ具合が尋《じん》常《じょう》ではないような……と、訝《いぶか》しげに思いつつメアリが彼の顔を覗き込もうとし、二人を呼ぶパトリックの声に振《ふ》り返った。

どうやら準備が出来たらしく、こちらに来いと手招きをしている。

「お嬢、行きましょう！」

「えぇ……でも大丈夫？　貴方《あなた》、なんか目が据《す》わってるように見えるけど」

「気のせいです！」

まったくもって気のせいではない異様な空気を纏《まと》うアディに、メアリが何も返せずコクコクと頷いて彼の後を追った。

王家と並ぶ権威《けんい》を持つアルバート家の令嬢《れいじょう》の結婚《けっこん》ともなれば手続きは山のようにあり、そのうえアルバート家夫人の「折角《せっかく》だからパーティーまで相手が誰かは秘密にしましょう！」という思いつきのサプライズ計画まで加わればより難解になる。それでもパトリックをはじめとする数人——数人といえど権威も実力も持ち合わせた数人——が集まれば進みも早く、残すは司祭を前に二人が婚姻《こんいん》の誓約書《せいやくしょ》にサインをするだけとなっていた。

そうしてアディがサインを書き終えるとメアリもそれに続き、一枚の誓約書ができあがった。

アディとメアリが夫婦《ふうふ》であると、それを証明するための誓約書。

もっとも、これに王家の印を押してはじめて正式に受理されるのだが、それでもサインした以上は二人は夫婦同然と言えるだろう。アルバート家の結婚なのだ、並大抵《なみたいてい》の用事より優先して両陛下の元へと届くはずである。それを高々と掲《かか》げて読み上げる司祭を前にし、たった一枚で関係が変わるのだから不思議なものね……と、そんなことをメアリがボンヤリと考えているとパトリックが横から手を出して誓約書を受け取った。

「それじゃ、これは俺が責任を持って両陛下の元へと届けるから」

パトリックが書類を丁寧《ていねい》に巻き上げ鞄《かばん》へとしまう。それを聞いたメアリが、そう言えばと周囲を見回した。

アリシアの姿が無い。彼女のことだ、今日という特別な日に興奮を抑《おさ》えられず前日入りしていたっておかしくないというのに……。

「ねぇパトリック、あの子はどうしたの？　こういう日は普段《ふだん》以上に興奮してはしゃぎまわりそうなものだけど」

「あぁ、アリシアなら『早く受理して欲しいから』って王宮で両陛下を待たせてる」

「両陛下を待たせる⁉　アリシアちゃんなんて恐《おそ》ろしいことを！」

「流石の私もそれは引くわよ！」

「だろ、俺もだ」

若干《じゃっかん》青ざめた表情でパトリックが頷《うなず》いて返し、書類を持って扉《とびら》を開け……足を止めた。

メアリがアディに対して「ところで、そこまでしてやりたいことって何だったの？」と尋《たず》ねたからだ。慌《あわ》ててパトリックが振り返れば、不思議そうにアディを見上げるメアリと、そんな彼女を意を決したかのような瞳《ひとみ》で見つめるアディ。

二人の間には言いようのない空気が漂い、緊迫感《きんぱくかん》すら感じられる。ただ、この場において未だそれに気付かないメアリだけが不思議そうに首を傾《かし》げていた。

「結婚までして、何がしたかったの？」

「お嬢《じょう》……俺は……」

「うん？」

アディの返答を待つようにメアリが首を傾げたまま彼を見上げる。

それに対してアディが覚悟《かくご》を決めたと言いたげにスゥと小さく息を吸い……、

「お嬢……いえ、メアリ様、俺と結婚してください」

と、正直に、誤魔化《ごまか》すことも冗談《じょうだん》ぶることもなく、真っ直《す》ぐにメアリの瞳を見つめて告げた。

これにはメアリも意味が分からないと首を傾げたまま目を丸くする。

彼女の心境からしてみれば婚姻したばかり、誓約書に書いたサインのインクも乾《かわ》ききっていないうちのプロポーズなのだから頭上に疑問符《ぎもんふ》が浮かぶのも仕方ない。まったく意味が分からない、と更《さら》に首を傾げてパチパチと瞬《まばた》きをする。

「えぇ……だからさっきサインしたじゃない」

唖然《あぜん》としたまま、それでもメアリが先程サインをした台座を指さそうとし……その手を掴《つか》まれてビクリと肩を震《ふる》わせた。

驚《おどろ》いて顔を上げれば、アディの瞳がジッとこちらを見据《みす》えている。その深い錆色《さびいろ》に射貫《いぬ》かれてそうな感覚に、メアリが小さく息を呑《の》んだ。

普段の彼とは違《ちが》う、時折見せる何とも言えない雰囲気《ふんいき》に呑まれてしまう。どういうわけか、この状態のアディに見つめられると心臓が早鐘《はやがね》のように鼓動《こどう》を速め、締《し》め付けられるような息苦しささえ覚えるのだ。

掴まれた手が熱い。男らしい彼の手は大きく、包み込まれているようにさえ感じられる。心臓が痛い、呼吸が出来ているのか分からないほどに苦しい……。

「……ア、アディ？」

「ずっと貴女《あなた》に言いたかった。貴女が好きです、心の底から、誰《だれ》よりも愛しています」

アディの真っ直ぐな告白にメアリが目を丸くさせ、言葉無く口をパクパクと開かせた。突然《とつぜん》のことに思考の処理が追いつかず、何を言えばいいのか分からない……が、そんなことを考える余裕《よゆう》すらなくなってしまうのはアディが掴んでいたメアリの手を引き、あろうことか指先にキスをしてきたからである。

強く掴まれたことですらメアリの心臓を締め付けるというのに、指先に触《ふ》れる柔《やわ》らかな感《かん》触《しょく》にメアリの頰《ほお》が……いや、頰どころか体全体が一瞬《いっしゅん》にして熱を灯《とも》らせた。とりわけ、アディの唇《くちびる》が触れた指先の熱さといったらなく、神経がそこに集中したかのように感じられる。

そんなメアリの余裕の無さなど知らず、繰《く》り返し愛《いと》おしむように指先にキスをしたアディが再びメアリに視線を向けた。燃えるように熱い錆色の視線に、最早《もはや》メアリの心臓も思考も限界に近い。

だからこそメアリが手を引こうとするが、それを許すまいとアディがさらに強く握《にぎ》ってきた。そうしてまるでとどめを刺《さ》すかのように、

「生涯《しょうがい》貴女の隣《となり》にいると誓《ちか》います。だからどうか、俺だけを、一人の男として隣に置いてください」

と、そう真っ直ぐ見つめて告げてくるのだ。

これには遂《つい》にメアリも限界を迎《むか》え、体内の熱が最高温度に達するや否《いな》や、

「ひあぁああー！」

という、未だかつてない間抜《まぬ》けな悲鳴と共に逃《に》げ出した。

その逃げ足の速さと情けなさといったらなく、残されたアディが「まさかここで逃げるなんて……！」と膝《ひざ》から頽《くずお》れ、扉を開けたままにしておいたことで退路を与《あた》えてしまったパトリックが申し訳ないとその肩《かた》を叩いた。そのうえ、よく事情の分かっていない司祭までもがアディを慰《なぐさ》めるように肩を叩くのだから、それ程までに傍《はた》から見てもあんまりな展開である。

間抜けな悲鳴をあげたメアリはそのまま自室へと逃げ込むと、ベッドに飛び込んで布団《ふとん》を頭からかぶった。完全なる籠城《ろうじょう》態勢である。おまけにそれでも足りないと手近にあった枕《まくら》を手繰《たぐ》り寄せ抱《だ》き抱《かか》える。

そうしてようやく一息つくとそれと同時にメアリの瞳が潤《うる》み始めた。目頭《めがしら》が熱い……と、そう思い目元を拭《ぬぐ》おうとするも、その指先を掠《かす》めるように涙《なみだ》が頬を伝い白いシーツにポタリと落ちて染《し》み込んでいく。

あんなことを言われて、どうしたら良いのか分からない。

先程《さきほど》のアディの言葉が頭の中で繰り返され、そのたびにメアリの心臓が潰《つぶ》れかねない程に締め付けられる。愛しているなんて、そんなことをまさかよりにもよってアディから言われるとは思っていなかったのだ。

そういったものとは別の次元で、彼はずっと自分の隣に居るのだと思っていた。

「そんな、好きとか愛してるとか……分からないわよ、結婚しちゃったじゃない……ばか」

グスンと洟《はな》をすすりながらメアリが掴まれた手をさする。ほんのりと赤くなっているのは彼の指のあとだろうか、それ程までに強く掴まれたのだと思えばまた涙が頬を伝う。思い出せば思い出すほど胸が痛み、逃げ場を失った熱が体の中を巡《めぐ》って涙に変わる。息を吸えば喉《のど》が揺《ゆ》れ、ゆっくりと吐《は》き出した呼吸と共に涙が溢《あふ》れて落ちる。

メアリらしくもアルバート家の令嬢らしくもない、そんなたった一人の女性としての弱い姿は到底《とうてい》他人に晒《さら》す気にはなれない……彼以外は。

そう、こんな状況《じょうきょう》になっても尚《なお》メアリの頭の中には「アディに話したい」という考えが浮《う》かぶのだ。

それが本末転倒《ほんまつてんとう》なのはメアリ自身も分かっているのだが、それ程までにメアリはアディに全《すべ》てを話してきた。どんな問題でも「どうしよう」と悩《なや》むのは彼に話し終えてからなのだ。前世の記憶《きおく》が戻《もど》ったあの日も、他者に話せば笑われるか頭の心配をされるような話だと分かっていても当然のように彼に話した。

「他《ほか》の人には話しちゃ駄目《だめ》ですよ」と言われ、「あたりまえよ」と返したのを今でも覚えている。誰かに話したって信じてもらえない、むしろ話す気にもなれない内容だと自覚していた。

……アディ以外には。

メアリにとってアディはそういう存在だった。恋《こい》だの愛だのといったものではなく、それでも今日も明日《あした》も変わらず隣にいる。たとえ留学して実際の距離《きょり》こそ変わっても、互《たが》いに何一つ変わりはしないのだと。たとえメアリが誰かと結婚《けっこん》しどこかの家に嫁《とつ》いでいったとしても、彼はずっと隣にいる。そう考えていた。

だからこそ、今更《いまさら》そこに恋愛《れんあい》感情があったと知らされて、はいそうですかと受け入れられるわけがない。

そもそもメアリは男女の恋愛に関して疎《うと》く、そして自分自身で疎い方が良いと割り切っていた。

それは彼女が異性に対して興味がない……というわけではなく、ひとえにメアリがメアリ・アルバートだからである。アルバート家の令嬢《れいじょう》として生まれた以上、いずれは家のために嫁いでいく身。恋愛に夢を見て、年頃《としごろ》の女性同様に余所《よそ》の男を慕《した》うなど自ら傷つきにいくようなものだ。メアリにとって、いやアルバート家の令嬢にとって、恋愛感情に疎いのは好都合でしかない。

そう幼少時から考えていた。政略結婚が常の世界で、初めて会った好きでも嫌《きら》いでもない男の元へと嫁いでいく女性達を見ながら、恋愛感情など芽生えてくれるなと自分の心に言い聞かせていた。

なにより、メアリにはパトリックがいた。ダイス家の嫡男《ちゃくなん》、世間でいう『お似合いの婚約者《こんやくしゃ》候補』。

周囲はメアリの気持ちなど微塵《みじん》も関係ないと「なんてお似合いな二人だ」と持て囃《はや》し、同年代の少女達は「あのパトリック様が相手なんて羨《うらや》ましい」と妬《ねた》み、いずれ二人は結婚するものとして扱《あつか》っていた。メアリに対して本当は誰が好きなのか、本当にパトリックが好きなのか、そう聞く者など誰一人としていなかった。勝手に持て囃し、勝手に妬み、勝手にメアリとパトリックの未来を想像していたのだ。

そんな周囲に対し、所詮《しょせん》自分の感情などそんな扱いなのだとメアリは割り切って考えていた。アルバート家の令嬢として生まれた以上、これは義務なのだと。アルバート家の恩恵《おんけい》を受けるのだから、果たさなければならない義務なのだと。

悲恋《ひれん》が美しいのは物語の中だけのこと、それならいっそこのまま『胸を焦《こ》がすような想《おも》い』など知らぬまま、家のために嫁ぎ、夫となる男を支えていこう……と。そこにメアリらしさなど欠片《かけら》も求められていなくても、嫁いだ先の求める女を演じきる自信はあった。自分《メアリ》を押し殺して、アルバート家から嫁いだ夫人を演じることなど、器用なメアリには容易なことだ。

それにアディが居れば、彼の隣に居るときだけ『メアリ』で居られれば、たとえどんな家に嫁いでも我慢《がまん》できる。自分《メアリ》が求められていなくても、アディの隣で変わらずメアリで居られるのなら、それだけで十分なのだ。

だからこそ、隣にはアディがいなくちゃ……と、そこまで考え、また一つメアリの瞳《ひとみ》から涙が落ちた。落ち着こうと深く息を吸えばヒクと喉が揺れる。


どうしよう、どうすればいい？

一緒《いっしょ》に悩んでくれるアディが居ないと考えがまとまらない。


そうしてしばらく、それどころかゆうに数時間は答えも出せずに悩み続けていた。

あのメアリ・アルバートらしくないと言われれば確かにそうなのだが、所詮メアリも一人の女性に過ぎず、とりわけ今は彼女の冷静を取り戻すことのできる唯一《ゆいいつ》の人物が悩みの要因となっている。

出来ることと言えば、まるで思考の底なし沼《ぬま》にはまったかのようにグスグスと洟をすりながら枕を叩くのみ。

「バカ、アディのバカ、どうするのよ、貴方《あなた》が話を聞いてくれなきゃ考えがまとまらないのよ……」

そう呟《つぶや》きつつもう一発と枕を殴《なぐ》れば、ポケットからカチャリと小さな音がした。

「流石《さすが》にアルバート家のご令嬢といえど、この時間に謁見《えっけん》の届け出がないのでは……」

そう困惑《こんわく》気味に言われ、メアリが呆然《ぼうぜん》としたまま「そうよね」と小さく返した。

あれからアルバート家の屋敷《やしき》を抜《ぬ》け出したまたま近くにいた者に馬車を出させ王宮まで来たは良いが、警備に訪問理由を問われメアリもこれといった明確な理由を説明出来ずにいた。

なんとなくアリシアに会いたいと、そう思ったのだ。

だが考えてみればアリシアは王女の身分で、随分《ずいぶん》と暗くなったこの時間に気軽に会えるわけがない。

とりわけ今のメアリは自分の心情さえも把握《はあく》しきれず、口にする言葉もどれも的を射ていない。いかに王女と懇意《こんい》にしているアルバート家の令嬢といえど、王宮の警備を任された者として今のメアリを通すわけにはいかないのだろう。それが彼の仕事なのだから無礼とは思わない。

それでも追い返すようなことはせず落ち着かせようと宥《なだ》めてくれるのは相手があのアルバート家の令嬢だからか、それとも涙目で、それどころか雑に拭ったせいで目元を赤くさせているメアリを不憫《ふびん》に思ったか。

「申し訳ございません。現在王女様は両陛下と食事中です。急ぎの用でないならまた明日にでも」

「そう……そうよね……ごめんなさい、無理を言ってしまって」

警備の言葉を聞き、メアリが弱々しげに項垂《うなだ》れる。考えてみれば当然のことだ。むしろ普段《ふだん》のメアリであったなら「こんな時間に王女様を訪問するなんて、常識知らずも良《い》いところだわ」とでも言っていただろう。

そうして諦《あきら》めて踵《きびす》を返し、さぁ帰ろうと歩きだし……揺れるスカートから聞こえてきたカチャリという音に小さく息を呑《の》み、意を決したかのように再び振《ふ》り返った。ポケットの中でガラス玉が擦《こす》れる微《かす》かな音が、まるで「待って」と訴《うった》えているように聞こえたのだ。

「あの、一度だけ！　一度だけで良いんです、アルバート家の令嬢ではなく……私が、友達の、ア、リ、シ、アさんと話がしたいと、そう言っていると伝えていただけないでしょうか……！」

警備員の腕《うで》をとり往生際《おうじょうぎわ》悪く頼《たの》み込むメアリの姿は到底普段《ふだん》の彼女らしくない。それも、王女を「友達」と口にしたのだ。無礼極《きわ》まりないのは勿論《もちろん》、この発言は変わり者のメアリらしくもなく、そして完璧《かんぺき》を誇《ほこ》るアルバート家の令嬢らしくもない。

これには警備の者も目を丸くさせ、そしてメアリを宥めるようにその肩《かた》に手を置き「かしこまりました」と深く頷《うなず》いて返した。

「たとえアルバート家のご令嬢といえど、急用でもなくこの時間に王女様にお通しすることはできません。ですが、王女様ではなくア、リ、シ、ア様の元に来たご、友、人を追い返したとあれば我々が叱《しか》られてしまいます」

そう苦笑《くしょう》しながら告げ、背後にいたもう一人に声をかける。慌《あわ》ただしげに駆《か》けていく彼はアリシアを呼んできてくれるのだろうか……と、そんなことをボンヤリと考えながら待っていると、屋敷の奥がざわつき始めた。

そうして「メアリ様！」と声をあげて走ってきたのは勿論アリシアである。ピンクのワンピースと三つ編みに結《ゆ》った金の髪《かみ》を揺《ゆ》らし、真っ直《す》ぐにメアリの元へと駆けてくる。

「メアリ様、どうなさったんですか⁉」

「アリシアさん、私……」

「お一人で来られたんですか？　アディさんは？」

「アディは……いないの、黙って来たから……だって……」

言い掛《か》け、メアリの瞳に涙《なみだ》がたまる。ここに来た理由を、アディを置いてきた理由を、隣《となり》に彼がいないことを、それらを思い返せばまた胸が締《し》め付けられるように痛みはじめたのだ。ここが王宮で、近くに両陛下がいると分かっていても涙が溢《あふ》れてくる。挨拶《あいさつ》をしなくてはと口を開いても掠《かす》れた声と嗚咽《おえつ》が漏《も》れるだけだ。

それを見たアリシアが何かを察したかのように頷き、メアリの手をギュッと強く握《にぎ》った。細くしなやかな指が絡《から》められ、仄《ほの》かな温かさが伝う。

「誰《だれ》かメアリ様のご自宅に向かってください。メアリ様がここに居ることと、責任をもって送り届けるので迎《むか》えは不要ですと伝えてください」

「はい、かしこまりました」

「メアリ様とお話がしたいので庭園の人払《ひとばら》いと、それと温かい紅茶をお願いします」

「直ぐにお持ちいたします」

メアリの手を握ったまま、アリシアが近くにいたメイドに指示を出す。

そうして改めてメアリに向き直ると、相変わらず人懐《ひとなつ》こい笑顔《えがお》で、

「庭園に花が咲《さ》いたんです。外灯に照らされてとても綺麗《きれい》なんですよ。是非《ぜひ》ご覧になってください」

と穏《おだ》やかな声でメアリを誘《さそ》うのだ。その一連のやりとりにメアリが涙を浮かべた瞳でジッとアリシアを見つめ、

「……貴女《あなた》、なんだかまるで王女様みたいね」

と呟いた。

アリシアに通された庭園は月明かりと外灯に照らされ美しく、時折風が吹《ふ》くと草木が揺れてザァと涼《すず》しげな音が響《ひび》く。その長閑《のどか》な空気と柔《やわ》らかな月明かりがメアリの気持ちを幾分《いくぶん》落ち着かせ、温かい紅茶が喉《のど》を通るたびに胸の締め付けを解き、ティーカップの半分程《ほど》を飲み終えた頃《ころ》にはメアリもだいぶ落ち着きを取り戻《もど》していた。

向かいに座るアリシアは涙を流しながら紅茶を飲むメアリを時折は見つめ時折は気遣《きづか》うように庭園へと視線を向け、けして話を聞き出すようなことはしない。普段ならば「少しは黙《だま》りなさい！」とメアリに喚《わめ》かれてもなお「はい！　ところでメアリ様！」と喋《しゃべ》りだすというのに、今日に限っては沈黙《ちんもく》を保ったままなのだ。

その温かな静けさに緊張《きんちょう》と混乱が溶《と》け落ちていくのを感じ、メアリがゆっくりと先程までのことを話しはじめた。

「わ、私ね……アディと結婚《けっこん》したの……」

「ええ、存じております」

「何か、何か知らないけど。何かしたいことがあるって、そう言ってたのよ。だから、結婚したの……爵位《しゃくい》が欲しいって言うから、アルバート家の名前をあげようと思って」

「はい」

「私、迷わなかったわ。だって、アディが何かしたいって言うから……考えるまでもない決断だって、そう思ってたの、だから、結婚したのよ。なのに……」

突然《とつぜん》「愛してる」と言われた。

あんなに深い錆色《さびいろ》の瞳で見つめられ、手をとられ。まるで夢物語のワンシーンのように真っ直ぐに愛を告げられた。

「ずっと変わらないで一緒《いっしょ》に居られると思っていたのに、今更《いまさら》この関係が男と女になってしまうのかと思うと……なんだかアディが別人になってしまうようで……」

時折目元を拭《ぬぐ》いながらたどたどしく話せば、向かいに座るアリシアがその一つ一つに丁寧《ていねい》に頷いて返しテーブルの上で力なく握られたメアリの手を優《やさ》しくさすった。まるで子供を宥めるようなその動きが恥《は》ずかしく、それでいて温かな手が心地《ここち》よいとメアリが僅《わず》かに瞳《ひとみ》を細める。

アリシアの手首には金と藍色《あいいろ》を交互《こうご》に組み合わせたブレスレットが嵌《は》められており、時折カチャリと小気味よい音をたてる。以前に入浴と就寝《しゅうしん》時以外は常に身につけていると言っていたのを思い出し、メアリがそっと自分のスカートのポケットをさすった。——けして口にしないがメアリもまた入浴時と就寝時以外は色違《いろちが》いのブレスレットを常に隠《かく》し持っていた。……まぁ、アディにはバレバレで、そして彼にバレている以上アリシアとパトリックには筒抜《つつぬ》けなのだが

「その……ご、ごめんなさい。こんな時間に……」

「メアリ様？」

「いつも、何かあればアディに話をしてたのに。か、彼に話せなくて……だから、どうして良いか分からなくて……」

泣きはらし、身形《みなり》を整えることなく王宮まで来てしまった。自分は今どれだけ情けない姿をしているのだろうと、そんなことを思えば動揺《どうよう》に更《さら》に恥ずかしさが混ざる。

おまけに夜もだいぶ遅《おそ》い時間だ。王族だの貴族だの関係なしに人を訪ねる時間ではない。日《ひ》頃《ごろ》アリシアの突飛《とっぴ》な行動を「田舎娘《いなかむすめ》」だの「非常識」だのと喚いて咎《とが》めていたのに、これでは自分の方が非常識ではないか。

それを恥じつつ、それでも「どうしてかここに来てしまった」と涙ながらに訴えれば、アリシアが小さく笑ってメアリの手をさすった。

「ねぇメアリ様、私最近パトリック様と一緒に居るととても落ち着くんです」

「落ち着く……？」

「はい、パトリック様とお付き合いし始めた頃は会う度《たび》に胸が高鳴って、パトリック様の仕草

一つ一つに胸が締め付けられて、抱《だ》きしめられると震《ふる》えそうな程に緊張してドキドキしっぱなしだったんです。でも……」

「でも？」

「今はパトリック様の腕の中にいると落ち着けるんです。あんなにドキドキして緊張で頭が真っ白だったのに、今はパトリック様の腕の中がどこよりも落ち着く場所なんです」

照れくさそうにアリシアが笑う。そうして何かを思い出したかのように「あ、でも」と付け足した。

「今でもパトリック様にはドキドキしますよ。この間もお父様と難しい話をされていて、その時にふと私に気付いて笑いかけてくれたんです。真剣《しんけん》な表情がふっと柔らかくなった瞬間《しゅんかん》のあのお顔は、それはもうドキドキするほど眩《まぶ》しくて愛《いと》おしくて」

「あと三回惚気《のろけ》たら私帰る」

「冗談《じょうだん》ですよぅ」

グスンと洟《はな》をすすりながらも冷ややかに言い切るメアリに、アリシアがプクと頬《ほお》を膨《ふく》らませる。

そうして改めて「それでですね」と再び話し始めた。

「最初の時はもっとパトリック様と一緒に居たいって、どうしたらもっと一緒に居られるんだろうって、そう考えていたんです。でも今は『これから二人でどう過ごしていこう』って、そう考えるようになったんです」

照れくさそうに、それでも嬉《うれ》しそうにアリシアが微笑《ほほえ》む。

パトリックのことを考えているのだろうか、柔らかなその笑みはメアリの知る恋《こい》する少女の微笑みとは少し違《ちが》い、いつの間にか伴侶《はんりょ》を愛おしむ包容力すら感じさせるものになっていた。いつ変わったのか、そう思い返してみるも明確な時期などなく、それでもアリシアの表情は昔の彼女とはどこか違っていた。

愛していると自覚し、愛されていると誇《ほこ》り、それが彼女の笑顔を変えたのだろうか……。

「考えるまでもなく一緒に居て、だからこそ、その先を考える。恋が愛に変わるってこういうことなのかなって、最近思うんです」

「恋が、愛に……」

「メアリ様はきっと、アディさんに恋をするより先にそういう関係になったんです。だから、今改めて恋をして戸惑《とまど》っているんじゃないですか？」

ね、と同意を求めてくるアリシアに、メアリが戸惑いを見せた。

彼女とパトリックの話は素敵《すてき》だと思う。恋が愛に変わるなど、まさに誰もが憧《あこが》れる恋物語の王子様とお姫様《ひめさま》ではないか。

だがそれに自分とアディが当てはまるのかと考えれば、やはり今一つピンとこない。なにせ今まで恋愛《れんあい》など関係ないと思っていたのだ。夜更《よふ》かしして読みふけった恋物語もただの作り話にすぎず、自分とは無縁《むえん》の世界の話だと思っていた。

「でも私、恋愛なんて出来ないと思ってた……。だってパトリック相手にだってそんな感情一つ抱《いだ》かなかったのよ」

そう呟《つぶや》くように訴《うった》えるメアリに、アリシアがクスと小さく笑みをこぼした。

「メアリ様は、いずれパトリック様と結婚すると……そう考えていたんですよね」

「ええ、そうよ……」

「それはパトリック様なら家柄《いえがら》が釣《つ》り合うからですか？」

「家の関係もあるし、それにパトリックは優《すぐ》れてるから伴侶として申し分ないし。私の性格も知ってるもの」

「それにパトリック様は背が高くて格好良くて頭が良くて優しくて男らしくてそれでいて時々可愛《かわい》くもありますもんね！」

「……あと二回」

「冗談ですってばぁ」

着実に減っていく残数にアリシアが再び拗《す》ねた表情をする。

そしてメアリの手を優しく握《にぎ》ると「でも」と笑いかけた。

「でもねメアリ様、メアリ様がパトリック様との結婚を考えていたのはそれだけじゃありませんよね。だってメアリ様の元には今たくさんの結婚の申し出が来ているのに、全《すべ》て断っているでしょ」

そう笑いかけるアリシアに、メアリが確かにその通りだと頷《うなず》いて返した。

流石《さすが》にパトリックと同じレベルの男が山ほど……とはいかないが、それでも殺到《さっとう》する中には彼と同じような『誰《だれ》もが焦《こ》がれる王子様』からの申し出があった。爽《さわ》やかで見目の良い文武両道な青年、年上の魅力《みりょく》と包容力を持った紳士《しんし》、果てには『まるで王子様』といった比喩《ひゆ》どころではなく近隣《きんりん》諸国の王族関係からも申し出があったのだ。

だがそれら全てをメアリは断っていた。

どんなに見目が良くても、どんなに優れていても、断るのが気が引けるほど高貴な相手でも、メアリが変わり者だと承知しそれも魅力の一つだと言ってくれるような相手でも、それでも全ての申し出を断り続けていた。

父親が苦笑《くしょう》を浮《う》かべながら「好きにしなさい」と言ってくれたのを申し訳ないと思いつつ、それでも、

「パトリックのような人がまた現れてくれるのを待っている」

と言葉にこそしないが、そんな空気を漂《ただよ》わせて男達の辞退を促《うなが》していたのだ。

だがけしてメアリは嘘《うそ》をついていたわけではない。確かにパトリックの名前は使い勝手の良い断り文句だと思っていたが、事実彼のような人を待っていたのだ。

結婚《けっこん》しても良いと思える相手。見た目でもなく、家柄でもなく、性格でもなく。

「パトリックなら良いと思っていたのよ。家柄がよくても、性格がよくても、パトリック以外は……」

ポツリポツリとメアリがこぼし、そうして最後に「だって……」と吐《は》き出すように呟いた。

いつだってあやふやにしてきた唯一《ゆいいつ》にして絶対に譲《ゆず》れない理由。パトリックとの結婚なら受

け入れられた、そうなるべきだと考えられた、たった一つの理由……。

そうよ、だからパトリックなら良いって思えたのよ。

だって彼だけなんだもの、彼だけが他《ほか》の男の人と違っていた。彼だけが……。

「パトリックだけが、私の一番近くにアディがいることを当然だって受け入れてくれたのよ……」


今までうやむやにして考えずにいた理由を初めて口にした瞬間、メアリの瞳から堰《せき》を切ったように涙《なみだ》がこぼれだした。

他の男性はどんなにメアリに対して下手《したて》に出ていても、変わり者の一面を受け入れようとしてくれていても、アディに対しては違っていた。彼を下がらせ、遠ざけ、なかには直接的に「馴《な》れ馴れしく彼女に接するな、身分を弁《わきま》えろ」と言って叱咤《しった》する者までいたのだ。

もちろんそれはメアリとアディが『主人と従者』であり、それでいて二人の仲がその関係を超《こ》えているのが原因なのは分かっている。だがそれでも彼がいることが当然と考え今まで過ごしていたメアリには、彼を遠ざけようとする者こそが自分の世界を壊《こわ》す侵略者《しんりゃくしゃ》でしかなかった。

何も知らないくせに！　と何度心の中で吠《ほ》えたことか。彼のことも、自分のことも、何一つ知らないくせに、『婚約者候補《こんやくしゃ》』というだけで私の世界を壊さないで！　と。

だがパトリックだけは違い、メアリの隣《となり》にアディが居ることに文句を言わずにいた。エスコートされてパーティーに行くときも、親が「せっかくだから二人で」とわざとらしく準備した茶会でも、彼はアディが居ることを当然として叱咤することも下がらせることもせず、それどころかそうあるように物事を進めてくれていた。

従者としてジッと立っていたアディを見上げて「どうした、座らないのか？」と不思議そうに声をかけてくれたのはパトリックだけだった。食事もお茶もいつだって三人分の予約をしてくれた。

だからこそパトリックとの結婚なら受け入れられた。互《たが》いに身分が釣り合うと体《てい》の良い理由をつけて、本当は変わらずアディと居る未来のために……。

没落《ぼつらく》も、婚約も、描《えが》いた未来にはいつだって彼がいた。

アディと一緒《いっしょ》なら北の大地も大学もどこだって悪くない。そうずっと考えていた。

「メアリ様、ご自分の気持ちに気付かれたのならもう大丈夫《だいじょうぶ》ですね。だって、これからずっとアディさんと一緒なんですもの」

「ずっと……」

「えぇ、だってメアリ様とアディさんは結婚したんですから」

嬉しそうに告げるアリシアに、メアリがキョトンと目を丸くさせた。

そうしてポツリと「そうね、結婚したのよね」と呟くその声は、アリシアに返すというより自分自身に落とし込んでいるに近い。

「でも……それってなんだかとても変な順番じゃないかしら」

物心ついた時には既《すで》に一緒にいることが当然と気付かぬ愛を抱き、結婚して、そして恋をする。

まるで逆回しに辿《たど》っているような恋愛など聞いたことがないと不安げに訴えるメアリに、アリシアが「そうですね」と笑ってメアリの頬を撫《な》でた。擽《くすぐ》るように軽く涙のあとを拭《ぬぐ》われ、メアリが僅《わず》かに目を細める。目元にピリと痺《しび》れが走るのは、何度も乱暴に拭ったせいで擦《す》れてしまったからだろうか。

「確かにちょっとおかしいけど、でもメアリ様らしいと思いませんか？」

「……それって、私がおかしいってことかしら？」

「えぇ、そうですよ。変わり者で時々不思議なことをして、意地悪で厳しくて、でも誰より優《やさ》しくて、分かりにくくて分かりやすい、そんなメアリ様にはピッタリじゃないですか」

「……貴女《あなた》も言うようになったわね」

涙目ながら睨《にら》んでくるメアリに、アリシアが「でも」と付け足してメアリの手を両手で握りしめた。

「でも私は、そんなメアリ様が大好きです」

と、そう真っ直《す》ぐ告げられた言葉にメアリが僅かに目を丸くさせた。

そうしてゆっくりと頷いて、まだ涙が残った瞳《ひとみ》で微笑《ほほえ》みながら握られた手を握りしめて返す。

「私も……私も貴女が大好きよ、アリシアさん」

　自分の気持ちを素直《すなお》に告げれば、それを聞いたアリシアが一瞬《いっしゅん》キョトンとし「嬉《うれ》しいけど、駄目《だめ》ですよメアリ様」とクスリと笑った。

「今それを私に言ったら駄目ですよ。私、嫉妬《しっと》されちゃいます」

「嫉妬？」

　誰に？　とメアリが首を傾《かし》げる。

　それを見たアリシアが柔《やわ》らかく微笑み、真っ直ぐにメアリを見つめていた視線を僅かに上にずらした。

　まるでメアリの背後に誰かいるかのように。

「ねぇ、アディさん」

　と、そう楽しげに話しかけるアリシアの言葉に、メアリが「え……」と小さく声をあげ、慌《あわ》てて振《ふ》り返った。

　その瞬間、吹《ふ》き抜《ぬ》けた風がザァと音を立てて草木を揺《ゆ》らし、メアリの銀糸の髪《かみ》と、背後に立つ人物の錆色《さびいろ》の髪を揺らした。

「……アディ」

　呆然《ぼうぜん》とするメアリがようやく口にした名前に、呼ばれたアディがゆっくりと彼女の元へと近付き、

「い、色々とお話しするべきなんでしょうが……あの、とりあえず抱《だ》きしめても良いでしょう

か」

と、両手を広げて許可を求めてきた。

ムードも何もないその発言に思わずメアリとアリシアがキョトンと顔を見合わせる。次いでアリシアが堪《こら》えきれずにクスクスと笑いだし、対してメアリが一瞬にして顔を真っ赤にさせて椅子《いす》から立ち上がった。ガタン！　と派手に音をたて椅子を倒《たお》しかねないあたりメアリの動揺《どうよう》が窺《うかが》える。もっとも、真っ赤に染まった顔を見れば余裕《よゆう》の無さなど一目瞭然《いちもくりようぜん》なのだが。

「な、な、何言ってるのよ！　ここをどこだと思ってるの!?　王宮よ！　人目があるんだから慎《つつし》みなさい！」

「大丈夫ですよメアリ様！　人払《ひとばら》いしてますし、今の私は綺麗《きれい》な庭園に釘付《くぎづ》けですから！」

ガタガタと音を立てて椅子を動かし、アリシアが背を向けて座る。そうして「庭園に釘付けで他には何も見えません！」とまで言って寄越《よこ》すのだ。そのわざとらしさといったらなく、メアリが更《さら》に顔を赤くさせ「そういうことじゃないの！」と怒鳴《どな》りつけようとし……グイと抱き寄せられて出かけた言葉を飲み込んだ。

心臓が跳《は》ね上がる。

回された手がまるで逃《に》がすまいと背中を押さえ、一瞬で灯《とも》った熱が体の芯《しん》にまで駆《か》け抜ける。包み込むように回された腕《うで》が、押しつけられるように触《ふ》れる胸板《むないた》が、触れる場所全《すべ》てがアディを男だと意識させ、メアリの体の中で逃げ場のない熱が高まりながら彷徨《さまよ》い続ける。痛い程に鼓動《こどう》が速くなり、同時に甘い痺れが体全体を覆《おお》う。

溶《と》けてしまいそう……と、小さく息を吐けば、そんな自分の吐息《といき》さえ熱を含《ふく》んだように熱い。

恥《は》ずかしい、緊張《きんちょう》する。

背中に回された手が熱い、体中が熱い。

心臓が落ち着きを無くして苦しい。アディの胸元《むなもと》から鼓動が聞こえ、それがまた自分の心臓の音と重なって体の中で響《ひび》きわたる。

ゼロとも言える距離《きょり》に呼吸一つ一つが伝わってしまいそうで、息を吸う行為《こうい》さえ躊躇《ためら》われる。呼吸の仕方を忘れてしまいそう……。


そんな緊張状態にありながらも、何より勝《まさ》るのは幸福感。アディの腕の中に居ることが、甘く痺れるようなこの感覚が、たまらなく嬉しくて体中をとろけさせる。

そんな心地《ここち》よい感覚にメアリが酔《よ》いしれていると、ふいにアディが体を離《はな》した。僅かにあいた距離すらも今になれば惜《お》しく思え、メアリが彼を見上げ……小さく息を呑《の》んだ。

抱きしめられていた時よりも彼の顔が近い……というか、近付いてきている。

誘《さそ》うように少しずつ細められた錆色の瞳が妙《みょう》に色気を感じさせ、メアリの心臓が限界だと訴える。

「ア、アディ……それは少し、早すぎないかしら」

「何を言ってるんですか、俺達もう夫婦《ふうふ》なんですよ」

「えぇ、そうね……そうだったわ。でもね、流石《さすが》に物事には順序というものがあってね」

あたふたと説得を試みるメアリに、アディがグイと強く抱きしめることで返した。

「俺がどれだけ待ったと思います？」

「どれだけって……どれだけ待ったの？」

アディの瞳に見据《みす》えられ、メアリが頰《ほお》の熱を感じながらも譫言《うわごと》のように問い返す。心臓の音がうるさくて自分が何を言っているのかよく分からない。勿論《もちろん》そんな状況《じょうきょう》なのだから、彼がどれだけ待ったかなど考えられるわけがない。

ただひたすらに体が熱く、心臓が苦しいほどに早鐘《はやがね》を打つ。

彼が何を求めているのか、抱擁《ほうよう》の後に何が待ちかまえているのか……流石にそれが分からないわけではない。恋愛《れんあい》に疎《うと》いとはいえ知識がないわけではないのだ。だが分かっていても心の準備が出来ていない。

だからこそ時間稼《かせ》ぎのように問い返せば、いままでのことを思い返したのかアディが瞳を細めた。

「さぁ、俺も分かりません」

「なによそれ……答えになってないじゃない」

「だって思い出せないほど昔から、俺は貴女しか見てなかったんです。笑っちゃうでしょ、この年まで惚《ほ》れたのは貴女一人だけ。俺、これが初恋《はつこい》なんですよ」

そう苦笑《くしょう》めいて真っ直ぐに告げられる言葉に、メアリが更に頰を赤くさせ何かを言いかけ……

…口を噤《つぐ》んだ。

ずっと隣《となり》にいた彼は、それほどまで長く待っていてくれたのだ。待ち続けて、ずっと待ち続けて、そうして今ようやく抱きしめている。そんなに長く待たせてしまったのなら少しくらい急いでも……と、そう考え始めたメアリの頬にアディの手が触れた。

目尻《めじり》を撫でられてピリと痛みが走るのは、それほどまでに泣きはらしたからだ。痛みで瞳を細めるメアリに、それを察してアディが眉尻《まゆじり》を下げる。

「結婚《けっこん》してから告白なんて、こんな順番で驚《おどろ》かせてしまい申し訳ありませんでした」

「……本当に驚いたわ。驚いて、このざまよ」

貴方《あなた》のせいだと訴《うった》えるように視線を向ければ、苦笑を浮《う》かべるアディの顔が目に入る。

困ったような、泣きそうな、それでも嬉しそうな。なんとも言えないその表情は色気があり、格好良く、そして何より愛《いと》おしい。胸が締《し》め付けられるようなその表情にメアリが見惚《みと》れていると、その視線に気付いたのかアディが照れくさそうにコホンと咳払《せきばら》いをして、真剣《しんけん》な表情でジッと見つめ返してきた。

錆色の瞳が心臓を射貫《いぬ》く。風が吹けば同色の髪が揺れ、視界すべてがその色で覆い尽《つ》くされたような感覚を覚える。

「生涯《しょうがい》、貴女《あなた》の隣を離れないと誓《ちか》います。誰《だれ》より貴女のことを考え、尽くしていきます。だからどうか、俺の主人ではなく……俺のお嫁《よめ》さんになってください」

請《こ》うように、それでいて有無《うむ》を言わさぬほどに真剣味を帯びた瞳でアディが見つめてくる。

溶かすようなその熱い視線に、この瞳に弱いのだとメアリが自分の中で呟《つぶや》き応《こた》えるように目をつむった。

言葉での返事が思い浮かばない。何と言って返せばいいのか、今まで恋愛とは無縁《むえん》だと考えて生きてきた人生では到底《とうてい》分かるわけが無く、だからこそ目をつむり、これが答えだと訴えるように彼を見上げた。頬に添《そ》えられたアディの手がピクリと反応したのが分かる。

あぁ、貴方も緊張してるのね……とメアリが心の中で呟くのと同時に、唇《くちびる》に柔らかな感触《かんしょく》が触れた。

キスをしている。

そう気付いた瞬間の高鳴りと心地よさといったらない。

今まで何度もアディに触れたことがある。手を繋《つな》いだことだってある。だというのにこの男女としての触れ合いはメアリが想像していた以上に甘く、体全体を痺《しび》れさせ力を奪《うば》っていく。

夢のような、とはまさにこのことだろう。

体の力が抜けるようなその喜びに酔いしれていると、ゆっくりとアディの唇が離れていった。

はぁ……とどちらともなく熱い吐息が漏《も》れる。

そうして互《たが》いに視線を絡《から》ませていると、アディが改まったように口を開いた。

「ずっと貴女を愛してました。これからもずっと、愛しています」

その言葉のなんと甘く喜ばしいことか。

心臓の奥深くに沈《しず》み込み体中を包むような感覚に、思わずメアリの意識がクラリと揺らぐ。

そうして熱に浮かされたまま、

「私も……ずっと貴方を愛してたみたい」

と答えれば、アディの瞳《ひとみ》が嬉《うれ》しそうに細まった。そうして互いに愛を確かめ合えば、再びアディがゆっくりと顔を寄せてきた。

あら、もう一回なの？　とメアリが心の中で問いかける。

だが先程《さきほど》の心地よさを思い出せば拒《こば》む理由などなく、メアリもまた瞳を閉じて応えた。

柔《やわ》らかな感触が再び伝う。まどろむような浮遊感《ふゆうかん》と、触れている場所全てに灯る熱が心地よい。

時折角度を変えては愛を確認《かくにん》するようなその甘いキスにメアリがうっとりと酔いしれ……ゆっくりと、それでも確かに深まっていく口付けにピクと眉尻を動かした。

なんだか先程のキスとは違《ちが》っているような……。

確かにとろけそうな心地よさではあるが、先程より随分《ずいぶん》と深くて熱っぽい。なんというか、これは進みすぎのような……。そうしてついには、まるでもっと深いキスを誘うようにアディの舌がメアリの口内に入りかけ……。

「節度ぉ！」

という一言と共に、迷い無く放たれたメアリの拳《こぶし》がアディの脇腹《わきばら》に埋《う》まった。


「うぐっ……！」

くぐもった声と共にアディが脇腹を押さえて頽《くずお》れる。

「すみませんでした、調子にのりました……」

「次に箍《たが》をはずしたら接近禁止令出してお父様経由の交換《こうかん》日記からスタートさせるわよ！」

「そんな……一月《ひとつき》と保《も》つ自信がありません……」

呻《うめ》きながらも情けない声で謝罪してくるアディに、メアリが「まったく」と息を吐《は》いた。つい流されて応じていたが、仮にもここは王宮なのだ。それも近くにアリシアがいる。……律儀《りちぎ》に背を向け、おまけに耳を塞《ふさ》いでいるが。――余談だが、この時のアリシアは耳を塞《はた》ぎつつ背後の幸せな恋人《こいびと》達を想《おも》って「んふふ、んふふ」とご機嫌《きげん》な笑みをこぼしていた。傍《はた》から見れば頽れるアディと合わせてだいぶ不可解な光景である――

「アリシアさん。もうこっちを向いても平気よ」

気恥《きは》ずかしさを咳払いで誤魔化《ごまか》してアリシアに声をかければ、気を遣《つか》って両手で両耳を押さえていた彼女はその声に気付くと、

「大丈夫《だいじょうぶ》ですよメアリ様、せっかくなんだからもう少しお二人で……」

と嬉しそうにクルリと振《ふ》り返り、

「ひぁー！　アディさんどうしました⁉」

と声をあげた。

「それじゃ帰るけど……ごめんなさいね、こんな時間に押し掛《か》けてしまって」

「いいえ大丈夫ですよ」

微笑《ほほえ》んで首を横に振るアリシアにメアリが照れくさそうに笑って返す。

といっても、仮にもここは王宮、それもこんな時間に予告無く訪問してしまったのだ。両陛下には後日改めてお詫《わ》びとアリシアを呼びに行ってくれた警備員達にはお礼をしなくては……と、そんなことをメアリが考えていると隣に立っていたアディが、

「俺もパトリック様にお礼をしなきゃ」

と呟いた。


聞けば、数時間前までアディはアルバート家当主や司祭達と食事をしており、そんな中で王宮からの伝令を受けたのだという。

てっきりメアリは部屋にいるものだと思っていたのに、それどころか定期的に部屋の前まで様子を見に行っていたのに。しかも時折は声をかけ、返事がないことに申し訳なさすら感じていたというのに、まさか蛻《もぬけ》の殻《から》だったなんて。——この件に関して、メアリが平然と「部屋か

ら出る術《すべ》は扉《とびら》だけじゃないわ」と言い切った。それに対してアディの返答は「ええ知ってますよ、窓と天袋《てんぶくろ》でしょ」である。だけどいったいどうして、恋《こい》に悩《なや》み胸を痛め涙《なみだ》する令嬢《れいじょう》が窓や天袋から抜《ぬ》け出すと思うのか……——

そんな伝令を受けて今すぐに王宮に迎《むか》えに行こうと思ったのだが、それでも僅《わず》かに躊躇《ためら》ってしまった。情けないと言うなかれ、今までずっとアルバート家の従者として生き、アルバート家に婿入《むこい》りしてもなおその姿勢は崩すまいと考えていたのだ。だからこそ、当主やそれに匹敵《ひってき》する人物との食事で席を離《はな》れることが出来なかった。

そんなアディの背を叩《たた》いたのが他《ほか》でもないパトリックである。

「なに突《つ》っ立ってるんだ。あのメアリ嬢《じょう》が、一度は俺の婚約者《こんやくしゃ》になったメアリ嬢が選んだ男なんだぞ、情けない姿を見せてくれるな！」

と。それはまるでいつかのメアリの言葉のようで、それを聞いたアディはまるで金縛《かなしば》りが解けたかのように、一礼すると慌《あわ》てて部屋を出て馬車に飛び乗りここまできたのだ。

その話を聞き、メアリが驚《おどろ》いたように目を丸くさせた。

「馬車で来たの？」

「ええ、酒も飲んでましたし。それに急いでてつい飛び乗ってしまって」

「馬車酔《よ》いは平気だったの？」

「酒を飲んでると平気なのかもしれません。……それに、貴女のことばかり考えて酔ってる余《よ》裕《ゆう》も無かったし」

そう照れくさそうに笑うアディに、メアリの頬《ほお》が再びポッと灯《とも》った。

以前であれば聞き流してしまいそうな言葉だが、彼と自分の気持ちに気付いた今は一つ一つが胸に甘く溶《と》け込んでくる。だが今はそれに素直《すなお》に酔いしれることも出来ず、フイとそっぽを向いて「お酒の力は偉大《いだい》だわね」と誤魔化した。

「アディさん、パトリック様がまだいらっしゃったら、私からもよろしく伝えておいてくださいね」

「あぁ、分かった……り……ました、です、アリシア様」

「その他人行儀《たにんぎょうぎ》、傷つきます……」

「流石《さすが》に王宮だと普段《ふだん》通りにはいかないのよ。分かってあげてちょうだい」

アリシアとアディのやりとりが楽しいとメアリが笑う。

そうしてアリシアの手を取り、「ありがとうアリシアさん」と心からの感謝を述べた。

「貴女の所に来て良かった。パトリックには私からもお礼を言っておくわ。貴女にとても良くしてもらったって……」

「メアリ様……」

ギュウと握《にぎ》られた手にアリシアが嬉しそうに笑う。

そんなアリシアが「まだ伝えて欲しいことがあります！」と言い出せば、メアリが彼女らしくなく優《やさ》しく笑って「なんでも言ってちょうだい」と答えた。

「『おやすみなさい、パトリック様』って伝えておいてください」

「えぇ、ちゃんと伝えるわ」

「あと、あと『大好きです』とも」

「はいはい、伝えておくから」

「それに、『やっぱりパトリック様は素敵《すてき》です』と『優しいパトリック様が大好きです』って伝えておいてください！」

「…………」

それに、それに、と嬉《うれ》しそうに頬を染めながら恋人《こいびと》へのメッセージを託《たく》すアリシアに、メアリが微笑みを崩さぬまま、

「さ、とっとと帰りましょ」

と冷ややかに言い放った。

残数ゼロ。なんともメアリらしい対応である。


そんな夜が明け、翌朝のメアリはそれはもう目も当てられないほどに浮《う》かれていた。

なにせ遅《おそ》いながらもようやく芽生えた――というか、随分と長いこと芽生えて放置されていた――恋心は既《すで》に実っており、更《さら》に昨夜は就寝《しゅうしん》前に額にキスまでされたのだ。「おやすみなさいませ」の言葉と共に額に触《ふ》れる優しい感触《かんしょく》、嬉しそうに微笑むアディの顔……ホワホワと頭

に花が咲《さ》いたまま眠《ねむ》り、起きたときはお花畑である。その繁殖力《はんしょく》、ミントの如《ごと》く。

おまけに、誰《だれ》もが昨夜のメアリの行動から今朝はゆっくり休ませてやろうと考え放《ほう》っておいたのだ。まさか早く起きて、さっさと身形《みなり》を整えるとは誰も思うまい。せめてメイドの一人や二人いて温かい紅茶でも飲ませればまだ少し頭の中の花も引いたかもしれないが……。

だがあいにくと浮かれたメアリはそのままホワホワと花をまき散らしながら部屋を出た。

「みんなに報告しなきゃ！」

という要《い》らん義務感のままに……。


そうして最初に訪《おとず》れたのは父親の部屋である。

アルバート家当主、王族と並ぶ権威《けんい》の持ち主であり、今や王家を支える忠義の支柱とまで言われている。そんな人物が待ちかまえる部屋なのだ、一般《いっぱん》人であれば、いや並大抵《なみたいてい》の貴族でさえ入室前に深呼吸をして心拍数《しんぱくすう》を落ち着かせるというもの。とりわけ早朝からの訪問となれば時間を改めてと臆《おく》して出直す者さえいそうなものだ。

もっとも、娘《むすめ》であるメアリは臆することも時間を改めることもなく、コンコンと軽くノックをし返答を貰《もら》うとゆっくりと扉を開いて中を覗《のぞ》いた。室内では父親と二人の兄が机を囲んでなにやら真剣《しんけん》な面《おも》持ちで話し込んでいる。こんな早朝から仕事とは大変ね……と思いつつ室内に入り、彼等の近くにある椅子《いす》に腰掛《こしか》けた。

「おはよう」と朝の挨拶《あいさつ》を交《か》わしあう口振《くちぶ》りこそ普段通りだが、その表情が「わざわざどうした？」と言いたげである。それを察し、メアリがコホンと咳払《せきばら》いをした。

「あのね、お父様、お兄様……」

「うん？」

改まってメアリが話し始めれば、彼等も手を止めて視線を向けてくる。

その視線に思わずメアリがポッと頬を赤くさせ「私ね……」と続けた。

「私ね、アディと結婚《けっこん》したの」

そう頬をおさえながら告げるメアリに、アルバート家当主と、そして二人の兄が思わず顔を見合わせた。

何を今更《いまさら》……と。

アルバート家であれだけ騒《さわ》がしく手続きをし、何より貴族の結婚ゆえ当主のサインは不可欠。むしろメアリより父の方がサインをした回数が多いくらいなのに、いったいどうして今更こんなことを……と、そう思いつつ三人が揃《そろ》って、

「知ってる」

と返した。

「あら……そうよね、知ってるわよね」

「どうしたんだ、メアリ」

「そう……あのね、それで……昨日知ったんだけど、アディは私のことが好きで、愛してるから結婚したかったんですって」

更に頬を赤くさせモジモジと落ち着きをなくすメアリに、再び三人が顔を見合わせる。

この娘——この妹——は何をどうして今更そんな話をしているのかと思いつつ、再度三人が口を揃えて、

「知ってる」

と返した。

そして今回は更に「良かったな」という祝いの言葉も付け足しておく。このまま放っておけば、メアリが頓珍漢《とんちんかん》な話をし続けてしまうのを家族の勘《かん》で察したからだ。

それに対して嬉しそうに頷《うなず》くメアリの純度の高い笑顔《えがお》といったらない。だがそんな笑顔のまま「お母様にも報告しなきゃ」と一礼して部屋を去っていくのだから、まったくもって彼等には意味が分からない。

アディがずっとメアリに想《おも》いを寄せていたことなど、誰が見ても明らか。

メアリ同様に彼もまた『完璧《かんぺき》な従者』を演じられるのに、メアリと共にいる時だけは素《す》の自分で接していたのだ。そして常に隣《となり》にいて、誰よりも彼女を理解していた。

その関係が、彼がメアリを見つめる視線が、『従者』等という言葉では片付けられないことくらい誰だって分かるだろう。もっとも、メアリはどうやら昨夜気付いたようなのだが。

それらを考え、「ふむ」とアルバート家当主が重々しく呟《つぶや》いた。それに対して彼の若い頃《ころ》によく似た二人の息子《むすこ》がニヤリと口角をあげる。

そうして誰からともなく「喉《のど》が渇《かわ》いた」だの「小腹がすいた」だのと言い出すのは、言わず

もがな軽食の手配を理由にとある人物を呼び出して、なにかあったのであろう昨夜について聞き出すためである。

父と兄がそんなことを企《たくら》んでいるとは露知《つゆし》らず、ホワホワと頭の中に花を咲かせるメアリは軽い足取りで母親の部屋までいくと先程《さきほど》同様にノック音を響《ひび》かせた。返答を待って中に入れば、優雅《ゆうが》に手芸を楽しむ母と、その周辺で部屋を片付けたり花を飾《かざ》るメイド達の姿。母の銀糸の髪《かみ》は今日も軽《かろ》やかに揺《ゆ》れ「おはようメアリ」と微笑《ほほえ》む様の美しさといったらない。

「メアリ、どうしたの？」

「お母様あのね……」

母の向かいに座り、メアリがポッと頬を赤くさせる。

そうして出された紅茶を一口飲むと「あのね……」と口を開いた。

「お母様、私……アディと結婚したの」

「ええ、知ってるわ」

「そうよね、知ってるわよね。あのね、みんな」

「存じております」

一刀両断と言わんばかりにあっさりと返され、メアリが僅《わず》かに目を丸くさせる。だが彼女達の言うとおり、アルバート家夫人であるキャレルは夫と共にあれこれとサインをしたしメイド達もパトリック指揮のもと手配に走っていたのだ。知っていて当然、むしろ結婚の報告など今更で、最近はもっぱら披露《ひろう》パーティーでの曲目や装《よそお》い、食事やお酒はどうしようかといった先の話をしている。

それを理解し、メアリが「そうよね」と頷いて返した。そうして再度ポッ……と頬《ほお》を赤らめる。

「それでね……私、アディのことをちゃんと愛していたの」

改めて口にするのが恥《は》ずかしいのか、頬を赤くさせキャッと小さく声をあげながら顔をそらして報告してくるメアリに、母はもちろんメイド達までもがこの娘は――このお嬢様《じょうさま》は――何を言ってるんだと顔を見合わせ、口を揃えて、

「知ってる」

と返した。

そうして「他《ほか》にも伝える人がいるはず」と浮かれたまま去っていくメアリを見送り、誰からともなく一息ついた。

「まったく、我が娘ながら理解しがたいわね。今更なにを言ってるのかしら」

「えぇ、本当ですね」

そう穏《おだ》やかに交わし、クスクスと笑いあう。

メアリがアディに好意を寄せていたことなど、彼女と近く接していれば誰だって気付くというもの。時に誰より令嬢らしく時に誰よりも令嬢らしからぬメアリは、その二種類の自分を巧《たく》みに切り替《か》えつつ、それでいてアディの前でだけは常に『只《ただ》のメアリ』であったのだ。そしてその時の彼女の楽しそうな表情といったらない。何も繕《つくろ》わず、繕おうともしない、純粋《じゅんすい》な表情

なのだ。

それを好意と呼ばずに何と呼ぶのか。もっとも、本人は昨夜ようやくその呼び名に気付いたようだが。

そこまで考え、キャレルが手にしていた刺繍《ししゅう》針をテーブルにおいた。

「ねぇ」とメイド達に声をかけるその表情は随分《ずいぶん》と楽しそうではないか。

「ねぇ、貴女《あなた》達も少し休んだらどうかしら？　一緒《いっしょ》にお茶をしましょう」

「私達もですか？」

「そうよ……だから、誰かにお茶の用意をしてもらわなくちゃ」

そうニッコリと微笑むキャレルの美しさといったらない。まるで聖母のようなその笑みに、意図を汲《く》んだメイド達もまた愛らしい笑顔で「はい」と頷いて返した。


そんなやりとりが行われていることなどまったく考えもせず、メアリはホワホワと花をまき散らしながら屋敷《やしき》内を歩き、世話になった者達に——今更な——報告をしてまわっていた。そうして、廊下《ろうか》の先に見覚えのある背中を見つけてピタと足を止めた。

ピンと伸《の》ばされた背筋、スラリとした体つきに長い手足、風を受けて揺れる藍色《あいいろ》の髪……。

パトリックに間違《まちが》いないだろうと踏《ふ》んで、メアリが小走りにその人物に駆《か》け寄る。

「パトリック」

「あぁ、メアリか」

「こんな朝早くから……あら、もうそんなに早い時間でもないのね。とにかく、どうしたの？まだ何か書類が残ってた？」

「いや、今日は俺の家のことで君の父上に話を聞いて貰おうと思って。……なんだか最近は毎日のように来てるな」

俺の部屋でも用意してもらおうか、そう冗談《じょうだん》めかして肩《かた》を竦《すく》めて笑うパトリックに、つられてメアリも笑みをこぼす。

メアリとアディの件もあったが、それ以前からパトリックは頻繁《ひんぱん》にアルバート家を訪《おとず》れていた。ダイス家の跡継《あとつ》ぎ交代やその際に起こるであろう諸々《もろもろ》の問題に対し、アルバート家当主の意見を聞きに来ていたのだ。実際にダイス家当主が正式に跡継ぎ交代を宣言し何かしらの問題が起こったとして、それを収められる力や能力を持っているのは貴族の中ではアルバート家ぐらいなものである。今やパトリックだけでなく跡継ぎ交代を控《ひか》えている弟も、それどころかパトリックの両親である当主と当主夫人さえも何かあればアルバート家を頼《たよ》り、そして何かあったときは助力し、互《たが》いに交流を深めていた。

「まさか、ここまで世話になるとはな」

「そうね、以前では考えられなかったわ」

以前の両家の関係と言えば、表向きの交友こそあれど明確な権威《けんい》の差があり、そして他家の目を気にして両家とも見栄《みえ》を張った付き合い方をしていた。本当に『親しい』と呼べる気兼《きが》ねしない仲を作り上げたのはメアリとパトリックが初めてで、だからこそ二人をまるで恋愛結婚《れんあいけっこん》のように扱っていたのだ。どちらも「結婚を申し込む」等と相手に頼み込むような真似は出来ないと考えていた。

だがそのまま結婚していたとして両家がここまで近付くことができただろうか。所詮は政略結婚、それで得られるパイプはパイプでしかなく、頼り頼られの関係にまではこぎつけられなかっただろう。

例えばパトリックが「流石はアルバート家当主だ……」と藍色の瞳を輝かせて話を聞いたり——それを見たメアリは「うわ、またお父様信者が増えた」とうんざりした——そんなパトリックや彼の弟達にアルバート家当主が「あと二、三人うちに娘がいれば良かったな」と割と本気で言い出したり。両家の夫人が楽しげにお茶をしたり。そんな取り繕わない良好な関係が出来るとはまったく思っていなかったのだ。

そう考えると、今まで散々お似合いだのと言われた賛辞が皮肉にすら思えてくる。いったいあの賛辞やお膳立ては何だったのかと二人でクックッと苦笑をもらしていると、メアリがふと思い出したようにパトリックの名を呼んで彼を見上げた。

藍色の髪と同色の瞳は吸い込まれそうな程に色濃く、整った顔付きはまさに女性の理想。だというのに相変わらず見つめていても心拍数は一定のリズムを保ち、見つめ返されても胸が締め付けられるような痛みもない。以前はそれを不思議に思ったものだが、自分の心が誰にあったのかを知った今ではむしろ当然だとすら思える。

「パトリック、あのね」

「どうした？」

「私、アディと結婚したの！」

「知ってる。俺が手配したからな」

「そうだったわね、感謝してるわ。……それでね」

ポッとメアリが再び頰を赤くさせ、まさに恋《こい》する乙女《おとめ》といった麗《うるわ》しい表情で頰をおさえた。

これにはパトリックも思わず目を丸くさせてしまう。あのメアリがこんな表情と仕草をするなんて……と。

「それでね……」

「あ、あぁ……それで、どうした？」

「私とアディはね……ずっと昔から両思いだったの」

そう嬉《うれ》しそうに話すメアリに、パトリックがしばらく呆然《ぼうぜん》とした後、

「……知ってた」

と呆《あき》れたように返した。

「そう……皆《みんな》、私が思っている以上に勘《かん》がいいのね」

「というか、君が自分で思っている以上に鈍《にぶ》いんだと思うけどな」

「なるほど、その可能性があったわね」

そんな明後日《あさって》な会話をしていると、パトリックが小さく溜息《ためいき》をつき、改めてメアリの名を呼んだ。

「メアリ、おめでとう」

と。ダイス家の嫡男《ちゃくなん》としてアルバート家の令嬢の結婚を祝うでもなく、只のパトリックから只のメアリへと向けられた言葉にメアリも素直《すなお》に頷《うなず》いて返した。

「ありがとう、パトリック。アディが居なければ迷わず貴方《あなた》と結婚していたわ」

「あぁそうだな。アリシアとアディが居なければ、きっと俺達は既《すで》に夫婦《ふうふ》だったと思うよ」

そうお互いに自分の中での最高級の賛辞を交《か》わし合っていると、ふと背後からパタパタと軽快に走る音が聞こえ……、

「メアリ様！　おはようございます！」

と、勢いよくアリシアがメアリにタックル……ではなく、抱《だ》きついてきた。

その瞬間《しゅんかん》、メアリが「うぐっ……！」とくぐもった声をあげた。思わずフラとよろめくが、既《すん》でのところで堪《こら》えるあたりさすがアルバート家の令嬢である。

「ア、アリシアさん、おはよう……昨日は…お世話に……やめて放して！　なんで徐々《じょじょ》に締め付けてくるのよ！」

離《はな》れなさい！　とメアリが強引《ごういん》に引き剝《は》がすとアリシアが楽しそうに笑い、スカートの裾《すそ》をつまみ上げて丁寧《ていねい》にお辞儀《じぎ》をした。先程《さきほど》のタックルさえなければ、その仕草と改めて告げられる「おはようございます、メアリ様」という穏やかな朝の挨拶《あいさつ》はまさに王女そのものではないか。しとやかささえ感じられる……あくまで、先程のタックルさえなければの話だが。

だがそう思った矢先に普段《ふだん》のアリシアらしい太陽のような笑顔《えがお》に戻《もど》り「メアリ様！」と腕《うで》を

引っ張ってくるあたり、どうやら王女でいられるのは時間制限があるらしい。

「メアリ様、昨日は帰られたけど、今度はうちに泊《と》まっていってくださいね。お泊まり会をしましょう！」

「いやよ、私枕《まくら》が変わると眠《ねむ》れないんだから」

「えぇー、そうなんですか……」

「そうなのよ、どうにも余所《よそ》の枕って高さが合わなくってね」

だから無理だと告げるメアリに、アリシアが残念そうに掴《つか》んだ腕を離す。その際にメアリがポツリと呟《つぶや》いた「まぁ、枕が無くても眠れるんだけど」という言葉はあいにくとアリシアの耳には届かなかったようだ。だが近くにいたパトリックには聞こえたようで、してやったりと小さく舌を出すメアリに呆れたように溜息をついた。

そんな三人が揃《そろ》えたように同じ方向に視線を向けたのは、再び誰かが走ってくる足音が聞こえてきたからである。

ついで「お嬢《じょう》！」と聞こえてくる夫らしくも従者らしくもない呼び方。言わずもがな、アディである。随分《ずいぶん》と急いでいるようで、駆け寄るとパトリックやアリシアに挨拶をする余裕《よゆう》もないとメアリに詰《つ》め寄った。

「お嬢！　何を言いふらしたんですか⁉」

「なにって……何のこと？」

「朝から旦那《だんな》様や奥方様に呼ばれて生暖かい目で根ほり葉ほり聞き出されるわ、どこに行っても皆がニヤニヤ笑いながら祝ってくるわで散々なんですよ！　何を言ってまわったんですか！」

「あら？　私別に変なこと言ってないわよ？」

よっぽど恥《は》ずかしい目にあったのか真っ赤な顔で問い詰めるアディに、対してメアリはキョトンと目を丸くさせ、本当に心当たりがないと言いたげに首を傾《かし》げた。

事実、メアリからしてみれば世話になった者達に結婚の報告をしてまわったに過ぎず、むしろ当然の礼儀《れいぎ》である。たとえ二人の関係を――メアリが考えている以上に深く――知っている周囲からしてみれば「昨夜なにかありました」と宣言しているようなものだとしても、あいにくとメアリの頭の中には花が咲《さ》き誇《ほこ》っていて考えが至らないのだ。

そんな粗方《あらかた》の事情を察し、パトリックが溜息をつきつつ先程のメアリの結婚宣言を話してやった。その労《ねぎら》いと同情を含《ふく》んだ視線といったらないが、最後にアディの肩をポンと叩《たた》いて「俺も後でゆっくり聞かせて貰《もら》おうか」と言い出すあたり、所詮パトリックもまた楽《そ》し《ち》む《ら》側《側》である。

むしろそちら側《楽しむ側》代表といっても良いかもしれない。

「お……お嬢……まさか、朝から『私達、結婚しました！』って言ってまわったんですか……？」

「皆知ってたわ！」

「そ、それで、俺達が両思いだったことも……」

「それも皆知ってたわ!!」

驚《おどろ》きよね！ と興奮気味のメアリに、真っ赤だった顔を更《さら》に赤くさせてアディが耐《た》えられないと両手で顔を覆《おお》った。

代々仕えている家で誰だって気付くような片思いをし続け、ようやく実った途端《とたん》に妻が惚気《のろけ》てまわったのだ。これを恥ずかしがるなと言う方が無理な話で、当分は屋敷《やしき》内で話題になり冷やかしの種になるのは言うまでもない。

だがそんなアディに対してメアリはいまだ不思議そうに首を傾げたままで、それどころかはたと何かを思い出したように「そうだ！」と声をあげた。

「私、今日は早めにエレシアナ大学に戻るんだった」

「これだけ爆弾《ばくだん》投下しておいて、俺を一人残してエレシアナに行くんですか⁉」

「なによ人聞きの悪い。パルフェットさんにケーキを頼まれてるのよ」

人でなし！ とまで喚《わめ》くアディに、メアリが失礼なと言いたげに事情を説明しだした。

話は一昨日《おととい》に遡《さかのぼ》る。メアリがアルバート家に戻る準備をしていると、コンコンと自室の扉《とびら》が叩かれた。いったい誰だと応じれば、来客はパルフェット。「あの、メアリ様……」と彼女は控《ひか》えめにメアリを呼ぶと、促《うなが》されるましずしずと部屋に入って椅子《いす》に座った。

「どうなさったの、パルフェットさん」

「メアリ様、あの……お、お願いが……あの、嫌《いや》だったらいいんです……！ め、面倒《めんどう》ですし…そうですよね、面倒ですよね、嫌ですよね……ご、ごめんなさい……！」

「待って！　私まだ何も言ってない！」

欠片《かけら》も用件を言い出さぬうちに涙目《なみだめ》になったパルフェットが「お邪魔《じゃま》しました……」と部屋を出ようとする。それを慌《あわ》てて引き戻して椅子に座らせ、とりあえず紅茶を差し出した。

飲み物を出せば直《す》ぐに退出はしないだろうと踏《ふ》んだのだ。現にパルフェットは紅茶を貰ったことで僅《わず》かな安堵《あんど》の表情を浮《う》かべたが、それでも相変わらずモジモジとしながら窺《うかが》うようにメアリを見つめた。

「あの、メアリ様にお願いが……でもご迷惑《めいわく》を……うぅ」

「何⁉　何が望みなの⁉」

「あの、ちゃんとお支払《しはら》いはします……だから……でも」

「支払い……何か買ってきてほしいのね⁉」

「でも、メアリ様に食いしん坊《ぼう》だと思われたら、私、恥ずかしくって……」

「私に何か食べ物を買ってきてほしいのね⁉」

「で、でも、私もちゃんと自分で買おうと思って……でも、着く頃《ころ》にはいつも売り切れちゃって……」

「人気があるのね⁉　私に何か人気のある食べ物を買ってきてほしいのね⁉」

「あ、あの、ちゃんと食べたあとは動くようにしてますし、紅茶のお砂糖も少なめにしてるんです……！」

「太るのね⁉　迂闊《うかつ》に食べると太る人気のある食べ物を私に買ってきてほしいのね⁉　近付いている……私、いま確実に答えに近付いているわ！」

と、そんなやりとりの末パルフェットが欲《ほっ》しているものが有名なケーキ店の限定商品だと聞きだしたのだ。そこに辿《たど》り着くまでに何度も間違《まちが》え――「どの店のコロッケが食べたいの⁉」「コロッケじゃありません……」という会話もあった――そして選択肢《せんたくし》を徐々に絞《しぼ》って答えを導き出し、時には誘導尋問《ゆうどうじんもん》めいた手も使った。

そうして答えを導き出した瞬間《しゅんかん》の爽快感《そうかいかん》といったらなく、思わずメアリが小さくガッツポーズをするほどであった。

「というわけで、ケーキを買って帰らなきゃいけないの」

説明を終えたメアリに、話を聞いていたアリシアの瞳《ひとみ》が一瞬にして輝《かがや》きだした。ケーキという単語とメアリの告げた店名に反応したからである。いつの世も、精神《メンタル》の強度を問わず、女は甘いものに弱いのだ。――対してアディとパトリックはメアリの話に若干《じゃっかん》ひいてすらいた。ちなみにアディの「お嬢、また変な子に好かれて」という言葉に対してパトリックが彼の足を踏みつけて、それどころか踏んだうえでグリグリと強めに踏みにじるのは『変な子』に心当たりがあるからである――

そうして、普段ならば「もう少し居てください」と出発時間のギリギリまでメアリを引き留めるというのに今日に限ってアリシアが「買うには並びますよ！」と急《せ》かすのだ。もちろん自国が誇る自慢《じまん》の逸品《いっぴん》を隣国《りんごく》で披露《ひろう》して貰いたいからであり、国を愛する王女の気持ちとケーキを愛する乙女心《おとめごころ》からである。

そんなアリシアに背を押されつつ、メアリが「それじゃ、また次の休みに」と軽く挨拶をして去っていく。当然その後をアディが追いかけるわけで、残ったのはパトリックとアリシアの二人。アルバート家においてダイス家嫡男《ちゃくなん》と王女が二人でいるというのは些《いささ》かおかしな話ではあるが、交流が盛んになった最近では見慣れた光景でもある。

「あの二人は結婚《けっこん》したのにまったく変わらないな」

溜息《ためいき》混じりにもらすパトリックに、隣《となり》に立つアリシアがクスと小さく笑って頷《うなず》いた。

相変わらずメアリとアディは主従らしくなく、そして結婚したというのに夫婦《ふうふ》らしくもなく、それでいて何とも二人らしいのだ。

そんな二人の背中を見送り、パトリックが本来の用事を果たすべく歩きだそうとし、クイと腕《うで》を摑《つか》まれた。見ればアリシアが少し拗《す》ねたような、甘えるような表情で見上げている。

「アリシア？」

「メアリ様、幸せそうですね……」

「浮かれすぎな気もするけどな」

「いいなぁ……」

メアリ達の去ったあとを溜息混じりに眺《なが》めていたパトリックが、返すように呟《つぶや》かれたアリシアの言葉にドキリとして彼女に視線を向ける。

アリシアの紫《むらさき》の瞳が何かを強請《ねだ》るように、甘く、魅惑的《みわくてき》にパトリックをとらえる。

「いいなぁ、メアリ様」

甘えるような声色《こわいろ》の言葉に含まれている意味も、愛《いと》しい恋人《こいびと》が何を望んでいるのかも、他《ほか》でもないパトリック・ダイスが気付かないわけがない。だからこそパトリックは頬《ほお》を赤くさせつつ、コホンと咳払《せきばら》いをしてアリシアの名前を呼んだ。

「アリシア……今夜、二人で食事に行かないか？」

「食事ですか？」

「あぁ、その……大事な話があるんだ」

そう照れくさそうに告げるパトリックに、アリシアが今日一番輝かしい笑顔《えがお》で「もちろんです！」と頷いた。

そんなことがあった休み明け、エレシアナ大学に戻《もど》ってきたメアリはパルフェットと共に教室の椅子に座りつつ、深刻なオーラを放ちながら頭を抱《かか》えていた。その重苦しく真剣《しんけん》な空気に、パルフェットが不安そうに眺めつつも声をかけられずにいる。

だがメアリ自身、パルフェットが心配しているのが分かっていてもどうすることも出来ずにいた。

改めて考えて、とてつもなく嬉《うれ》しい。嬉しくて堪《たま》らない。

時間をおいて、距離《きょり》をとって、環境《かんきょう》を変えて、そうして幾分《いくぶん》頭も冷めた状態で改めて冷静になって考えてみるとどうしようもなくアディが好きすぎる。頭の中は彼のことばかりだ。

だがそれと同時にわき上がるのが、今までこの気持ちに気付かずにいた自分に対する不甲斐《ふがい》なさと憤《いきどお》り。今更《いまさら》になって思い返してみれば、アディはいつも自分の隣にいて、そして分かりやすくアプローチしていたではないか。「好き」だの「愛している」だのといった直接的な言葉こそ使っていなかったが、彼の言動全てが、数えきれないほど必死に自分に訴《うった》えていた。

だというのに疎《うと》い自分はそれを悉《ことごと》く聞き流し、独自解釈《かいしゃく》し、我ながら斜《なな》め上だと思えるような返答をしてきた。いや、もうこれは疎いという言葉ではすまされない。それほどまでだ。

あぁ、私のバカ。どうして今まで気付かなかったのかしら。

あれもこれも、少し考えれば分かるものなのに。

それを悉く踏みにじって、おまけに「やりたいことのために結婚」ですって!? 何を間抜《まぬ》けな……あれ、これ私からプロポーズしたってこと!?


「あの……メアリ様……」

恐《おそ》る恐るといった声色で名前を呼ばれ、メアリがはたと我に返った。

パルフェットが不安げな表情でこちらを見ている。下がりきった眉尻《まゆじり》を見るに、どうやら何度か声をかけさせてしまったようだ。

「メアリ様どうなさいました？　今日は朝から随分《ずいぶん》とボンヤリとして……」

「えぇ、ちょっと自分の間抜けさと数々の行いを思い返して照れていいやら悔《く》やんでいいのやら、ドリルで穴掘《あなほ》って入りたい気分なの」

「ド、ドリル……？　あまりよく分かりませんが、何かとても大変なことがあってお辛《つら》いんでしょうか？」

「辛い!?　まさか！　辛いことなんて何もないわ、むしろ足のつま先から頭の天辺《てっぺん》まで幸せ一色のお花畑状態よ！」

「……ならどうして？」

「だからこそ、ここまで幸せ浸《びた》りなことが申し訳ないやら情けないやら！　自分の恋愛《れんあい》に関する能力の低さに泣けてくるのよ！　恋愛に関してひよっこどころじゃないわ、殻《から》のついたヒヨコ……いえ、私なんて殻よ！」

わぁわぁとメアリが騒《さわ》いで嘆《なげ》けばパルフェットの頭上に疑問符《ぎもんふ》が飛び交《か》う。が、それでもメアリを落ち着かせると「とても良いご縁《えん》だったんですね」と微笑《ほほえ》んだ。

今のメアリは自分自身で理解できない状態に陥《おちい》っているが、訴えているのは全《すべ》て『幸せ』なのだ。幸せで、幸せだからこそ嘆いている。

「メアリ様がどんな方と結婚《けっこん》されたのか、私とても気になります」

「そうね。貴女《あなた》にだけでも教えてあげたいんだけど、お母様とその上うちの王女様までサプライズだって言ってるのよ」

「ふふ、パーティーを楽しみにしていますね。……あ」

クスクスと嬉しそうに笑っていたパルフェットが何かに気付いたように小さく声をあげた。

その視線を追うようにメアリが振《ふ》り返れば、カリーナをはじめとする数名の女子生徒達が移動しようとしているのが見えた。言わずもがな、全員『ドラドラ』のライバルキャラクターであり、リリアンヌに婚約者を奪《うば》われた令嬢《れいじょう》達である。その集団がこちらを……というより、まるで呼ぶようにパルフェットを見ている。

対してパルフェットはその視線を受けて僅《わず》かに臆《おく》するような不安げな表情を浮《う》かべたが、次の瞬間《しゅんかん》には意を決したかのように勢いよく立ち上がった。カリーナ達を見つめる瞳にもどこか決意を宿しているように見える。……と、そこまでは勇ましいのだが、ガタンと盛大に椅子《いす》を鳴らしてしまいそれに小さく声をあげて慌《あわ》てふためくあたりがやはりパルフェットである。

「何かあるのかしら？」

「は、はい……ちょっと話し合いが」

「あらそうなの。話し合いにしては穏《おだ》やかな空気とは思えないけど」

そうカリーナ率いる集団を一瞥《いちべつ》すれば、パルフェットが小さく肩《かた》を震《ふる》わせた。

彼女の反応から、これが「ちょっと話し合い」ではないのは明らかである。だがメアリには詳細《しょうさい》を話せないのか、彼女は不安げな表情のまま「話し合いです」と念を押すように呟いた。

「メアリ様、私少しだけ席を外します」

「そう。顔色が優《すぐ》れないようだけど大丈夫《だいじょうぶ》？」

暗に「ついて行かなくて平気？」と尋《たず》ねれば、これはちゃんと通じたのか「大丈夫です」とパルフェットが頷いて返した。もっとも、言葉でこそ大丈夫と返しているが頷くその表情は弱々しく、これから一戦交えようと闘志《とうし》を燃やしているあの集団に入れたら、それこそ狼《おおかみ》の群れに仔羊《こひつじ》を放つようなものだ。味方と分かっていても心配するなという方が無理な話である。

おまけに極度に緊張《きんちょう》しているのかパルフェットの足取りはフラフラとおぼつかず、何もない場所で躓《つまず》くという酷《ひど》い有り様。これにはメアリもお花畑から引きずり出されるというもので、仕方ないと溜息をつきつつ腰《こし》をあげた。

そうして一行を追いかけ、本校舎の裏へと向かう。

いくら校舎裏といってもそこは貴族の通うエレシアナ大学、隅々《すみずみ》まで手入れが行き届いており美しい花も咲《さ》き誇《ほこ》り、『庭園』と言っても差し支《つか》えない規模である。だが所詮《しょせん》は校舎裏、通常であれば生徒は滅多《めった》に寄りつかない場所である。……あくまで、通常であれば。

だが今日に限って校舎裏に似付かわしくない賑《にぎ》わいを見せているのは、『話し合い』をどこかから聞きつけた野次馬《やじうま》達がさも偶然《ぐうぜん》居合わせたかのような顔であちこちに陣取《じんど》っているからだ。

見上げた野次馬根性《こんじょう》だこと……と、メアリが呆《あき》れながら彼らの視線が向かう先へと進んでいく。直視する勇気が無く、それでも物事の行方《ゆくえ》が気になるのか、チラチラと一角へと向けられる野次馬達の視線は分かりやすくて追いやすい。おまけにメアリが現れるやざわつきが増すのだから、これには呆れれば良いのか怒《おこ》れば良いのか。

そんなことを考えつつ進めば、リリアンヌ率いる逆ハーレムとカリーナ率いる令嬢達が「これぞまさに！」という空気を纏《まと》って対立しあっていた。

両者の間に漂《ただよ》う張りつめたその空気といったらなく、一部だけ草木が枯《か》れかねないほどである。到底《とうてい》「ちょっと話し合い」とは言えないその光景に「うわぁ、入りにくい……」とメアリが内心で呟く。

この中に割って入ろうなどと、頼《たの》まれたってむしろ金を積まれたって、それどころかコロッケを積み上げられたってお断りだ。

だからこそひとまず様子見をしようと会話が聞こえてくる程度に距離をとって集団に視線を

向けた。

野次馬達と同化しつつあるのはかなり不服ではあるが、それでも話が穏便《おんびん》に……は無理でも、少なくともメアリが割って入る必要のない程度に済んでくれるのならばそれに越《こ》したことはない。なにせメアリは無関係。リリアンヌに婚約者を取られたわけでもなければ、彼女がアルバート家の没落《ぼつらく》を引き起こすわけでもない。リリアンヌの言葉を借りるならば『もう用は無い』のだから、カリーナとリリアンヌのどちらかについて対立に首を突《つ》っ込むような野暮《やぼ》な真似《まね》をする気はない。

それでもここまで足を運んだのは、対立する集団の中で一人盛大に震えているパルフェットが心配だからである。まだ一言も発していないのに既《すで》に涙目《なみだめ》になっている彼女だけを見れば勝敗など見届ける必要もないほどだ。だからこそ、彼女に何かあるまでは傍観《ぼうかん》に徹《てっ》しようと考えて聞こえてくる会話に耳を傾《かたむ》けた。


覚えのある会話内容はやはりゲームの通り。逆ハーレムルートの最終イベントだ。

全てにおいてメアリ・アルバートが敵として君臨し、どのルートでも彼女の糾弾《きゅうだん》が行われていた前作と違《ちが》い『ドラドラ』は各ストーリーによってライバルキャラや彼女達の辿《たど》る結末が違う。

パルフェットとカリーナが良い例で、片や主人公と親友になり、片や悪役令嬢として没落コ

ースを辿る。そんな様々なストーリーの中、逆ハーレムルートの結末と言えばこれまたご都合主義の最たるもので、

『全ての男達と友人に囲まれたリリアンヌが、最後まで和解出来なかった一部のライバルキャラクターを糾弾する』

という、子供でも首を傾《かし》げそうな勧善懲悪《ご都合主義》な代物《しろもの》であった。結局のところ制作側のお遊びに近いこのルートにおいてストーリーなど二の次なのだ。プレイヤーも選択肢《せんたくし》や行動を間違《まちが》えやしないかと攻略《こうりゃく》サイトと睨《にら》めっこでストーリーを進め、最後の一枚絵《スチル》で達成感を味わう。その程度である。

その最終イベントが目の前で行われている、なんとも複雑な気分でその光景を眺《なが》めつつメアリがリリアンヌに視線を向けた。男達に囲まれ不安そうな表情こそ浮かべているが、果たして腹の中はどうだか。

イベントを引き起こしたことで勝ち誇っているのか……いや、もしかしたらこの集団の中で誰《だれ》より不安を抱《いだ》いているのかもしれない。

イベントが起こるにはまだ少し時期が早すぎるし、なによりパルフェットをはじめとするライバルキャラクターとの和解を見事にすっぽかしている。本来であれば糾弾されるのはライバルキャラクターの中の数人のはずが、今は全員がリリアンヌと対立しているのだ。逆ハーレムルートの内容とその先にある『とあるおまけ要素』を知るメアリからしてみれば、リリアンヌの手際《てぎわ》の良さは成立しているからこそ良いものの危険な道をあえて歩んでいるようにも見える。

それほどまでに、彼女は急いでいる。

ただでさえ難易度桁違《けたちが》いの逆ハーレムルートを、そのうえ一部の要素を省いて、それほどまでに急がなければならない理由がある。

それはきっとこのルートの先にある何かに、いや、誰かに早く出会うために、その出会いが手遅《ておく》れになる前に……。

「茶番だわ」

と、そうメアリが小さく呟《つぶや》き、同情を含《ふく》んだ視線をリリアンヌに向けた。

メアリがリリアンヌの内情を窺《うかが》うように視線を向けていると、やにわに野次馬達がざわつき始めた。

攻略対象者達がリリアンヌを囲み婚約者達に次々に別れを切り出したのだ。ゲームのイベントの通り、まるで事前に打ち合わせして順番でも決めたのかと聞きたくなるほどスムーズなその流れに、別れを告げられた令嬢達の表情が青ざめていく。

中にはリリアンヌと比較《ひかく》するような台詞《せりふ》を吐《は》く者さえいて、これには流石《さすが》に聞いていたメアリの眉間《みけん》に皺《しわ》が寄った。自分の都合で婚約破棄《はき》するうえに責任転嫁《てんか》なんて情けないにも程《ほど》がある。「あんたまでそんな真似したらただじゃおかないからね！」とメアリがガイナスを睨みつければ、何かを察したのかガイナスがブルリと身体を震わせ慌てて周囲を見回した。だがその後すぐにパルフェットに対して謝罪し頭を下げるあたり、色ボケ集団の中ではまだマトモな方ではある。

そうして最後の一人が別れを告げると、男達に囲まれその光景を眺めていたリリアンヌが申し訳なさそうな表情で一歩前に進み出た。——ちゃんと『申し訳なさそうな表情』に見えるのだからその名演技ぶりといったらない。事情を知らなければまるでリリアンヌが被害者《ひがいしゃ》にすら見えそうなほどではないか——

「みなさんごめんなさい。でも……私、これが真実の愛だと信じています」

と、まさにゲームの台詞をそのまま口にするリリアンヌに、メアリが「あら、これで終わりなのね」とあっさりと片が付いたことに虚《きょ》を衝《つ》かれたように目を丸くさせた。

リリアンヌが口にした『真実の愛』とはこのゲームのテーマでもあり、そしてイベントを締《し》めるものでもある。それを聞いた一部のライバルキャラは息を呑《の》み負けを認め、そして男達や友情を築いたキャラクター達からは更《さら》に支持を得る魔法《まほう》の言葉なのだ。逆ハーレムを築いた主人公《リリアンヌ》が何を言う、とでも言われそうなものだが、あくまでこのゲームはプレイヤーに優《やさ》しく甘く作られている。


そうしてイベントが終わった後、主人公はこの場を去ろうとし……。


前世《ゲーム》の記憶《きおく》をひっくり返していたメアリの耳に、カリーナの不敵な笑いが聞こえてきた。

はたと我に返って見れば、彼女はゾッとするほど美しい笑《え》みを浮《う》かべ、臆《おく》することなくリリアンヌを見つめている。その表情にはこの期《ご》に及《およ》んでも負けを認める色は一切《いっさい》見られない。

「あら、真実の愛だなんて素敵《すてき》なこと。ねぇ、みなさんもそう思うでしょ？」

そう背後に構える同胞《どうほう》達に同意を求めるカリーナの姿はまさに悪役。土壇場《どたんば》まで追《つ》い詰められてもなお不敵に笑い、勿体《もったい》ぶるようにとっておきのカードを披露《ひろう》する。美しい黒髪《くろかみ》が風に揺《ゆ》れ、凛々《りり》しさも相まってまさに悪役令嬢《れいじょう》である。

「やだ、ちょっと格好良いじゃない……」

思わずメアリがときめいていると、カリーナに倣《なら》うように令嬢達が笑みを浮かべだした。先程までの悲痛そうに青ざめた表情や顔を上げるのも辛《つら》いと言わんばかりに俯《うつむ》いていたのが嘘《うそ》のようである。あれが全《すべ》て演技だと言うのなら、エレシアナ大学は今すぐに演劇コースを作るべきである。……もっとも、約一名ほど未《いま》だに涙目で震《ふる》えているので、メアリからしてみれば『捨てられた子犬と思わせて牙《きば》を剝《む》く闘犬《とうけん》と、その群れに放《ほう》り込まれた仔羊《こひつじ》』状態であり不安が拭《ぬぐ》えたわけではないのだが。

とにかく、そんな震える仔羊《パルフェット》を抜《ぬ》きに令嬢達が次々に不敵な笑みを浮かべ、自分を捨てた男達への反撃《はんげき》を開始した。

「まだお気付きじゃなかったんですね、既に婚約《こんやく》破棄の話は済んでおりますの。そうしたらお父様が……貴方《あなた》のお父様が、大変申し訳ないことをしたと謝ってくださって、そのうえご兄弟との縁談《えんだん》を勧《すす》めてくださいましたの。お話が成立した際には、跡継《あとつ》ぎ変更《へんこう》も考えてくださるって」

そう微笑《ほほえ》みながら話す女子生徒に、対して話を聞いた男の顔が一瞬《いっしゅん》で青ざめる。その様子に、ふむとメアリが記憶の中の貴族一覧を引っ張りだした。

確かあの男の家は男児が数人おり、跡継ぎ争いが熾烈《しれつ》だと聞いたことがある。彼は長男で現状正式な跡継ぎではあるが、弟達との年齢《ねんれい》差も一つや二つ、それならば跡継ぎを変更することはさして問題ではない。とりわけ、親の決めた婚約者を振《ふ》って庶民《しょみん》の女の逆ハーレムに加わったのだから、これは跡継ぎ争いから引きずりおろしてくれと自ら言っているようなものだ。

これは大変、とまったくもって大変さもなく他人事《ひとごと》のように――事実他人事である、どの家の跡継ぎが変わろうがどうなろうが、その程度で揺らぐアルバート家ではない――呟けば、まるでバトンタッチだと言いたげに次の令嬢が一歩前に出た。

「覚えておいでてでしょうか？　私、跡継ぎを産むというお約束で婚約いたしましたよね。それが果たせないとなれば婚約破棄も致《いた》し方ないと思います。ですから私達の婚約を破棄し、私が養女として貴方の家に入り婿《むこ》を貰《もら》うことになりましたの」

「……えっ？」

これには流石に言われた男も顔を青くさせるどころではなく声をあげた。周囲のざわつきもいっそう増し、思わずメアリも「あらまぁ」と小さく呟いた。

「なにを驚《おどろ》いてらっしゃるのかしら、一人息子《むすこ》に跡継ぎが望めないからと養子縁組《えんぐ》みを考えるのは当然のことでしょう。お父様もお母様も喜んで私を迎《むか》えてくださいましたわ。あぁ、貴方に関しては今後一切家名を名乗らせないと随分《ずいぶん》とお怒《いか》りでしたけれど」

「ちょ、ちょっと待て……」

「もう私に興味はないんでしょ。リリアンヌさんの方が魅力的《みりょくてき》だと、優しくて温かいと、そう仰《おつしや》っていたじゃない。それに、私これから健康な跡継ぎを産むパートナーを探さなきゃいけないの、貴方に構ってられないわ」

そうあっさりと言い切り、それどころか「どんな方が良いかしら」と嬉《うれ》しそうに話す女子生徒に、勿論《もちろん》だが婚約者の……元婚約者の男は唖然《あぜん》とするしかない。

だがけしてこれも珍《めずら》しい話ではない。先程の跡継ぎ争いの家とは真逆で、今回の男の家は彼しか子供がおらず、となれば健康な跡継ぎをと嫁《よめ》をあてがうのは当然。だというのに頼《たの》みの息子が逆ハーレムの一人となれば見切りをつけるのも仕方ない。それでも男が「跡継ぎならリリアンヌが……」と小さく呟き彼女の方を見るが、サッと目を逸《そ》らされてしまうのだから情けない。もっとも、仮にリリアンヌに彼との子を産む気があったとしても、複数いる男の順番待ちとなれば彼の親も待つわけがないのだが。

通常であればそこで親族や懇意《こんい》にしている家から次男三男を養子縁組みとして迎えるわけだが、体面のために愚息《ぐそく》が捨てた女を養女に迎えて婿とりを決めたのだろう。リスクの高い選択《せんたく》ではあるが、愚息を切って情を取るのなら世間体《せけんてい》は多少取り繕《つくろ》える。そこに愛があるのかと考えれば一切どこにも愛など見られないが、なんとも貴族らしい話ではないか。

そうして結果的に見れば、捨てられたはずの令嬢は自分の家よりも格上にあたる男の家を乗っ取ったのだ。嫡男《ちゃくなん》を追い出して養女が跡継ぎに……なるほどこれはお見事、と思わずメアリが感心していると、また次の女子生徒が進み出た。

婚約《こんやく》破棄と共に今までの両家の関係を絶つと宣言する者、男側の家が縋《すが》りついてきたので当人の絶縁《ぜつえん》を約束させたと武勇伝を語る者。中には既《すで》に別の婚約者、それも明らかに格上の名を出す者までおり、話を聞く男達はおろか野次馬《やじうま》達でさえも言葉がないと言いたげに静まり返っていく。

なにせ今回の話は全て政略結婚に関している、つまり男と女の揉《も》め事では済まされず各家の関係を変えるものであり、下手《へた》をすれば家どころではなく社交界の序列を変えかねないことなのだ。野次馬達の中に焦《あせ》りの表情を見せる者が出始めたのは、男達の取り巻きをしていたからかそれとも跡継ぎ変更や家同士の交流断絶でとばっちりをくらうと危惧《きぐ》したからか。

そんな中、なにがあろうと不動のアルバート家であるメアリは「悪役らしくて格好良いわぁ」とうっとりとした表情でカリーナを見つめていた。トリでも務めるつもりなのか、カリーナは仲間の令嬢達の話を聞きながら不敵な笑みを浮かべ、見ているメアリが惚《ほ》れ惚《ぼ》れしてしまうほどの悪役らしさで構えているのだ。仁王立《におうだ》ちのなんと様になっていることか、思わずメアリが目測ながら彼女の足幅《あしはば》を真似《まね》してみるほどである。

だがカリーナをはじめとする令嬢達が反撃を用意しているのはさして意外なことでもない。なにせ政略結婚、そこに愛があったかどうかはさておき、双方《そうほう》に明確な利益があっての婚約だったのだ。それが身勝手に反故《ほご》にされたとなれば、失われた利益はそのまま反撃の材料になる。愛があったのなら、その愛の分だけ非道になる。

愛が無かったのなら、その利益の分だけ非道になる。

とりわけ、振られたうえに婚約者が『逆ハーレムの一人』に成り下がったのだから彼女達のプライドは大いに傷つけられただろう。そしてそれが闘志《とうし》に——そして一部は家を乗っ取るほどの野心に——火をつけ、この容赦《ようしゃ》のない鉄槌《てっつい》となった。捨てられたと涙《なみだ》で枕《まくら》を濡《ぬ》らし泣く泣く身を引く女も、ましてや負けを認めさせられるその日まで嘆《なげ》いて待つような女も現実にはそうそういないのだ。

あのパルフェットだってこの場に立つ程度の闘志を燃やしているのだから。そう考えてメアリがパルフェットに視線を向ければ、いまだフルフルと震える彼女がそれでも一歩……いや、半歩……半歩の半分ほど前に進み出た。——進み出た、というよりはちょっとにじり出たと言う方が適しているが、彼女の性格とこの状況《じょうきょう》を考えればむしろよく勇気を出して前に出たと褒《ほ》めてやりたいくらいである——

「あ、あの、私だって……」

注目を浴びしどろもどろになりつつ、それでもパルフェットがガイナスを見上げる。

そうして彼女は意を決したかのようにスカートをグッと摑《つか》み、「私だって！」と声を張り上げた。ガイナスの瞳《ひとみ》に僅《わず》かに戸惑《とまど》いが浮かぶ。

「わ、私だって！　ガイナス様の、ことなんかっ、どっ、どう、どうでも良《い》いんですからぁ！」

最後の最後で思いっきり声を裏返したパルフェットの発言に、その場が一瞬にして凍《こお》り付いた。

シンと静まり返った空気を最初に破ったのは、慌《あわ》ててその場に駆《か》け寄るメアリだった。

一人だけ大根役者が混じってる！　と心の中で悲鳴をあげて集団の中に飛び込むやパルフェットの隣《となり》に並び、周囲には気付かれないように軽く彼女を肘《ひじ》で突《つ》っつく。小声で叱咤《しった》すれば、もとより涙目だったパルフェットの瞳が更《さら》に潤《うる》んだ。

「何よさっきの、演技にしてももう少し上手《うま》く演じなさいよ！」

「べ……別に、演技なんかして、してません！　本当に、本当にガイナス様なんか……どうでも良いんですもん……！」

「あぁもう、この大根役者！　大根にもほどがある！　煮付《につ》けるわよ！」

「に、煮付けないでくださぁい……」

小声でパルフェットを責めるも、元々彼女の精神は打たれ弱く既に限界に近いのだろう。ついには我慢《がまん》の限界だと震えながらメアリのスカートを掴み「メアリ様ぁ」と情けない声で見上げてきた。その弱々しげな表情といったらなく、思わず溜息《ためいき》が漏《も》れる。

だがパルフェットの大根役者ぶりに思わず口を挟《はさ》んでしまったとはいえ舞台《ぶたい》に上がってしまったのだから仕方ない……。そう考え、チラと周囲に視線を向けるとわざとらしくパルフェットの肩《かた》を叩《たた》いた。微弱《びじゃく》な振動《しんどう》が伝ってくるのはそれ程《ほど》までに彼女が震えているからで、それを力業《ちからわざ》で押さえつける。

「パルフェットさんってば、せっかくの機会ですからちゃんと皆《みな》さんにお話ししたら？」

と、さも平然を装《よそお》い声をあげる。普段《ふだん》より幾分《いくぶん》声が大きいのはもちろん周囲に聞かせるためである。

そうしてまるで勿体《もったい》ぶるかのように「ねぇ」とパルフェットに同意を求め、再度仰々《ぎょうぎょう》しく声をあげた。

「せっかく、私のお兄様と会食されるんですもの、皆さんに報告したら良いのに」

と。この発言にはその場にいる誰《だれ》もが、それどころかパルフェットまでもが目を丸くさせた。なにせメアリの兄と言えばアルバート家の男児、今や王族に並ぶ権威《けんい》の持ち主である。おまけに、双子《ふたご》のどちらかによっては次期アルバート家当主である。

そんな人物との会食、それもこの場で言うような意味での会食となれば驚くなと言う方が無理な話。あまりのことに誰もが唖然とし、はたと我に返ったパルフェットが慌ててメアリの腕《うで》を引いた。

「そ、そんな、メアリ様！　いったいなにを！」

「いいから、私に話を合わせなさい」

「でも、そんなっ、私なんかが恐《おそ》れ多い……！」

あわあわと震《ふる》えながらも慌てふためくパルフェットにメアリが溜息をついた。

もっとも、エレシアナ大学の中でも低い位置にあるマーキス家と、対して隣国《りんごく》でもその権威に揺《ゆ》るぎのないアルバート家、両家の格差を考えれば当然の反応でもあるのだが。それでもメアリが「リリアンヌに負けたくないんでしょ」と小声で尋《たず》ねれば、涙目ながらにパルフェットがムグと言葉を飲み込んだ。涙で潤んだ瞳に僅かながらに光が灯《とも》るのは、臆病《おくびょう》で気弱な彼女でもせめて一矢《いっし》報《むく》いてやりたいと思っているからだろう。

「……私、負けっぱなしは嫌《いや》です」

「それなら大人しく頷《うなず》いていなさい。なんだったら、本当に紹介《しょうかい》してあげるから」

そう小声で話し、メアリが改めてリリアンヌと彼女を囲む男達に向き直った。

見目の良さが勿体《もったい》ないほどに彼らはポカンとし、ガイナスに至っては不安げな眼差《まなざ》しをしているではないか。予想だにしない大物の名前がでたからか野次馬達も我に返るやざわつき始めている。

そんな中「いいなぁ」と聞こえてきたのは先程見事な手腕《しゅわん》を披露《ひろう》し乗っ取り宣言をした野心家令嬢《れいじょう》である。婚約者《こんやくしゃ》の家では飽《あ》きたらず、アルバート家の男児を羨《うらや》むとは素晴《すば》らしい野心ではないか。

そうして気付けば、今まで少しずつ逆転していた場の空気がメアリの発言により見事にひっくり返った。

捨てられたはずの令嬢達は見事に男達に鉄槌を下し、家柄《いえがら》が低く哀《あわ》れみと好奇《こうき》の視線に怯《おび》えていたパルフェットがアルバート家の加護を受け誰より羨まれる立場に立ったのだ。見事などんでん返しである。といっても当のパルフェットはアルバート家子息を紹介すると言われてもいまだガイナスを見つめているのだが……。

そんな逆転劇に痺《しび》れを切らしたのがリリアンヌである。真実の愛を謳《うた》っていたはずが気付けば全《すべ》てがひっくり返り、自分を囲んでいた男達が青ざめている。これはまずいと、このあとの展開を考えてそう判断したのだろう、男達の陰《かげ》から出てくるとズイとメアリに詰《つ》め寄った。

「メアリ様はもう関係ないんじゃありません？」

そう言い放つリリアンヌの台詞《せりふ》に、メアリが眉間《みけん》に皺《しわ》を寄せた。

パルフェットを助けるために飛び込んだは良いが、リリアンヌを引きずり出してしまったのだ。これではトリを務めるはずのカリーナの出番を奪《うば》ってしまったようなもの、せっかく律儀《りちぎ》に順番を決めていたようなのに申し訳なさが募《つの》る。それにカリーナの話は始まってすらいないのだ。彼女がなにを用意していたのかが気になる。

ここで「ちょっと待って！　最後まで見せて！」なんて言ったら続きを再開してくれないかしら……。と、リリアンヌに詰め寄られてもまだ他人事《ひとごと》である。というか、事実その通り他人事、無関係なのだ。

「そうねぇ、確かに私別に関係ないのよね。色欲女に男を奪われたわけでもないし、むしろ一《いち》途《ず》な男に愛されて、こんな愛憎《あいぞう》劇とは無縁《むえん》の脳内お花畑状態だし」

チラとメアリが逆ハーレムの男達に視線を向ける。

いまだ青ざめたままの者、メアリの発言に不快そうに表情を歪《ゆが》める者、それどころではないと慌てる者……と様々だ。唯一《ゆいいつ》ガイナスだけが申し訳なさそうに俯《うつむ》いている。ここで顔を上げれば、いまだパルフェットが見つめていることに気付けそうなものなのに……なんとも不器用な男だ。

「そんな状態だから、復讐劇《ふくしゅう》に参加する理由もないのよね」

ふいに視線を移し、カリーナを始めとする令嬢達に視線を向ける。

いまだ男達を睨《にら》んでいたり、三行半《みくだりはん》を突き付けたので最早《もはや》男達に用はないとメアリを見つめていたり。野心家令嬢に至ってはパルフェットに対して羨望《せんぼう》の眼差しを向けていたりと様々である。ポツリと彼女が呟《つぶや》いた「……双子よね」というのは、パルフェットに便乗してアルバート家の子息を狙《ねら》うつもりなのか、思わずメアリがフルリと震えてしまう程の野心である。

「それに、こんな茶番を見るほどの野次馬根性《やじうまこんじょう》も持ち合わせてないし」

今度はどこを見るでもなく告げれば、周囲で見ていた生徒達が慌てて顔を背《そむ》けた。中には咳払《せきばら》いをする者までおり、その白々しさといったらない。

そうして順繰《じゅんぐ》りに視線を向けたメアリが、最後にリリアンヌに向き直った。

「貴女《あなた》の言うお話では、確かに私は関係ないわ」

「そ、そうでしょ、なら……」

どうして邪魔《じゃま》をするの、と語尾《ごび》を濁《にご》しつつ訴《うった》えるリリアンヌに、メアリが冷ややかに笑った。

リリアンヌの言うとおり『ドラドラ』においてメアリ・アルバートは無関係だ。もう出番のない前作の悪役令嬢。リリアンヌがゲームの知識を利用して逆ハーレムを築こうが、対してカリーナが没落《ぼつらく》を回避《かいひ》するために奮闘《ふんとう》しようが、まったくもって関係ない。出番など用意されていない。

だからこそ、今この瞬間《しゅんかん》まで我関せずと傍観《ぼうかん》に徹《てっ》していたのだ。

でも……。

「困ってる友達を放《ほう》っておくなんて、出来るわけがないでしょ」

ゲームだの前世だの、最早関係ない。

友達のパルフェットが困っているのだから、それを見過ごすのはメアリ・アルバートのプライドに関《かか》わる。

「この間気付いたけど、私、案外に友達っていうのに弱いみたいなの」

そう言い切ってやれば、リリアンヌの瞳《ひとみ》に困惑《こんわく》が浮《う》かぶ。それと同時に焦《あせ》りの色も見えてくるのは、このあとのことを考えているからなのだろう。早くメアリを退場させなければと、そう焦っているのだ。

だからこそ余裕《よゆう》を失っていたのか、ザワと周囲がざわついた瞬間、その中に女子生徒の黄色い声を聞きリリアンヌが表情を歪めて視線を泳がせた。普段の温厚《おんこう》な美少女でも、柔《やわ》らかく微笑《ほほえ》んで男を癒《いや》すお姫様《ひめさま》でもない、只《ただ》一人の焦った女。眉間に寄った皺と歪む口元、焦燥感《しょうそうかん》を隠《かく》す余裕を失ったリリアンヌの変化に誰もが疑問を抱《いだ》き、彼女の視線を追う。

そうして彼女の見つめる先、野次馬達の中で藍色《あいいろ》の髪《かみ》がふわと揺れた瞬間リリアンヌがカッと目を見開き……、

「なんなのよ、もう出番なんてないんだから……私の邪魔をしないでよ！」

と、ヒステリックに声を荒《あら》らげ、リリアンヌがメアリを突《つ》き飛ばした。

「きゃっ」とメアリが声を上げ、突き飛ばされた衝撃《しょうげき》で尻餅《しりもち》をつく。

それと同時に聞こえてきたのは、

「メアリ！」

と名を呼んでくる聞き覚えのある声と、

「「パトリック様！」」

と、彼を呼ぶリリアンヌとカリーナの声、そして、
ガチャン！

と、何かが割れる音だった。


『ドラドラ』において、それどころかこのシリーズにおいてもっとも難易度の高い逆ハーレムエンド。

ほとんど制作者のお遊びとも言える難解さに、ご都合主義を極《きわ》めたストーリー。それでいて見事クリアした者には攻略者達《こうりゃくしゃ》が揃《そろ》って主人公を囲む一枚絵《スチル》が用意されている豪華《ごうか》さ。おまけにこのストーリーの最後に出てくるのが……。

そう、パトリック・ダイス。

前作の攻略対象者であり、シリーズ総じて最も人気の高かったキャラクター。『ドラドラ』の逆ハーレムルートでは、彼がほんの一瞬《いっしゅん》、たった一枚だけだが一枚絵《スチル》として出てくるのだ。

転んでしまったヒロインを立たせるため、たまたま居合わせたパトリックが手を差し伸《の》べてくれる……。もっとも、ゲーム上の彼は名前の表示もなく、わざとらしく『???』という表示をされていた。それでも、脇役《モブ》が全て『男子生徒』や『教授』という大まかな表示をされるこのゲームにおいて『???』など、なにかあると言っているようなものだ。

そのうえゲームに出てくるパトリックは前作と変わらぬ藍色の瞳と同色の髪、なにより大人になっても変わらぬ見目の良さ。それどころか更《さら》に増した魅力《みりょく》を持ち合わせているのだ。前作をプレイした者ならば一目でその正体に気付くだろう。

公式のお遊び。ほんの一瞬だけのゲストキャラクター。だがそれを見るためにこのルートに挑《いど》んだプレイヤーは数知れない。

「メアリ、大丈夫《だいじょうぶ》か？」

慌《あわ》てて集団の中央に飛び込んできたパトリックがメアリの元へと駆《か》け寄る。だがメアリは呆《ぼう》然《ぜん》としたまま、彼の問いかけに返事もできずにいた。

咄嗟《とっさ》に聞こえてきたリリアンヌとカリーナのパトリックを呼ぶ声。ゲーム通りに、それでいてゲームと違《ちが》い、メアリに手を差し伸べてくるパトリック……。

リリアンヌの狙いは間違いなく彼、逆ハーレムルートの最後に出てくるパトリックだ。だが現実での彼は既《すで》に前作《アリシア》の主人公と結ばれており、だからこそ二人が正式に婚約《こんやく》発表を出す前にと僅《わず》かな希望にかけてルートを急いだのだろう。そしてカリーナもまた、没落を回避するため

に動きつつ、パトリックを自分達の舞台《ゲーム》に引きずり出すためにリリアンヌを泳がせていたのだ。

なんて茶番。

いや、今はそんなことより……。

パトリックに名前を呼ばれてもいまだ呆然としたまま、メアリが腰元《こしもと》に触《ふ》れた。

スカートのポケットの中、尻餅をついたときに聞こえたガチャンという音……。恐《おそ》る恐るポケットの中に手を入れ、その中にある飾《かざ》り玉を確かめるように撫《な》で……ピリと痺れるように走った痛みに驚《おどろ》いて手を引き抜《ぬ》いた。見れば人差し指の腹に赤い線が走り、次第《しだい》に血が滲《にじ》みはじめる。その傷はまるで何かが割れてそれで切ってしまったようではないか。

それを理解した瞬間、メアリの中でスゥと音を立てるように熱が引いていった。

「メアリ、どうした。なにがあったんだ？」

心配そうに顔を覗《のぞ》き込んでくるパトリックと、その隣《となり》では泣きそうどころではなくボロボロと涙《なみだ》を零《こぼ》しながらもリリアンヌを怒鳴《どな》りつけているパルフェット。戸惑《とまど》いを見せているリリアンヌとカリーナの表情は二人揃ってこの「ゲーム通りのようで、それでいてゲーム通りではない」状態に理解が追いついていないのだろう。

そんな面々をゆっくりと見回し、メアリがおもむろに立ち上がった。そうしてリリアンヌに近づくとゆっくりと右手を上げ、
パァン！

と、軽い音を響《ひび》かせた。


「来年から弟がエレシアナ大学に通うことになって、父に代わって理事長に挨拶《あいさつ》に来たんだ。そのついでにメアリと食事にでも行こうと思って」

「それでわざわざ校舎裏にまでいらしたんですね」

「あぁ、ところが来てみたらメアリが女子生徒に突き飛ばされてるじゃないか。驚いたなんてもんじゃない」

「あ、あの、驚かれたと思いますが普段《ふだん》のエレシアナ大学はもっと平穏《へいおん》なんです。静かで落ち着いて勉学に適した場所で……」

「いや、俺が驚いたのはそこじゃなくてメアリが突き飛ばされたことだ。今まで何を喰《く》らっても踏《ふ》ん張ってたのに」

　質の良いソファーに腰掛《こしか》け紅茶を片手にパトリックが話す。向かい合う形で座っていたパルフェットもティーカップを両手で持ちながらコクコクと頷《うなず》いて返した。途中《とちゅう》「メアリ様は普段何を喰らっているんですか……」と不穏そうに眉《まゆ》をひそめるが、よもやそれが王女からの抱擁《タックル》だとは夢にも思うまい。


場所は校舎裏から変わって、エレシアナ大学の応接室。

あのあと駆けつけた教授と関係者の親達によって話し合いは中断、群がっていた野次馬《やじうま》達は解散させられ、騒動《そうどう》の原因である一部の生徒達だけが職員室へと連れて行かれた。騒動とは無関係だと判断されたパトリックはひとまず応接室へと案内され、その際に呆然としているメアリとそんな彼女に泣きながらまとわりついているパルフェットを保護したのだ。

そうして大学の体面を保つための平謝りと「この事はこちらの処理が済むまで他言せずに……」と何とも彼等らしい低姿勢な発言を受け流し、事情聴取《ちょうしゅ》へと向かうのを見送って今に至る。

ちなみに、その際にパルフェットも同行を求められたのだが、彼女は泣きはらした赤い目ながら「メアリ様のそばにいます」とハッキリと拒否《きょひ》を示した。

「しかし、まさかメアリに君みたいな友人が出来るとはなぁ」

驚いた、と言いたげに見つめるパトリックに、今まで僅かに頬《ほお》を赤らめていたパルフェットがサァと顔を青ざめさせた。幾分《いくぶん》落ち着きを見せていた瞳が一瞬にして涙を溜《た》める。

「……そうですよね。アルバート家の令嬢《れいじょう》であるメアリ様が、わ、私なんかと友達なんて、変ですよね……！」

「な、なんでそうなる⁉」

グスンと涙を浮かべるパルフェットに、パトリックが慌ててフォローを入れる。

過去幾度と無く気弱な令嬢と接してきた――勿論《もちろん》『気弱を演じる令嬢』とも接してきた――パトリックだがここまで気が弱いのは初めてである。だからこそ、改めて「よくこれでメアリとやってこれたな……」と口には出さずにパルフェットに視線を向けた。まるで小動物のような愛らしい令嬢と、飄々《ひょうひょう》としたメアリが並んでいる姿を想像しても今一つピンとこない。そんなことをパトリックが考えていると、先程《さきほど》まで俯《うつむ》いていたパルフェットがポッと頬を赤くさせた。

「あ、あの、あまり見つめないで頂けませんか？」

「あぁ失礼」

「いえ、こちらこそ失礼を言って申し訳ございません……ですがあまりにもパトリック様が素《す》敵《てき》で、見つめられるとドキドキしてしまいます……。あ、でも私にはちゃんとガイナス様という方が……いません、ガイナス様なんて方はいないんですぅ」

「よ、よく分からないが君を見ないようにする！　だから泣かないでくれ！」

自らの発言に傷ついていてパルフェットがフルフルと震《ふる》えだす。

それを慌ててパトリックが宥《なだ》めれば、彼女は零《こぼ》れ落ちかけた涙を既《すんで》のところで拭《ぬぐ》い、「ところで……」とチラと部屋の隅《すみ》に視線を向けた。

「あの……メアリ様はどうなさったんでしょうか……」

そうパルフェットが不安げに視線を向ける先、部屋の一角は明るい室内に反してそこだけ暗くジメジメとした空気が漂《ただよ》っていた。貴族の通う華《はな》やかなエレシアナ大学とは思えない陰鬱《いんうつ》さである。

だがそれもそのはず、視線の向けられた先ではアルバート家の令嬢とは思えない負のオーラを纏《まと》ったメアリが壁《かべ》に向かい体育座りをしながら、

「この私が……このメアリ・アルバートが、色欲女如《ごと》きにカッとなって手を上げるなんて……情けない、自分が情けなくて嫌《いや》になる……」

とブツブツと呟《つぶや》きながら己《おのれ》の行動を悔《く》やんでいるのだ。

その嘆《なげ》きようといったらなく、パトリックに対して平謝りをしていた教授達ですら見て見ぬ振《ふ》りをし、今ようやくパルフェットが話題にだしたほどである。もっとも、問われたパトリックはチラと一瞥《いちべつ》するだけで心配する様子も見せず再び手元の紅茶に視線を落とした。

「大丈夫ではないが、どうにもできないな。放《ほう》っておくしかない」

あっさりとしたその診断《しんだん》にパルフェットがキョトンと目を丸くする。

『自分に対して想《おも》いを抱《いだ》き、それでも身を引いてくれた悲劇の令嬢』に対してあんまりな態度ではないか。だがそんなパルフェットの視線にも気付かず、パトリックはさも当然と言いたげにソファーに腰《こし》をかけている。メアリを慰《なぐさ》めるどころか、その肩《かた》を叩《たた》いてやることもしないのだ。

「いざとなれば治せる人を連れてくるから、そこまで心配しなくて大丈夫だ」

「治せる人、ですか？」

「あぁ、俺の知る限りでは唯一《ゆいいつ》メアリを扱《あつか》いこなせる人物」

クックッと楽しそうに笑うパトリックに、それを聞いていたメアリが恨《うら》めしげに彼を睨《にら》みつけた。

その光景は到底噂《とうていうわさ》に聞く『愛を貫《つらぬ》いた王子様と悲劇の令嬢』とは程遠い。それどころかメアリはブツブツと「よくよく考えればあんたのせいじゃない……」とよく分からない恨み言まで言っているのだ。

これにはパルフェットも頭上に疑問符《ぎもんふ》を浮《う》かべつつ、それでも二人を交互《こうご》に見やった。

「ところでメアリ、夕飯を食べに行かないか？」

「ここまで嘆いてる私を見て、よくそんな暢気《のんき》に誘《さそ》えるわね。あと数時間は悲観と自己嫌悪《けんお》に陥《おちい》る予定だから勝手に行ってちょうだい」

「アディから『コロッケの美味《おい》しい店リスト』を預かってるんだが」

「さ、行きましょ」

あっさりと切り替《か》えてメアリが立ち上がる。パトリックもその切り替えの早さに驚くどころか「よし」と頷いて立ち上がった。

そうして二人は部屋を出ようとし、いまだソファーに腰掛けたままのパルフェットを振り返った。

「パルフェット嬢《じょう》、君も行かないか？」

「せっかくだから行きましょうよ。ここに残っていても、もう面白《おもしろ》いこともなさそうだし」

片や誰《だれ》もが憧《あこが》れる理想の王子であるダイス家嫡男《ちゃくなん》、片や隣国《りんごく》でも権威《けんい》の衰《おとろ》えぬアルバート家令嬢。同じ貴族といえど雲の上の存在とさえ言える二人は、それでも揃《そろ》えたように「一緒《いっしょ》に行こう」と誘ってくる……。

キラキラと輝《かがや》いてさえ見える光景にパルフェットは数度瞬《まばた》きを繰《く》り返し、コクンと一度頷いて返して二人を追った。

「あの、パトリック様のお話はかねてから聞いておりました。実際にお会いできて、一緒にお食事まで出来るなんて光栄です」

「うん？　あぁ、ありがとうパルフェット嬢」

「きゃっ！　だ、だから見つめないでください！　そのうえ微笑《ほほえ》まれたら私……！　私にはガイナス様という心に決めた方が……い、いないんです、ガイナス様ぁ……」

「だからなんで泣くんだ……本当よく泣くなぁ、君は……」

「あらパトリック、違《ちが》うわよ。この子はよく泣くんじゃない、たまに笑うのよ」

「あぁ、泣いてるのが通常状態なのか」

そんな会話を交《か》わしつつ、三人が応接室から出て行った。


そんな一件が終わればエレシアナ大学にも平穏が戻《もど》る……わけがない。

なにせあれほどの逆転劇があったのだ。大学内のヒエラルキーが一転し、リリアンヌを囲んでいた男達も不様に転落した。今まで彼等の家の恩恵《おんけい》を受けようとしていた取り巻きもさっさと手の平を返し、黄色い声をあげ熱い視線を送っていた女子生徒達も冷ややかな視線を向ける。

砂上の楼閣《ろうかく》は見事に崩《くず》れ落ちた。

そんな状態なのだから普通《ふつう》であれば不登校にでもなりそうなものだが、今の彼等にとって大学よりも家の方が針の筵《むしろ》なのだろう。というより、家に居場所がないどころか家に入ることすらできない者もいる。そういうわけで、あんなことがあってもなお彼等は大学に通い、そして、

「先日の件なんだが……」

「頼《たの》む、もう一度俺の話を聞いてくれ……！」

と、一度捨てた令嬢のあとを必死に追いかけていた。

言わずもがな、彼等を崖下《がけした》に突《つ》き落としたのが彼女達であり、家から絶縁《ぜつえん》を叩きつけられた現状を救えるのも彼女達だけだからである。とりわけ「複数の男がいても俺を愛してくれているなら」と考えていたリリアンヌの気持ちが微塵《みじん》も自分に向かっていなかったと知ったのだから、なおのこと切ったはずの縁に縋《すが》りたいのだろう。

ちなみにリリアンヌは処分待ちの自宅謹慎《きんしん》である。聞けば、あのあと教授や関係者の親達に問い詰《つ》められた彼女は逆ハーレムの中央にいながらパトリックへの愛を訴《うった》えたという。――それを聞いたメアリの感想は男達への同情でもリリアンヌへの哀《あわ》れみでもなく、その場にいたカリーナの悪役ぶりが見たかった、というものだった。だが早々に帰ったことをさほど悔やまなかったのは、流石《さすが》アディが薦《すす》める店だけあってコロッケが美味しかったからである――

「ほとんどの家が、再度婚約《こんやく》にこぎつけたら許すと決めたようです。そりゃ必死にもなります

よね。私は絶対に、何があろうが、謝られようが、脅《おど》されようが、泣かれようが、許す気はありませんけれど」

冷ややかに言い切って紅茶をすするのはカリーナ。その隣《となり》に座るパルフェットがプクと頬を膨《ふく》らませるのは同意だと訴えているのだろうか。

そんな二人を眺《なが》めつつ、メアリが小さく溜息《ためいき》をついた。周囲からチラチラと視線を向けられているのだ。もちろんそれは逆転劇の仕掛《しか》け人であるカリーナと誰よりも立場が逆転し陰《かげ》では次期アルバート家夫人とさえ言われているパルフェット、そして——本人にとっては黒歴史だが——リリアンヌに止《とど》めをさしたメアリ、と噂の渦中《かちゅう》にいる三人が揃っているからで、注目するなというのが無理な話。

それに……とメアリが横目でチラと視線を移した。三人が座るテーブルの横、美しい令嬢《れいじょう》の茶会に似合わぬオブジェ。体躯《たいく》の良い男が頭を下げているという素敵なオブジェ……。

「……ねぇ、なんでこの状況《じょうきょう》でお茶ができるの⁉　彼、さっきから二時間くらいあの体勢じゃない！」

「あらメアリ様、いったい何の話をされているのかしら。ねぇパルフェットさん」

「えぇ、まったく分かりません」

「なんて恐《おそ》ろしい……！　いったいどこの世界に頭を下げている男を眺めながら紅茶を楽しむ令嬢がいるっていうのよ。私さっきから何を飲んでも食べても味がしないわ！」

喚《わめ》くメアリに対して、パルフェットとカリーナが顔を見合わせる。

「メアリ様は何の話をしてるんでしょう」「ねぇ」とでも言いたげな二人の表情にメアリは目《め》眩《まい》さえ覚えていた。二人が愛らしく美しいからこそ余計に薄《うす》ら寒い。

ちなみに、茶会のオブジェとは言わずもがなガイナス・エルドランドである。彼は屈《くっ》強《きょう》な体を直角同然にまで曲げ、まさに謝罪といった姿勢で構え続けている。その時間は既《すで》に二時間……流石は文武両道・運動神経に優《すぐ》れたガイナスである。その体力と筋力は見事なものなのだが、今はそんなことに感心している場合ではない。それに流石のガイナスも頭を下げ続けて体力と気力の限界が近いのか顔色が悪くなりつつあるのだ。

対してパルフェットもカリーナもそんなことお構いなしと紅茶を楽しんでいて、それどころか、まるで彼がいないかのような雰《ふん》囲《い》気《き》を醸《かも》し出している。その温度差にメアリがノルリと体を震《ふる》わせた。

「と、ところで、私もう少し……何か食べたいと思うんだけど、いかがかしら？」

しどろもどろ、おまけにガイナスにチラチラと視線を向けつつメアリが窺《うかが》えば、令嬢二人が「もちろんです」と嬉《うれ》しそうに頷《うなず》いた。——愛らしいパルフェットと美しいカリーナの笑《え》顔《がお》はメアリが男ならば一《いっ》瞬《しゅん》で虜《とりこ》になってしまいそうなほどである。あくまで、オブジュが視界に映らなければの話だが——

そんな輝かしいほどの笑顔で「何を食べましょうか」と楽しそうに話す二人に、メアリが何とか彼女達をこの場から移動させようと「実際に見て選んだらどうかしら」と提案した。

「それと、出来れば私の分も用意してもらえるかしら。足が疲《つか》れてしまって、立ち上がりたくないの」

「あら、ずっと座ってましたのに？」

「この状況で座ってるからこそ精神的なものがきたのよ……と、とにかくお願いね」

「はい、では幾《いく》つかお持ちしますね」

ガイナスのことは視界に映らないのか、パルフェットが嬉しそうに笑いカリーナと共に席を立つ。そうして二人で仲良く話しながら階段を下りていった。


よし！　とメアリが立ち上がったのは、彼女達の姿が消えて直《す》ぐ。慌《あわ》ててガイナスに駆《か》け寄ると彼の背をさすりつつ手近にあった椅子《いす》を引き寄せた。

「ゆっくりと頭を上げなさい、いいこと、ゆっくりよ！」

と、やたらと念を押して命じるのは勿論《もちろん》いまの彼の状態を見るに、急に頭を上げたら目眩どころか意識を持っていかれかねないからである。

だがそんなメアリの気遣《きづか》いと救いの手に対し、それでもガイナスは「ですが……」と困惑《こんわく》の色を浮かべた。パルフェットの許しを得ていないのに、そう言いたいのだろう。

「とりあえず、あの子が居ない内は体力回復に専念なさい。私は貴方《あなた》の顔色が土気色を帯び始めたあたりから気が気じゃなくて、紅茶を食べてケーキを飲んだ気分なのよ！」

「メアリ嬢《じょう》、それは流石に消化に悪いんじゃ……喉《のど》に詰まりますよ」

「このバカ真面目《まじめ》男！　とにかく、謝り続けたいなら大人しく従いなさい！」

ハンカチでガイナスの額に浮《う》かんだ汗《あせ》を拭《ぬぐ》い、ゆっくりと椅子へと座らせる。どうやら随分《ずいぶん》と疲労《ひろう》が溜《た》まっていたようで、常に姿勢を崩さず凜《りん》としていたガイナスが彼らしくなく椅子にもたれ掛《か》かるように座り込んだ。

その疲労具合にメアリが思わず溜息をつき「困った子ね……」と呟《つぶや》けば、それがパルフェットのことと察したガイナスが慌てて立ち上がりかけ……グラリとバランスを崩して再び椅子に落ちた。

「そ、そんなことは……彼女は悪くありません。悪いのは、全《すべ》て俺です」

「当然じゃない」

素直《すなお》に非を認めるガイナスに、フォローしてやる気はないとメアリが一刀両断する。

それでも、『自分が悪い』と自覚しているあたりガイナスはまだマシな方である。転落した男達の中には「リリアンヌに誘《さそ》われて」だの「彼女が強引《ごういん》に迫《せま》ってきた」だのと醜《みにく》く言い訳をしている者もいるのだ。勿論そんな言い訳の効果などあるわけがなく、むしろ往生際《おうじょうぎわ》が悪いとさらに評価を落としているにすぎない。

「俺が身勝手で未熟だったせいで彼女を傷つけてしまった。……それでも、こうやって謝らせて貰《もら》えるだけ俺は恵《めぐ》まれています」

「まぁ、確かにそうよねぇ」

飲み物を差し出しつつメアリが頷く。

ガイナスに課された謝罪は確かに過酷《かこく》で苦行としか言えないが、それでも『パルフェットのそばで頭を下げ続ける』ことができるあたり、彼にはまだチャンスがあると言えるだろう。逆転劇を見せた令嬢達の中には、「もう二度と顔も見たくない」と言い切り、謝罪の機会すら与《あた》えない者もいるのだ。かと思えば、あっさりと婚約破棄《はき》を撤回《てっかい》し「これで浮気三昧《うわきざんまい》、豪遊三昧《ごうゆうざんまい》ね！」と相手の目の前で男を侍《はべ》らす者もいる。

どちらの男が幸せかと聞かれればどちらも地獄《じごく》と答えるしかない。なにせ両者とも日に日に窶《やつ》れ、目も当てられないほどなのだ。かつての人気はどこへやら、捨てたはずの女に情けなく縋る姿を晒《さら》し笑われる日々。

その点、まだガイナスは恵まれている。パルフェットの怒《いか》りこそいまだ冷めてはいないが、彼女はガイナスをそばに置き謝罪させ続けているのだ。それでいて見せつけるように男を侍らすこともなく、情けない姿を侮辱《ぶじょく》したり晒して笑うこともしない。あくまでそばに居させて無視を決め込むだけ。

許せないけれど離《はな》したくない。
傷つけたくないけれど許せない。

そんなところなのだろう。現に、以前冷やかし混じりに、
「それで、お兄様との会食はいつにするの？」
と尋《たず》ねたところ、彼女は慌てふためき、

「そんな！　だ、駄目《だめ》です！」

と首を横に振《ふ》っていたのだ。何がどうして誰《だれ》もが羨《うらや》むような会食が駄目なのか……。だが流石《さすが》にそこまで突《つ》っ込めば泣かれかねないと判断し、それ以上その話には触《ふ》れずにいた。――ちなみに、慌てふためくパルフェットを眺めているメアリの肩《かた》を背後から叩《たた》く者がいた。「メアリ様、その話詳《くわ》しく」と、真剣味《しんけんみ》を帯びたその声は言わずもがな野心家令嬢で、獲物《えもの》を狙《ねら》う狩人《かりゅうど》のような威圧感《いあつかん》にメアリも思わず頬《ほお》をひきつらせたほどである――

とにかく、結論から言えばいまだパルフェットの気持ちはガイナスにあるのだ。果たしてガイナスがそれに気付いているかは定《さだ》かではないが、このまま粘《ねば》り勝ちの可能性は高い。リリアンヌに惚《ほ》れてもなお崩《くず》さずにいた真摯《しんし》な態度が、自分が泥《どろ》を被《かぶ》ってでもパルフェットを傷付けまいとした不器用ながらも実直な姿勢が、結果的に彼に最後のチャンスを与えたと言える。

だからこそメアリもこうやってガイナスを気遣っていた。パルフェットが未練を隠《かく》しきれずにいるからこそで、これで彼女が他《ほか》の令嬢のように「もう要《い》らない」とガイナスを見限っていれば彼の顔色が土気色に染まろうが倒《たお》れようが見て見ぬ振りをしていただろう。友人を捨てた男を気にかけてやるほど情け深い性格はしていない。なにせ元祖悪役令嬢、今の温情もパルフェットが拾い上げようとしているからこそだ。

「とにかく時間を作ってあげるから、あの子がどうするか決めるまで謝り続けたいならひとまず今は休んでなさい」

「メアリ嬢、申し訳ありません……」

「あら、別に色ボケ男のためにしてるんじゃないわよ。勘違《かんちが》いしないでちょうだい」

冷たく言い切ってやると、ガイナスが僅《わず》かに息を呑《の》み「申し訳ございません」と頭を下げた。

それを見たメアリが小さく溜息《ためいき》をつきつつ、聞こえてきた声に腰《こし》をあげる。パルフェットとカリーナが戻《もど》ってきたのだ。楽しそうに笑う愛らしい声も今はタイムアップを訴《うった》えているようにしか聞こえない。だがガイナスの顔色はいまだ悪く、二人の声を聞いて慌てて立ち上がるも直ぐにバランスを崩して椅子に崩れ落ちてしまった。

「いったん外に出るからもう少し休んでなさい。戻ってくるときには合図するから、ちゃんと元の体勢に戻っておくのよ」

「……そんな、メアリ嬢にそこまでして頂くのも」

「あら、いいのかしら。私だって常に助け船を出せるわけじゃないのよ。次は三時間か四時間か、むしろ下校時刻まで謝り続けさせられるかもしれないわよ」

「お、お願いします……！」

脅《おど》しがきいたのか、ガイナスがサッと顔を青ざめさせる。それを見たメアリが小さく肩を竦《すく》め、「それじゃ」と一言残して声のする方へと向かっていった。

「あら、メアリ様どうなさったんですか？」

クッキーやスコーンの載《の》ったトレーを持ち、楽しそうに話しながら歩いてきたパルフェットとカリーナが首を傾《かし》げる。先程《さきほど》「足が疲れたから立ち上がりたくない」と言っていたメアリが迎《むか》えに来たのだ、疑問に思うのも当然だろう。

対してメアリは真相を言えるわけがなく、優雅《ゆうが》にニッコリと微笑《ほほえ》むと「天気もいいし、外に行きません？」と提案した。

「外に、ですか？」

「ええ、以前にこの大学の庭園が綺麗《きれい》だって聞いたことがあるの。確かとある生徒の家から寄贈《きぞう》された花が咲《さ》いてるとか……聞いたことのない花だから、一度見てみたいと思っていたのよ」

メアリが優雅に笑って告げればカリーナが頷《うなず》き、パルフェットがとびきり嬉《うれ》しそうに「勿論です！」と返した。

そんな二人の様子に、どうやら気付いていないようね……とメアリが心の中で安堵《あんど》を浮かべれば、それを見たカリーナが「メアリ様はお優《やさ》しいんですね」と笑った。思わずメアリが目を丸くさせ「な、なにが？」と口ごもってしまう。それすらも迂闊《うかつ》だったと悔《く》やめば、カリーナが誤魔化《ごまか》すように笑《え》みを強めた。何でもありません、と小さく返すその言葉の意味など聞くまでもないだろう。

対して、そんな二人の攻防《こうぼう》などまったく気付いていないパルフェットは「庭師がいたら説明を頼《たの》んできますね」と嬉しそうに従業員達のいる小屋へと向かっていった。小走り気味に急く姿は小動物が駆《か》けているようでなんとも愛らしい。――ここで小走り気味なあたりさすがパルフェットである。アリシアならば全力で走って、そして怒鳴《どな》られていたに違《ちが》いない——

そんなパルフェットの背中を見送りつつ、カリーナとゆっくりと歩く。

凛とした美しさ、風に揺《ゆ》れる黒髪《くろかみ》が彼女の気高さをより高め、その瞳《ひとみ》は迷いなどないと言いたげに真っ直ぐ前に向かっていた。

「……貴女《あなた》は」

「はい？」

「カリーナさんは、許すつもりはないようね」

誰を、とは言わないが彼女には伝わるだろう。

現にカリーナはメアリの言わんとしていることを察し、男ならば誰もが見とれるような美しさで笑うと「はい」と一言答えた。その瞳には一切《いっさい》の迷いも情けも感じられず、不変の意志を感じさせる。

「ガイナス様なんか知りません！　許したりなんかしません！」とプクと頬を膨《ふく》らませ、目の前にいる本人に対しわざとらしく顔を背《そむ》けるパルフェットとは大違いである。

「婚約《こんやく》を破棄《はき》されたからとか、裏切られたからとか、そういうことではないんです。私は私のために彼等を許さないんです」

ニッコリと美しい笑みを浮《う》かべるカリーナに、メアリが「あら怖《こわ》い」と冗談《じょうだん》混じりに返した。

——もっとも、カリーナが元婚約者相手に放った逆転の一撃《いちげき》は到底《とうてい》「あら怖い」の言葉では済まされないのだが――

「きっと理解頂けないと思うんですが、それが私の為《ため》なんです」

没落《ぼつらく》を回避《かいひ》するため、とは流石《さすが》に言えないのか。カリーナが淡々《たんたん》と、そしてゲーム部分をぼやかして話す。

どうやら彼女の中でメアリは『ゲームの話をしても通じない人物』つまり『前世の記憶《きおく》のない人物』として分類されたようだ。まぁ、これだけゲームと違う人生を歩み、更《さら》に言えばパルフェットの為だけに今回の騒動《そうどう》に首を突っ込んだのだからそう判断されても仕方ないだろう。むしろいったいどうしてメアリが『前世の記憶があり、それを利用して没落を目指していた』などと考えられるのか……。あまりに現状が真逆すぎる。

だがそんな自分の有り様は棚《たな》に上げ「私の演技力もなかなかね」とメアリが内心で誇《ほこ》れば、カリーナが小さく「でも……」と呟《つぶや》いた。

「でも私、リリアンヌさんを理解できないわけじゃないんです」

「あら、どうして？」

「私と彼女は似ている部分があって……なんて説明したらいいのか分からないんですが、私も彼女も手遅《ておく》れな恋《こい》をしていたんです」

ザァ……と風が吹き抜《ふぬ》け、カリーナの黒髪を揺らす。銀糸の髪を押さえたメアリが小さく「やっぱり」と呟きつつ、それでも何も知らなかったと言いたげに「それは辛《つら》いわね」とだけ返した。

カリーナもリリアンヌも、前世の記憶が蘇《よみがえ》ったのはゲーム開始直後、もしくは直前あたりなのだろう。リリアンヌがパトリックに会うために逆ハーレムルートという手段に出て、対してカリーナが急いで仲間を集めていたあたり、そう十分な時間が与《あた》えられていたとは思えない。なにより、仮にもっと早く前世の記憶が戻っていれば、彼女達は別の手段でパトリックに近付いていたはずなのだ。だが今まで他のどの令嬢《れいじょう》よりパトリックの近くにいたメアリが彼女達の存在を知らずにいた。

他の手段が許されないほど、ゲーム直前に記憶が蘇った。

そしてその時既《すで》に、パトリックの隣《となり》にはアリシアが居た。

だからこそ彼女達は逆ハーレムエンドに頼《たよ》るしかなかったのだろう。そうでもしなければパトリックに出会えない、出会えたとしても只《ただ》の令嬢にしかなりえない。だが、たとえその先が描《えが》かれていなくてもゲームの力に縋《すが》ればもしかしたら……。

そんな手遅れな恋を実らせるためにリリアンヌは早急に攻略者《こうりゃくしゃ》を落とし、カリーナはそんな彼女を警戒《けいかい》しつつ泳がせていた。

もっとも、メアリを『ゲームの記憶のない人物』と認識《にんしき》したカリーナは詳細《しょうさい》はぼやかし「もっと早く気付けばよかった」「違う形で知り合う術《すべ》を探せば良かった」と呟くように語るだけである。後悔《こうかい》を感じさせるその声色《こわいろ》は彼女らしくない。

「それで、同じ境遇《きょうぐう》のリリアンヌさんはどうなさるつもり？」

「共感は出来るけど、許しはしません。どこか遠く、私とはまったく関係ない場所に行ってもらおうと考えてます」

「つまり追放ってことね」

「えぇ、二度と私の前に現れないように……」

「それなら私とっても良い場所を知ってるの」

眉《まゆ》をひそめ厳しい表情を浮かべるカリーナに、対してメアリがパッと顔色を明るくさせた。まるで名案があるとでも言いたげな、嬉しそうにすら見えるその反応にカリーナが思わず目を丸くさせる。

「良い場所、ですか？」

「お母様方の親族が管理しているんだけど、とっても厳しい全寮制《ぜんりょうせい》の大学なの。私から話をすれば、卒業後も徹底的《てっていてき》に監視《かんし》してくれるはずよ」

「……そうですか、それなら流石《さすが》の彼女も戻ってこれないですね」

「えぇ、もう出られないわ」

「……え？」

微妙《びみょう》にニュアンスを変えたメアリの言葉に、カリーナが問い返すように視線を向けた。

キョトンと丸くなった漆黒《しっこく》の瞳、「どういう意味ですか？」と問いたげに首を傾げれば黒髪がハラと揺れる。その表情と仕草が面白《おもしろ》く、メアリが悪戯っぽくニヤリと口角を上げた。

「ここからずっと遠くの……北の大地にある大学なの。追放するには最適でしょ」

そうメアリが皮肉気に笑えば、カリーナがゆっくりと瞳を見開き小さく息を呑《の》む。

「メアリ様、貴女もしかして……」

言い掛《か》けたカリーナの言葉に、遠くから呼ぶパルフェットの声がかぶさった。


それから数日後、メアリは一通の封筒《ふうとう》を手にエレシアナ大学の理事長室前に立っていた。扉《とびら》から漂《ただよ》う空気は重苦しく、中で重要な話し合いが行われているのがヒシヒシと伝わってくる。普通《ふつう》の生徒であれば背筋を正してひたすら待つか、臆《おく》して他《ほか》の教室に逃《に》げ込むかしてしまっただろう。だがそんなことに動じるメアリ・アルバートではない。先日見たカリーナの悪役令嬢ぶりを思い出し仁王立《におうだ》ちの練習をして時間を潰《つぶ》していた。

そうしてしばらく待てば、ガチャと音がして扉がゆっくりと開かれる。中に残る者に挨拶《あいさつ》をする気落ちした声と共に出てきたのは……リリアンヌ。先日までの男達に愛される可憐《かれん》な少女の面影《おもかげ》は無く、暗い表情で最後に一礼するとクルリと振《ふ》り返り、メアリの姿を見るやいっそう表情を青ざめさせた。

「ごきげんよう、リリアンヌさん」

「……ご、ごきげんよう。メアリ様」

優雅《ゆうが》に挨拶するメアリに対しリリアンヌは声をどもらせ、視線も退路を探すように彷徨《さまよ》う。

男達という後ろ盾《だて》を無くした彼女にとってメアリ・アルバートは対峙《たいじ》するだけで畏怖《いふ》を感じてしまう存在なのだ。

それが分かっているからこそ、メアリは更に高慢《こうまん》な態度をとってやろうと足幅《あしはば》を整えながら仁王立ちで胸を反らした。仕上げに肩《かた》にかかった銀の髪を軽く払《はら》えば、誰《だれ》がどう見ても気の強い令嬢だ。惚《ほ》れ惚《ぼ》れするほど完璧《かんぺき》である。数分前まで「もう少し足幅は広い方が良いかしら……あら、これ結構内股《うちまた》が痛いわ」と微調整《びちょうせい》を繰《く》り返していたなどと誰も思うまい。

そんなメアリの悪役令嬢ぶりにリリアンヌが臆するように身を縮める。怯《おび》えを孕《はら》んだ瞳には以前のような不敵さは無く戸惑《とまど》いしか宿していない。ゲーム通りに進めたはずがまったく別の結果になってしまったのだから戸惑うのは当然、ゲームの領域を出たこれからの人生に不安しかないのだろう。それを見てメアリが小さく笑い、持っていた封筒を差し出した。

「理事長から聞いているでしょ。貴女《あなた》の処分について、私が手配させてもらったわ」

「……はい、わざわざ有り難《がと》うございます」

項垂《うなだ》れるように視線を落としリリアンヌが封筒を受け取る。そこに入っているのは彼女の向から先、北の大地への手配書である。向こうの学校への転入届も入っており、それを手にしたリリアンヌがまるで重いと言いたげに両手で支えた。

顔色は青ざめ瞳《ひとみ》には光もない。敗者と額に烙印《らくいん》でも押されたかのようなその反応に、思わずメアリが肩を竦《すく》めた。

「カリーナさんも貴女も、ひとの親戚《しんせき》が管理する場所に対してちょっと失礼じゃないかしら」

「……え？」

「確かに地方ではあるけど観光地としては優《すぐ》れた場所よ。渡《わた》り鳥は見ものだし……ひと財産築ける可能性もあるし」

「でも、北の土地は……」

「そりゃ不便だけど二人なら悪くないわ」

わざとらしく『二人なら』と強調して話すメアリに、リリアンヌが意図が分からないと首を傾《かし》げた。だが次の瞬間《しゅんかん》に彼女の目がゆっくりと見開かれたのは、封筒の中の書類が『二人分』あることに気付いたからだ。手配書に書かれた名前を読んだのか、小さく呟かれた「なんで」という言葉が僅《わず》かに震《ふる》えている。

きっと一人で、それこそ『ドラ学』で追放されたメアリのように一人きりで北の大地に追いやられると思っていたのだろう。だからこそ敗者の空気を漂わせ、まるでこの世の終わりとでも言いたげに項垂れていたのだ。

だがそこにもう一人の名前を見つけ、彼女の瞳がゆっくりと輝《かがや》きを取り戻《もど》し、そして同時に潤《うる》み始める。いかに男を侍《はべ》らせ各婚約者の令嬢達に喧嘩《けんか》を売ろうとリリアンヌも一人の少女、ここまで追い込まれれば開き直ることも出来ず、だからこそ救いの手に気付けば瞳も潤むというもの。その姿に思わずメアリが小さく笑《え》みを零《こぼ》した。

「ゲームは終わりよ、リリアンヌさん」

「えっ……メアリ様……？」

「全部話したからもう小細工は通用しないわ。これから先は貴女が頑張《がんば》りなさい」

クツクツと笑いながらメアリが踵《きびす》を返して歩き出す。フワリと揺《ゆ》れる銀の髪とコツコツと靴《くつ》底《ぞこ》が廊下《ろうか》を叩《たた》く音が退場シーンをより深く演出してくれている。これで取り巻きを後ろに控《ひか》えさせていれば完璧だったかしら……と思えど、涙目《なみだめ》で震えるパルフェットでは迫力《はくりょく》に欠けるし、カリーナでは逆に喰《く》われかねない。野心家令嬢に至ってはメアリの方が震えあがりそうで遠慮《えんりょ》したいところである。

そんなことを考えつつメアリが廊下を歩いていると、向かいから一人の男性が小走りでやってきた。センスの良い正装に質の良いトランクケース、大きめの荷物は大学の廊下には似付かわしくないが、まさに今日これから大学を発《た》つのだから仕方あるまい。

足早に歩いてきた彼はメアリに気付くとその足を緩《ゆる》め、深く一度頭を下げた。もちろんメアリもスカートの裾《すそ》を摘《つま》んで優雅に腰《こし》を落として返す。

「メアリ嬢、留学先でこのような騒動《そうどう》に巻き込んでしまい申し訳ありませんでした」

念を押すように頭を下げられメアリが肩を竦める。確かに隣国《りんごく》の令嬢を留学生として迎《むか》えておいて騒動に巻き込んだのだからエレシアナ大学の面目《めんぼく》丸つぶれもいいところだ。幸いメアリは今回の件を大事《おおごと》にする気はないが、これが本当に『我儘《わがまま》で気位が高い令嬢』であったなら理事長だってその椅子《いす》を去らざるを得なかっただろう。

それを原因の生徒を処分するだけで留《とど》めておいたのだ。そのうえ生徒の編入手続きまで手配してやったのだから温情とさえいえる。もっとも、メアリとしては皮肉のためにリリアンヌを北の大地送りにしてやったのだが、そんなことを他者が察するわけがない。むしろ『自分に無礼を働いた庶民《しょみん》出の少女を見捨てない情の厚い令嬢《れいじょう》』と陰《かげ》で言われていたのだが、メアリは気付かずにいた。

「気になさらないでください。でも、講義を最後まで受けられなかったのはとても残念です」

「そういって貰《もら》えて光栄です。メアリ嬢は特に講義を熱心に聞いてくれましたから教える身として残念に思います。なにかあれば遠慮なく連絡《れんらく》をください」

「ええ、頼《たよ》りにしています」

そうメアリが微笑《ほほえ》んで告げつつチラと背後を横目で見やる。「早く行ってあげなさい」と視線で訴《うった》えれば、それを察したのだろう男が最後に一度頭を下げて小走りに去って行った。

その先にいる一人の少女のため。間違《まちが》えた道を進み罰《ばつ》せられ遠く離《はな》れた北の大地へと追いやられる少女のため……。トランクケース一つを手に彼女を迎えに行くその姿はまさに男そのものので、メアリが肩を竦めて苦笑《くしょう》を浮《う》かべた。

軽い男だなどと考えてしまったことを心の中で詫《わ》びる。ゲームのことも前世の記憶《きおく》も全《すべ》て説明し、それでも彼はリリアンヌを追うことにしたのだ。並大抵《なみたいてい》の男が出来る決断ではなく、その決断もまたゲームの領域を超《こ》えている。彼とリリアンヌがどうなるかはさすがのメアリも分からない。

ただ、泣きながら彼の手を取るリリアンヌの姿を見るにそう悪いことにはならないだろう。

「だから言ったじゃない、二人ならそれも悪くないって」

そう背後の二人に告げながら、コッコッと小気味よい音を響《ひび》かせて廊下を進んでいった。

第五章

メアリがリリアンヌに突《つ》き飛ばされた時、あの瞬間に聞こえてきたガチャンという音は案の定アリシアから貰ったブレスレットが割れる音で、錆色と銀色の飾《かざ》り玉が二つヒビ割れ欠けてしまっていた。

そもそも、このブレスレットは前作『ドラ学』の公式グッズであり、自分好みに飾り玉の配色を決められることで人気のあった代物《しろもの》だ。メアリ・アルバートを示す銀色の飾り玉こそ前世では存在していなかったが、アディを示す錆色はメアリの記憶にもある。もっとも、今はその飾り玉の色や組み合わせが問題ではない、重要なのはこの品物が飾り玉を組みかえられるということ。記憶の限りでは購入後《こうにゅう》に色を変えたり、サイズを合わせた飾り玉を自分でつくって組み合わせていた者もいたはずだ。

つまり、なにが言いたいかと言えば……。

「割れた分だけ買えば組みかえられるはずなのよ」

そう告げるメアリに、なるほどとアディが頷《うなず》いた。

ちなみに場所は市街地。以前に買い物に来た時と同様、ど真ん中に君臨している。

「確かに、元々組み合わせてつくる品物なら飾り玉さえ買えば修理できますね」

「そうでしょ。というわけで、さっさと買いに行くわよ」

「はい、かしこまり……」

かしこまりました、と言い掛《か》け、アディがふと言葉を止めた。

まるで何かに気付いたようなその表情に、メアリが彼を見上げる。錆色《さびいろ》の瞳はメアリではなくその背後を見ているようで、いったいなにを見ているのかと振《ふ》り返ろうとして……、

「メアリ様！　こんにちは!!」

と、背後にピッタリとくっついて大声をあげるアリシアに、メアリが盛大に体を跳《は》ね上がらせ「ひっきゃぁぁあ！」と甲高《かんだか》い悲鳴をあげた。

「な、なによ！　なんで居るのよ！」

「アディさん、こんにちは！」

「こんにちはアリシアちゃん。今日は買い物？」

「お父様とお母様と市街地の視察に来てたんです。そうしたらメアリ様の姿が見えて」

「だ、だからってなんで背後にいたのよ！」

よほど驚《おどろ》いたのかアディにしがみつきながら訴えるメアリに、対してアリシアはメアリがここまで喚《わめ》く理由が分からないと言いたげにコテンと首を傾げた。紫色《むらさきいろ》の瞳が丸くなり「どうして怒《おこ》ってるんですか？」とでも言いたげである。

「だって、走って近付くとメアリ様怒るじゃないですか」

「だからって人の背後に立って大声出していいわけじゃないでしょ！」

喚くメアリに、対してアリシアは未《いま》だ不思議そうな表情を浮かべている。どうやら本当にメ

アリが驚いた理由が分からないらしく、見かねたアディが仲介《ちゅうかい》すべく苦笑を浮かべつつメアリを宥《なだ》めた。アディの腕《うで》にしがみつき、混乱のままに喚くメアリはさながら尻尾《しっぽ》が膨《ふく》らみ逆毛だった猫《ねこ》である。もっとも、油断していたところを大型犬に飛びつかれたらどの猫だってこうなるだろう。

「お嬢、とりあえず落ち着いてください」

「そ、そうね……この子相手に喚くだけ無駄《むだ》なのよね。会話の半分通じれば良い方だって、そう考えるようにしたんだったわ」

「なに意思の疎通《そつう》を諦《あきら》めてるんですか」

「それに、この子が突然《とつぜん》現れるのは今に始まったことじゃないし……」

そう自分に言い聞かせつつメアリがアディから離れる。その際にムギュと足を踏《ふ》むのは、言わずもがな「この子の接近に気付いてたんなら言いなさいよ」という意味である。足を踏むだけにとどめたのは、これまた言わずもがな文句を言ったところで流されるからだ。

そうして改めてアリシアに向き直り、令嬢らしく「ごきげんよう、アリシアさん」とスカートの端《はし》をつまみ上げて頭を下げた。先程《さきほど》の甲高い悲鳴はどこへやら、なんとも立派な令嬢の挨《あい》拶《さつ》ではないか。それに対してアリシアも嬉《うれ》しそうに同じ仕草で返し「普通《ふつう》の挨拶が出来るなら最初からそうしなさいよ！」というメアリの文句を聞き流してメアリとアディを交互《こうご》に見やった。

「お二人は今日はお買い物ですか？」

「ん？　うん……まぁ、そんなところかな」

そうアディが言いよどむのは、言わずもがな今日の目的がメアリのブレスレットの修理であり、そしてそのブレスレットが他《ほか》でもないアリシアから貰ったものだからである。

『不可抗力《ふかこうりょく》とは言え人から貰ったものを破損させた』

さすがにそれを本人に言うのは……とアディがメアリに視線を向ければ、彼女はさも当然と言いたげに、

「貴女《あなた》から貰ったブレスレットを割ってしまったの」

とハッキリと説明していた。

「そうなんですか？」

「ええ、ほらこの通り」

鞄《かばん》から小さな袋《ふくろ》を取り出し、さらにその中から布の包みを取り出す。

上質のハンカチの包み。それを開けば中にはアリシアの手首に嵌《は》められているものと色違《いろちが》いのブレスレットがあり、メアリが破損箇所《かしょ》を示すように傾《かたむ》ければ、錆色と銀色の飾り玉が一つずつ無惨《むざん》にヒビ割れていた。

「あらら、見事に割れてますね」

「安心なさい、仇《かたき》はとったわ」

「……仇？　あ、それでメアリ様は修理しに来たんですね」

メアリが市街地に来た理由を察し、アリシアが顔を上げる。

そうしてすぐさまメアリの右腕《みぎうで》を掴《つか》むものだから、これには腕をとられたメアリはもちろん、隣《となり》でそのやりとりを眺《なが》めていたアディもキョトンと目を丸くさせた。

「な、なによ……」

「さぁ、行きましょう！」

「……はぁ⁉」

なんで貴女と！　とメアリが喚くも、アリシアが目的の店へと向かってメアリを引きずり始める。おまけに、どういうわけかアディまでもがメアリの左腕を掴み、アリシアの誘導《ゆうどう》に従いつつメアリを引きずり始めるのだ。

さすがにメアリ・アルバートといえど、二人に引きずられては抵抗《ていこう》など出来るわけがない。というか、アリシア一人でも力では負けてしまうのだ。

「アディ！　あなたまで……この裏切り者！」

「はいっ！」

「だから毎度このやりとり……認めるの⁉　やめてよ、今あまり余裕《よゆう》がないんだから変化球に対応できないのよ！」

「メアリ様！　ほら、あのお店ですよ！」

「分かったから、一緒《いっしょ》に行くから！　だから引きずらないで！」

キィキィと喚くメアリを、右腕はアリシアが、左腕はアディが掴み、一軒《いっけん》の雑貨屋へと引きずり込んだ。

そうして入った店内はさほど広いとは言えず、むしろ市街地の中でもこぢんまりとした造りをしていた。それでも店内は可愛《かわい》らしい雑貨で溢《あふ》れかえり、まさに女性が好みそうな雑貨屋である。

元々庶民《しょみん》のための店なのだ。そこにアルバート家の令嬢《れいじょう》と王女が現れれば――それも、引きずり引きずられの体勢で現れれば――店内が騒然《そうぜん》とするのも仕方なく、店長らしき女性が店の奥から出てくるや緊張《きんちょう》した面持《おもも》ちで応対し始めた。――その応対も丁寧《ていねい》といえどいかにも一般《いっぱん》の店といった応対で、生まれてこのかたアルバート家令嬢として最高級の優遇《ゆうぐう》を受けていたメアリからしてみれば無礼に当たりかねない……のだが、いったいどうして王女と従者に引きずられて入店した身でそんな些細《ささい》なことを気にかける余裕があるというのか――

「ほ、本日はどうなさいましたか……？」

「ちょっとね、これなんだけど」

そう告げて、メアリが先程同様ハンカチで後生大事に包んだブレスレットを差し出す。

それを見た店長が目を丸くさせたのは、アルバート家令嬢が差し出すのが自分の店のブレスレットだからである。最高級品をオートクチュールで身に着けるのが当然の貴族の令嬢が、只《ただ》の雑貨屋のそう高くもないブレスレットを手に、おまけに「直るかしら？」と不安げな表情を浮《う》かべている……。これには店長も目を丸くさせ、次いで慌《あわ》てて彼女の隣に立つ王女に視線を向けた。彼女の手首には色違いのブレスレット……。

「ま、まさかお二人ともうちの店のブレスレットを……？」

と、信じられないと言いたげに口にする。いったいどうしたら、国を代表する二人の女性が自分の店のブレスレットを愛用していると思えるのか……店内に当人達が居なければ「見た目こそ似ているがきっと桁《けた》が違《ちが》うに決まっている」と決めつけていただろう。

だが現にメアリはハッキリと店長に向かって修理の不可を尋《たず》ねているし、それどころか王女が「お揃《そろ》いなんですよ」と嬉しそうに笑っている。

これはいったいどういうことか……と、店長はおろか話を聞いた店員や周囲の客が唖然《あぜん》としていると、そんな彼等の気持ちを察したアディが溜息《ためいき》をつきつつ、店長の肩《かた》をポンと叩《たた》いた。

「このお二人はその……ちょっと、変わっているんです」

と。その言葉に対して二人分の「変わってるってどういうこと⁉」という文句があがったが、哀《あわ》れ店長は目眩《めまい》を起こしかけそれどころではなかった。

そうして理解が追いついていない店長を一人の店員が店の奥へと連れて行き、アクセサリー担当が応対についてメアリの持つブレスレットを恐《おそ》る恐る覗《のぞ》き込んだ。

「これは……見事に割れてますね」

「安心してちょうだい、仇はとったわ」

「……か、仇？　いえ、あの、このお品物なら飾《かざ》り玉を交換《こうかん》することが可能なんですが……ですが……と言い淀《よど》む店員に、メアリが不思議そうに首を傾《かし》げた。

「申し訳ないんですがこちらのお色はただ今在庫を切らしておりまして……」

「あら、そうなの？」

「はい、大変申し訳ございません。ほかのお色でしたらご用意があるんですが」

貴族の令嬢、それもアルバート家の令嬢が望んでいるものを提供できないからか、眉尻《まゆじり》を下げて申し訳なさそうに頭を下げる店員にメアリが困ったようにブレスレットに視線をやった。

メアリとアディを示す銀色と錆色《さびいろ》の飾り玉。これを受け取った当初は「きっとあの子《アリシア》はお金がないから二色混ぜたのね！」と鈍感《どんかん》も良《い》いところな発言をしたのだが——当時を思い出すと恥《は》ずかしくて穴を掘《ほ》って飛び込みたくなるので、あまり思い出さないでおく——今はアリシアがどういう気持ちでこれを渡《わた》してくれたのか分かる。分かるからこそ、銀色と錆色でなくては意味がないのだ。

そう考えつつ、店員が申し訳なさそうに持ってきた在庫を覗き込み、その中にしまわれた飾り玉にメアリがふと視線をとめた。


「お嬢、直せましたか？」

「メアリ様、どうでした？」

店先で待っていた二人に、受け取ったブレスレットをスカートのポケットにしまいこんだメアリが「お待たせ」と返す。

……が、その途端《とたん》に三人が黙《だま》りこんでしまうのは、もちろんアディとアリシアは修理をし終えたブレスレットを見せてくれるものだと考えていたからで、対してメアリはわざとらしくそっぽを向く。その白々しさといったらなく、アディとアリシアが思わず顔を見合わせた。

「な、なによ。ほら、さっさと帰るわよ」

「メアリ様……ブレスレットは？」

「直ったわよ。それで良いでしょ、貴女もさっさと帰りなさいよ」

冷ややかに言い放つメアリに、いよいよもって様子がおかしいとアディとアリシアが首を傾げる。

そうしてどちらともなく視線を交《か》わし合い、一人先に歩き出そうとするメアリの腕《うで》をアディが掴み、店と店が並ぶ隙間《すきま》の通りへと強引《ごういん》に連れ込むと後ろから抱《だ》きしめた。

「ア、アディ⁉」

「お嬢……」

「な、なによ！　人に見られたらどうするのよ！」

「大丈夫《だいじょうぶ》です。ここは死角になってますし」

「だからって……」

腕ごと包み込むように抱きしめてくる強引さに、メアリが言葉を詰《つ》まらせる。背中に触《ふ》れるアディの温かさに、体を締《し》め付ける逞《たくま》しい腕に、耳元から聞こえてくる甘い声に、身動き取れないほどきつく抱きしめられていることに、心臓が跳《は》ね上がって落ち着かないのだ。

なにより、こんな公共の場で触れ合うなどメアリからしてみれば恥ずかしいの一言に尽《つ》きる。

……が、その恥ずかしさもまた胸を高鳴らせ、メアリがうっとりとしつつアディを柔《やわ》らかく咎《とが》めた。今まで公共の場でイチャつくカップルには総じて『色ボケ』という称号《しょうごう》を授《さず》けていたが、実際に自分がそちらにまわってみれば背徳感が更《さら》に胸を高鳴らせているのだ。

「ま、まったく、なにを考えてるのよ……アリシアさんもいるのよ？」

「お嬢……」

「アディ……」

「いまだアリシアちゃん！　目的のブッはスカートの右ポケットとみた!!」

「了解《りょうかい》ですアディさん！　メアリ様、失礼します！」

「しまった！　これは抱擁《ほうよう》じゃない、拘束《こうそく》！」

放して！　と叫《さけ》ぶメアリを無視して、アリシアがメアリのスカートのポケットに手を突《つ》っ込む。そうして取り出したブレスレットは、壊《こわ》れる以前と同様に銀色と錆色が交互《こうご》に飾られ……、

二つだけ、金色と藍色《あいいろ》の輝《かがや》きを放っていた。

「メアリ様……」

金色と藍色の飾り玉を交えたブレスレットを手に、アリシアがメアリに視線を向ける。背後からメアリを抱きしめ……もとい拘束していたアディもまた同様に視線を向けるも、メアリはその視線が煩《わずら》わしいと言いたげに二人から顔を逸《そ》らしてしまう。

その頬《ほお》が若干《じゃっかん》赤くなっているのは言うまでもないが、流石《さすが》に今ここでそれを指摘《してき》してやる者は居ない。

「お嬢、これって」

「なによ！　ただ元々の色が品切れで、この色ならまだ残ってるって言うから見繕《みつくろ》っただけよ！　べ、別に他意なんて何も無いんだからね！」

「なんて分かりやすい……」

「何がよ、何が分かりやすいって言うのよ！　本当に何も意識なんかせず、偶然《ぐうぜん》ちょっと目についたからこの色でいいやって思っただけなんだから！」

キィキィと喚《わめ》くメアリの天の邪鬼《じゃく》さに拘束したままのアディが小さく溜息をつく。対してアリシアはしばらくブレスレットを眺《なが》めた後、何か思いついたのかパァと瞳を輝かせた。

そうして「私、お店に予約してきます！」と嬉《うれ》しそうに走っていくのは、言わずもがな品切れ中の飾り玉が入荷《にゅうか》したら購入《こうにゅう》するためである。メアリのブレスレットが銀色と錆色の中に金色と藍色が追加されたように、アリシアの持つ金色と藍色のブレスレットにも銀色と錆色を交えるのだ。その色が各々《おのおの》を示していることなど今更《いまさら》言わなくても分かるだろう。現にメアリは頬を赤くさせながら「真似《まね》っ子！」とまるで子供のような暴言をはいている。

そうして、アリシアが走って店に戻《もど》ってしばらく。

いまだ背後から抱きしめ…ではなく拘束してくるアディを、メアリが恨《うら》めしげに横目で睨《にら》みつけた。

だがそんなメアリの眼力もまったく効果なく、アディは妙《みょう》に嬉しそうににやけている。それに対してメアリが、過去幾度《いくど》となく恋人《こいびと》を溺愛《できあい》するパトリックに対して告げた「色ボケ」という言葉を今度は背後にいるアディに浴びせてやるが、これもまた効果などあるわけがない。

「お嬢《じょう》、大変です」

「なによ、まだ何かあるの？」

「俺、先日結婚《けっこん》したんですけど、奥さんがどうしようもなく可愛《かわい》いんです」

どうしましょう、と更に強く抱きしめられながら問われ、メアリがポッと頬を染めつつ溜息をついた。

「そう、それならアルバート家の令嬢であるメアリ・アルバートから、先日結婚したっていう従者の貴方《あなた》に良いことを教えてあげる」

「はい？」

「貴方の溺愛する奥様は、美味《おい》しいケーキと温かい紅茶をご所望《しょもう》みたいよ」

そう、彼の胸元《むなもと》に後頭部をグリグリと押し付けて甘えてみせれば、嬉しそうなアディの「それは良いことを聞いた」という声が返ってきて、メアリが甘ったるさに溜息をついた。

そんな買い物も終わり、夕食を済ませてエレシアナ大学に戻る準備を整える。――当然のように夕食を共にしようとするアリシアをなんとか王宮に帰して、帰宅の準備をし、なぜか再び舞《ま》い戻ってきたアリシアをパトリックに迎《むか》えに来させ……と疲労《ひろう》は溜《た》まるが毎度のことなので慣れもした――

そうしていざ馬車に乗り込もうとしていたメアリがその名を呼ばれ、ふと振《ふ》り返れば父親の姿。多忙《たぼう》であまり見送りに出て来られない父にいったいどうしたのかと首を傾《かし》げれば、彼はコホンと咳払《せきばら》いをしてメアリに視線を落とした。アルバート家当主、と考えれば誰《だれ》もが畏縮《いしゅく》しそうなものだが、娘《むすめ》であるメアリは今更緊張《いまさらきんちょう》も何もない。応《こた》えるように真っ直《す》ぐに見つめ返し「お父様、どうなさったの？」と首を傾げた。

「ダイス家のパトリックから聞いて耳を疑ったよ、エレシアナ大学でとても親しい友達が出来たらしいじゃないか」

「えぇ、出来たわ。というか何で耳を疑うのかしら」

「良い子なのか？」

「えぇ、とても良い子よ」

「お前は変わりも……気が強いところがあるから、泣かせていないか心配だな」

「泣かせるとか以前に泣いてる子よ」

「そうか……」

メアリの説明に若干の疑問を抱《いだ》いたような表情を浮《う》かべつつ、アルバート家当主が再びコホンと咳払いをして話を改めた。

「メアリ、大事な友人がいるのなら、招待状は直接自分で渡しなさい」

「直接……？」

どうして？　と不思議そうにメアリが首を傾げるのは、招待状をばら撒《ま》く準備が既《すで》に整っているからだ。

上質の紙に美しい文字を走らせアルバート家の家紋《かもん》を刻んだ封蠟《ふうろう》で閉じた招待状は数日後には国中どころか諸外国の各家に届く予定である。……結婚相手はいまだ隠《かく》したままだが。

「アルバート家令嬢の知り合いではなく、メアリの友達なんだろう、それならきちんと手渡《てわた》しするんだ」

せっかく出来た友達なんだから、と念を押してくる父に、メアリが数度瞬《まばた》きを繰《く》り返した後、言わんとしていることを察して照れくさそうに「そうね」と頷《うなず》いて返した。アルバート家令嬢の結婚報告ではなく、只《ただ》のメアリが友達に結婚の報告をするのだ。嬉しくて、そしてなんとも照れくさい。

そんなメアリを微笑《ほほえ》ましく見守り、次いでアルバート家当主が彼女の横に立つアディに視線を向けた。元より主従の関係があり、そのうえ義父という新たな関係が上乗せされたからか妙に緊張した面持《おもも》ちで背筋を正している。

「アディ、お前も親しい者には招待状を渡して良いんだぞ」

「……旦那《だんな》様」

「結婚相手を隠すとは言え、お前にも招きたい友人がいるだろう。流石にばら撒けとは言えないが、親しくしている友人には是非《ぜひ》来てもらいなさい」

「旦那様……！　なんてお優《やさ》しい！」

一瞬《いっしゅん》にして義父に瞳《ひとみ》を輝かせるアディに、対極的にメアリの目が死んだ魚のように濁《にご》る。かねてから彼の当主贔屓《びいき》を気持ち悪いと思っていたが、関係が新しくなって改めて『とても気持ちが悪い』と思う。――おまけに、最近ではこの初期症状《しょうじょう》がパトリックにも見受けられ、メアリは以前より増してうんざりしているのだ――

だがそんな義父の気遣《きづか》いに対し、アディは「お心遣いありがとうございます」と深々と頭を下げた後、困ったように眉尻《まゆじり》を下げて「ですが……」と続けた。

「ですが、その……俺の友人は」

「アディ、貴方さては友達が居ないのね！」

「お嬢と一緒《いっしょ》にしないでください」

「アディ⁉」

「メアリ、何でも自分を基準に考えるものじゃないぞ」

「お父様⁉」

二人からバッサリと容赦《ようしゃ》なく切り捨てられ、メアリが胸元を押さえる。これはさすがに傷付いたわ……と自己回復のためにしばらく口を挟《はさ》むまいとアディの続く言葉を待つと、彼は少し言い難《にく》そうに視線を泳がせた後、ゆっくりと口を開いた。

「俺も、何人か呼びたい友人はいるんです。ですが……」

「何か問題があるのか？」

「その……俺の友人はみんな他家で働いてまして、今回のパーティーの事を聞くや『アルバート家は金払《ばら》いが良い！』って、喜んで手伝いに応募《おうぼ》してるんです……」

みんな当日会場に居ます、と遠い目で告げるアディに、アルバート家の二人が揃《そろ》えたように視線を逸《そ》らした。

予定されているパーティーの規模はかつてないほどで、通常アルバート家に勤めている者達では手が足りず、故《ゆえ》に他家から給仕《きゅうじ》やメイドの手伝いを募《つの》っていた。貸す側の家もこれでアルバート家に恩を売れると喜んで手伝いに寄越《よこ》してくれる。使われる側も、元より評判のいいアルバート家の更《さら》に祝い事なのだからこれは給料を奮発するだろうと踏《ふ》んでいる。

それがまさかアディの友人だなんて……とメアリが視線を逸らしつつ、それでもなんとか、

「頼《たよ》りになるわね」

と精一杯《せいいっぱい》のフォローを入れた。

そんな気まずい空気を破ったのはアルバート家当主の咳払いである。アディの件についてあえて触《ふ》れず改めてメアリに向き直り、仕立ての良い上着の内ポケットから招待状を取り出した。

「メアリ、エレシアナで友達に渡してきなさい」

「ありがとう、お父様」

そう仲睦《なかむつ》まじく親子で微笑み合い、メアリが一通の招待状を受け取る。

一通の。

……そう、たった一通。


「お父様、私もう少し友達が出来たのよ」

「……一人じゃないのか⁉」

「その驚愕《きょうがく》はどういうこと⁉　私だって友達ぐらい作れるのよ、一人じゃないわ！」

「そうか、メアリも大人になったな。それじゃあ、友達みんなに渡して来なさい」

そう言いながら――そして若干《じゃっかん》の驚愕の色を残しつつ――再び招待状を差し出す父に、メアリが優雅《ゆうが》に微笑んで受け取った。

その数、二通。

おまけに「一通は理事長に渡しておいてくれ」という一言付きなのだから、これは実質一通である。

これには流石《さすが》にメアリの堪忍袋《かんにんぶくろ》の緒《お》が切れるというもので「お父様ひどい！」と叫《さけ》びながら父の上着から招待状を引ったくって馬車に飛び乗った。「見てなさい！　当日は私の友達でいっぱいにしてやるんだから！」という捨て台詞《ぜりふ》のなんと情けないことか……。

「それで十通くらい奪《うば》ってきたんだけどね、よくよく考えるとそんなに渡す相手も居ないのよね」

「と、とても賑《にぎ》やかで……その、楽しそう…ですね」

メアリから渡された招待状を大事そうに両手で持ちながら何とかフォローを入れようとするパルフェットに、紅茶を飲みながら家でのやりとりを語っていたメアリが溜息《ためいき》をついた。去り際《ぎわ》に奪ったものと事前に渡されたものを合わせると招待状は十通。あそこまで啖呵《たんか》を切った以上、これを捌《さば》けないのはメアリ・アルバートのプライドに関《かか》わる。

だがよくよく考えてみると親しくしている生徒は片手の人数にも足らない。アルバート家令嬢《れい》嬢《じょう》のパーティーとなれば誰もが皆《みな》喜んで参加してくれるだろうが、やはりここは意地を張って『友人』と呼べる相手に『個人的に』渡したいのだ。家柄《いえがら》に頼ったり招待状を捌けなかったりすれば、アディと父親が「ほら見ろ」と言わんばかりの表情をするに違《ちが》いない。

「そういうわけで、カリーナ組の皆さんにも是非来ていただきたいの」

「変な名前を付けないでください」

メアリの隣《となり》に座っていたカリーナが優雅に紅茶を飲みながら冷ややかに言い放つ。それでも招待状を受け取る際には礼儀《れいぎ》正《ただ》しく頭を下げるあたり、呼び名こそ不服だがパーティーには来てくれるのだろう。「きっと楽しいわよ」と彼女にだけ分かるようにニヤリと笑って言ってやれば、メアリと同じように『ドラドラ』の記憶《きおく》のあるカリーナが苦笑《くしょう》を浮かべた。

そうして、カリーナ組の他《ほか》のメンバー――言わずもがなゲームのライバルキャラクターであり、あの日元婚約者《こんやくしゃ》達を崖下《がけした》に突《つ》き落とした令嬢達である――にも配ろうと立ち上がり……ガッと勢いよく背後から肩《かた》を摑《つか》まれた。

「メアリ様、是非私もお祝いに駆《か》けつけたく思います」

と、背後から獲物《えもの》を狙《ねら》う狩人《かりゅうど》の気配を漂《ただよ》わせながら、それでもさも令嬢らしく優雅に述べるのは野心家令嬢である。カリーナとはまた違った冷ややかな空気に、メアリが頰《ほお》をひきつらせた。おかしい、つい先程《さきほど》まで背後には誰《だれ》も居なかったはずなのに……と戦慄《せんりつ》に近い物さえ感じてしまう。

「なぜかしら、まったく祝いの気持ちが感じられない」

「まさかそんな、私ちゃんとメアリ様をお祝いしつつ、いい男を探そうと考えてますわ」

「割合は？」

「1：9です」

「もうちょっとオブラートに包みなさいよ」

「包んだ上での1：9です」

「貴女《あなた》のその態度、普通《ふつう》なら不敬罪にでも訴《うった》えてやりたいんだけど、妙《みょう》に実家にいる時と同じ気持ちにさせるのよね」

相変わらずの野心家ぶりに盛大に溜息をつきつつ、メアリが振《ふ》り返って野心家令嬢に招待状を手渡した。元々彼女にも渡す予定だったのだ。それでも一連のやりとりを終えてから渡すのは様式美というもので、これがまた実家にいるのと同じ気分にさせる。

この手のタイプに弱いのかしら……とそんなことをメアリが考えていると、招待状を開けたパルフェットが「エスコート不要？」と小さく呟《つぶや》いた。どうやら招待状に書かれている一文を読んだらしく、貴族のパーティーらしからぬその説明書きに、メアリが小さく笑って頷《うなず》いた。

「えぇ、今回のパーティーはエスコート不要。一人で来てくださっても、お友達同士で来ていただいても構わないわ」

「そうなんですか。随分《ずいぶん》と変わってますね」

「パトリックと話してたのよ。エスコートなんて形を作らずに、想《おも》った相手の手を取れるようにするべきだ……って」

社交界からしてみれば異例のことかもしれないが、ダイス家の嫡男《ちゃくなん》でありながら庶民《しょみん》だったアリシアの手を取ったパトリックと、アルバート家の令嬢でありながら従者のアディを選んだメアリ、なんとも二人らしい話である。

それを察したパルフェットが小さく「エスコート不要…」と呟いて背後に視線をやったのは、今日も今日とて彼女の背後に構えて荷物持ちと化しているガイナス・エルドランドが気になるからだろう。最近のパルフェットは「ガイナス様なんて方は知りません！　あれは自立稼働《かどう》型荷物運搬《うんぱん》機です！」とプクと頬を膨《ふく》らませながら彼を連れて歩いているのだ。そんな分かりやすいパルフェットに、メアリが苦笑をもらして彼女の肩を叩《たた》いた。

「勿論《もちろん》、エスコートして欲しい方がいるのなら誘《さそ》っても良いのよ？」

「そ、そんな！　私、そんな……ガイナス様になんてエスコートして欲しくありません！　一人で、一人で行くのが不安だっただけです！」

「あら、それなら当日はお兄様に迎《むか》えに行ってもらえるようにお願いしておくわね」

「ひゃっ！　そ、そ、それは……それは駄目《だめ》です！」

あわあわと見て分かるほどに狼狽《うろた》えだすパルフェットに、メアリが堪《こら》え切れないと笑い出す。

そんなメアリにカリーナが溜息をつき、野心家令嬢が獰猛《どうもう》な瞳《ひとみ》を輝《かがや》かせて再びメアリの背後に回った。

そして勿論、ガッ！　と勢いよく肩を摑む。

「メアリ様、私も一人で行くのが不安です」

「私は貴女という狩人が家に来ることのほうが不安だわ」

と、これもまたエレシアナ大学の様式美と化していた。

第六章

　その日、アルバート家の屋敷《やしき》は朝から大忙《おおいそが》しだった。

　もちろん娘《むすめ》であるメアリの結婚披露《けっこんひろう》パーティーが開かれるからで、招待状を持つ者とそれが無くても結婚相手を一目見ようとツテを使って訪《おとず》れる者と、予想される来客数はそこいらの令嬢が束になってもかなわないほどである。

　となれば当然、それに見合った飾《かざ》り付けや設備、料理や酒も十二分に用意しなくてはならない。来客数に比例して準備も慌《あわ》ただしくなり、もとよりアルバート家に仕えていた者はもちろん、引退した者も今日という日だけはと遠方から集《つど》い、加えて親族やダイス家をはじめとする各家、果てには王宮からも人手を借りるという猫《ねこ》の手すらも既《すで》に借りているような有り様だった。

　そんな中アディはどこへ行けばいいのか分からず、せめて邪魔《じゃま》にならないようにとあちこちを彷徨《さまよ》った挙げ句、従業員用の食堂に来ていた。

　普段《ふだん》ならば従業員のみが使用するこの場所も今日だけは臨時の調理場と化し、見慣れぬシェフが食堂に似合わぬ豪華《ごうか》な料理をテーブルに並べている。それを慌ただしく運ぶ者も居れば、材料が足りないと怒声《どせい》をあげる者も居る。まさに戦場と言えるこの光景にパーティーの規模を見せつけられているような気分に陥《おちい》り青ざめたアディが撤退《てったい》しようとし……ふと、一人のメイドが棚《たな》の上にある瓶《びん》をとろうと背伸《せの》びをしていることに気付いた。腕《うで》どころか指まで伸ばして瓶に触《ふ》れようとする、その危なっかしさに思わず彼女の名前を呼んで駆け寄っていく。

「待って、俺が取るから」

「あら、アディ」

「この瓶で良いの？」

「悪いわね、ついでにその奥にある瓶も取って貰《もら》える？」

小柄《こがら》なメイドは必死になっていたが、アディならば背伸びをせずとも届く高さだ。もっとも、メイドだっていくら小柄といえど脚立《きやたつ》や椅子《いす》でも持ってくれば余裕《よゆう》で手の届く高さである。

「横着だなぁ」と笑いながら言われた通り——そして次々と増えていく——瓶を下ろしていく。

そうして結果的に棚の上にあった半分近くの瓶を下ろし終えると、メイドが息を呑《の》んで「あぁ、なんてことを！」と声をあげた。

「私ってば、アルバート家のお方になんてことを！」

「……うわぁ、白々しい」

「ど、どうか無礼をお許しください……！」

今の今まで「あれも取って、それも取って」と指示を出していたくせに、思い出したように低姿勢になるメイドに周囲の者達まで「彼女を許してやってください！」と茶番にのってくる。その白々しい態度に呆《あき》れつつも、この冷やかしこそ彼等の態度が変わらない証《あかし》だとアディがクツクツと笑えば、誰からともなく同じように笑《え》みをこぼし始めた。

「なんだよアディ、もっとそれっぽく振る舞《ま》ってくれよ」

「あぁ、そうだな。今度は上手《うま》くやるよ」

と、そんな会話を交《か》わす。中には肩を叩いて来る者までいるのだ。まったくもって彼等の態度はアルバート家の者への態度とは思えないが、むしろそれがアディには嬉《うれ》しく、有り難《がた》いとさえ思えていた。

そうして普段通り変わらぬ雑談を続けていたが、そのうち一人また一人と持ち場へと戻《もど》っていく。中には用事を思い出したのか慌ただしげに駆けていく者や、持ち場の上司に咎《とが》められて謝罪しながら走っていく者さえいた。その忙《いそが》しそうな後ろ姿に申し訳なさが浮《う》かぶが、先程《さきほど》瓶を取ったメイドに「主役なんだからシャキッとしなさい!」と背中を叩かれ、丸まりかけていた背中を慌ててのばした。

そうしてとうとうアディが一人になると、喧噪《けんそう》のやまぬ食堂内をゆっくりと見回し、小さく溜息《ためいき》をつき……、

「で、お嬢《じょう》はいつからそこで豆のサヤ取りをしていたんですか?」

と、食堂の一角で延々とサヤ取りをしていたアルバート家の令嬢の元へと向かっていった。

「あら、もう劇は終わり? 第二幕はないの?」

「みんな忙しいんです」

「私だって忙しいのよ」

ちゃんと働いてるわ、とメアリが訴《うった》えつつ、手にしていた豆をカゴに放《ほう》った。

彼女の手元におかれた『サヤを取り終えた豆入れ』のカゴが既に三つ並んでいるあたり、ずいぶんと前からここに居たのは明白……とそんなことを考えながらアディが近付けば、その横を一人のシェフがひょいと通り抜《ぬ》けた。

そして「もらっていきますよ」と豆が入ったカゴを三つ持って行く。もちろん、空のカゴを置いて……。

「お嬢、本当にいつから居たんですか……」

「思っていた以上に、私は今日が楽しみだったみたい」

返答代わりに呟かれたメアリの言葉に、向かいの席に座ろうとしていたアディが椅子にかけた手をピクリと揺《ゆ》らした。

楽しみだった、というメアリの素直《すなお》な言葉に今更《いまさら》な話だが嬉しくなってしまう。

「そ、そうなんですか……？」

「えぇ、自分でもビックリするほど早く起きたのよ。それでね……」

今朝方、メアリは自分でも驚《おどろ》くほど早い時間に目を覚ました。

外を見ればようやく日が昇《のぼ》りはじめた頃《ころ》で、このペースならば二度寝《にどね》どころか三度寝もいけそうな時間である。ならばともう一度ベッドに入り、布団《ふとん》をかけて、目を閉じ……そして「何て事なの！」と一人の部屋で驚愕《きょうがく》した。

眠《ねむ》れない。

眠気があっという間にどこかに行って、到底《とうてい》眠れる気がしないのだ。

それどころか微《かす》かに聞こえてくるざわつきが「今日がその日だ」と訴《うった》えているようで、ベッドの中に居ることすらじれったく感じられる。これではまるで遊びに行く日の子供じゃない……と、そう思えど逸《はや》る気持ちは抑《おさ》えきれず「うるさくて目が覚めた」だの「昨日早く寝たから」だのと早起きの言い訳を用意しつつベッドから下りた。勿論《もちろん》、メアリ・アルバートたるもの、たとえ結婚式といえど興奮して早起きした等と子供じみたことを口に出来ないからだ。

そうしてさも「特にこれといった理由は無いんだけど普段よりちょっと早く起きちゃったわ」という空気を取り繕《つくろ》って部屋を出たのだが、屋敷の中はそんな言い訳を聞く余裕も無いと慌ただしく誰《だれ》もがメアリのことなど気に掛《か》けていなかった。挨拶《あいさつ》こそすれど「後で紅茶を持って行きますんで！」だの「後で遊んであげますから！」だのと蔑《ないがし》ろ状態である。

そうして、ふらふらと屋敷の中をさまよった挙げ句、食堂《ここ》にたどり着いたのだ。

アルバート家の令嬢《れいじょう》、それも今日のパーティーの主役が居場所がなくて食堂の隅《すみ》というのは切ない話ではないか。だがメアリの父親と兄達はあちこち慌ただしく指示を出し、母親はパーティーの装《よそお》いだの紅茶だお茶だのと忙しそうで声をかけられなかった。準備をしようにもドレスは決まっているし、髪《かみ》を整えるのはまだ早い。下手《へた》に外に出れば今日まで隠《かく》し通してきた結婚相手の情報をいち早く得ようと待ちかまえている者達に捕《つか》まりかねないし、かと言って部屋で大人しくは出来そうにない。思わず「こういう時に早く来れば相手してあげないこともないのに……」と誰かさんの早朝訪問を期待してしまう程である。

そんなメアリを見つけたメイドが、

「メアリ様！　暇《ひま》なら豆のサヤとってくれません⁉」

と尋《たず》ね、

「まかせて！」

で今に至るのだ。


「つまり居場所がなくてここでサヤ取りしてたんですね」

「そりゃ今日のパーティーが大規模で大変なのは分かるわ。でもね、ちょっとあの蔑ろぶりはどうかと思うの。……あと、遊んであげるって言ってきた奴《やつ》の名前と顔は既に私の解雇《かいこ》リストに記入済みよ」

「その解雇リストってまったく実現してませんよね」

「えぇ、だって貴方《あなた》の名前が一番上にあるんですもの」

そんな雑談を交わしつつ手際《てぎわ》よく豆のサヤをとるメアリに、アディが溜息をつきながらも自分もと手をのばした。結局のところ、アディもまたやることがなくてこの場所に来たのだ。

「ところでお嬢、妙《みょう》に手慣れてますね」

「私がこの作業をいつからやっていると思ってるの？　たまに手伝う程度の貴方とは年季が違《ちが》うのよ」

「まったく誇《ほこ》れませんよ……まぁでも」

不敵に笑い、アディが立ち上がる。

そうしてどこかへ行ったかと思えば、戻ってきた彼の手にはナイフと、それに野菜の入ったカゴがあった。それらを手に座り直すと手早くナイフで皮を剝《む》いていく。その手際の良さにメアリが感心したように「あら」と声をあげた。

「なかなかの腕前《うでまえ》ね。かなりその道に通じていると見たわ」

「そりゃ俺は以前から雑用を頼《たの》まれてますからね。野菜の皮むきだけじゃなく、庭師の真似事《まねごと》だって出来ますよ」

「まったく誇れないわねぇ」

先程の焼き直しのようなやりとりに思わずどちらともなく笑い出す。

そうしてしばらくは他愛《たわい》もない会話をしながら作業を進めていると、バタン！　と勢いよく食堂の扉《とびら》が開かれた。

「メアリ様！　おめでとうございます！」

と、この慌《あわ》ただしく戦場と化した食堂内で、それでも隅々《すみずみ》まで響《ひび》く元気の良い声。言わずもがなアリシアである。

金のレースが施《ほどこ》された黄色のドレスに銀色の髪飾《かみかざ》りを着け、その鮮《あざ》やかさは彼女の性格もあってかまるで太陽のように見える。……もっとも、メアリからしてみれば太陽光がきつく「うるさいのが来た」とこの日においても毒を吐《は》いた。

「ごきげんようアリシアさん、こんなに早くどうなさったの？　田舎《いなか》育ちって時間の感覚も違うのかしら」

「えへへ、メアリ様とアディさんのパーティーが嬉しくて、早く起きちゃったんです！」

「……そ、そうなの。田舎は朝が早いって言うものね。それにしても今日は素敵《すてき》なドレスね。私てっきり、頭に大きなリボンをつけてお腹《なか》にもギッチリ強くリボンを巻いて、胸にコサージュをつけて日傘《ひがさ》をさしてくるかと思ったわ。あの時の貴女《あなた》、とっても素敵だったもの」

「なんだか懐《なつ》かしいですねぇ」

「全然堪《こた》えないのね！　強いにも程があるわよ！」

少しは傷つきなさいよ！　とメアリが喚《わめ》く。メアリからしてみれば過去の恥《は》ずかしい話をピンポイントで掘《ほ》り返してやったつもりだったのだ。

だが当のアリシアは傷つくどころか当時の自分のセンスを思い出してもなお「あの時は有り難《がと》うございました」と改めてお礼を言ってくる。その表情には恥ずかしがる様子も黒歴史を晒《さら》された屈辱《くつじょく》もなく、ただ懐かしんでいるだけだ。

「それで、メアリ様もアディさんもいったい何をしていたんですか？」

「なにって……」

チラと二人が手元に視線を落とす。

片や豆、片や野菜が握《にぎ》られているその光景に、つられて視線を向けたアリシアが状況《じょうきょう》を察したのか「私もやります！」と意気込んだ。

「え、アリシアちゃん！　流石《さすが》にそれは……！」

「アディさん、私を誰だと思ってるんですか！　田舎育ちの王女ですよ！　豆のサヤ取りも野菜の皮むきもお手の物です！」

胸を張って宣言し、アリシアがメアリの隣《となり》に腰《こし》を下ろす。

そうしてテキパキと作業に取りかかるのだ。その手際の良さといったらなく、メアリとアディが思わず目を丸くして顔を見合わせた。

「誇れないわね」

「誇れませんねぇ」

と、そう呟《つぶや》きあう二人をアリシアが「二人とも、手が止まってますよ！」と叱咤《しった》した。

そうしてしばらくは三人でせっせと下準備をしていると、再び扉が勢いよく開いた。

そこに居たのは眉目秀麗《びもくしゅうれい》な青年。着飾《きかざ》った姿がなんとも様になっており、まるで夢物語の王子様のようではないか。……ひきつったその表情さえなければの話だが。おまけに、

「なんでこんな所にいるんだ……」

と唸《うな》るような声色《こわいろ》で歩み寄ってくるのだからまったくもって残念である。もっとも、睨《にら》みつけてくるその顔付きも凛々《りり》しく余所《よそ》の女性が見れば一瞬《いっしゅん》で虜《とりこ》になりそうなものなのだが、この場においてその視線を受けているのは既《すで》に虜になっているアリシアと、平然とその視線を受けるメアリとアディだけである。

「あらパトリック、貴方も早く起きたの？」

豆を片手に優雅《ゆうが》に朝の挨拶をするメアリに、パトリックが更《さら》に頬《ほお》をひきつらせる。

「パーティーが始まれば君達はもちろん俺も落ち着いて話が出来ないと思って、早めに挨拶に来たんだ」

「まぁ、わざわざ有り難う」

「ところが、屋敷《やしき》内を捜《さが》してもサロンを捜してもどこにも居やしない。お茶でもしているのか
と思って庭園を隅々まで捜し回ったたっていうのに……」

なんでこんなところに……とパトリックが肩《かた》を落とす。

確かに彼が落胆《らくたん》するのも仕方あるまい。いったいどこの世界に、自分の結婚披露《けっこんひろう》パーティー
の朝から従業員用食堂で下準備に励《はげ》む貴族の夫婦《ふうふ》が居るというのか。それも、自分の恋人《こいびと》であ
る一国の王女まで居るのだから、怒鳴《どな》る気にすらならないのだろう。

「で、いったい何をしていたんだ？」

直視しがたい現実に頭痛でもおこしたか、額を押さえながら溜息《ためいき》混じりに尋ねるパトリック
に、問われた三人が揃《そろ》って顔を見合わせた。そうして順に、

「豆のサヤ取り」

「野菜の皮むきです」

「その両方をこなしてました！」

と、さも当然のように答えれば、今まで耐《た》えていたパトリックも限界が来たのか、

「そんなことしてないで、自分の準備をしろ！」

と、食堂内に怒声《どせい》を響かせた。

パトリックの――至極《しごく》正論な――怒声に三人が目を丸くさせ、食堂の壁《かべ》にかけられている時計を見上げる。気付けばいつの間にか随分《ずいぶん》と時間がたっており、そろそろ準備の頃合《ころあ》いである。

「そうね、そろそろ私達も準備しようかしら。ちょっと豆のサヤ取りに夢中になっていたけど、今日の主役は豆じゃなくて私達なのよね」

「えぇ、そうですね」

テーブルの上のものをあらかた片付けメアリが立ち上がればアディがそれに続いて腰を上げる。と、そんなアディの肩を、妙に嬉《うれ》しそうなパトリックがポンと叩《たた》いた。

先程《さきほど》までの怒《いか》りと呆《あき》れをない交ぜにした表情から一転してキラキラと輝《かがや》かんばかりの彼の笑顔《えがお》は、そこいらの令嬢《れいじょう》であれば向けられただけで顔を赤くさせ、中にはその眩《まぶ》しさに気絶する者もいただろう。だがパトリックの笑顔に耐性《たいせい》があり、それどころか彼がこの笑みを浮《う》かべている時はろくなことがないと知っているメアリとアディは怪訝《けげん》そうな表情を浮かべた。

「……パトリック様？」

「アディ、今日は頑張《がんば》れよ」

「あ、はい……もちろんです」

「みんなお前に……いや、『貴族界をひっくり返しかねない、メアリ・アルバートが選んだ正体不明の結婚相手』に注目してるからな！」

楽しそうに笑うパトリックに、アディがヒクと頬をひきつらせる。

「なにせあのメアリが、俺との婚約《こんやく》を破棄《はき》して以降すべての申し出を蹴《け》っていたメアリ・アルバートが選んだ男だからな。国内中の貴族や学者達も、ここ最近はその話題ばっかりだ」

淡々《たんたん》と話すパトリックに、対してアディがその表情を青ざめさせていく。だがその話は事実であり、現に結婚相手を早く知ろうと開場時間もまだだというのに既に人が集まっている。皆《みな》一様に「パーティーが始まればゆっくり話せないから」だの「是非《ぜひ》手伝わせてほしい」だのとそれらしい口実を口にしながら、屋敷内に結婚相手らしき男がいないか目を光らせているのだ。

中にはアルバート家のメイドや使用人を呼び寄せて「金を払《はら》うから教えてくれ」と頼み込んでくる者もいる始末。それほどまでに今日の結婚発表が重大とも言える。誰《だれ》より早く情報を掴《つか》み、結婚相手とその家に取り入ろうと考えているのだろう。

だがそんな彼等も、まさかアルバート家の従者であるアディが結婚相手とは思わないのだろう。ましてやメアリと二人きりでお茶を飲んでいたとしても「相変わらずだ」としか思われないはずだ。むしろアディを捕《つか》まえて「メアリ嬢《じょう》の夫は誰なんだ」と迫《せま》る者もいるかもしれない。

……というより、実際に居た。

それほどまでに注目の的であり、そして今日が発表の場……と考えればアディが青ざめるのも仕方ない。今まで従者の身分だった自分が貴族界の注目を浴びるのだ。それも、貴族界をひっくり返しかねない人物として……。

それを今更《いまさら》ながらに自覚しサァと音を立てて青ざめていくアディに、パトリックは爽《さわ》やかな笑顔のまま、

「あぁ、そうだ。国内から注目どころじゃないな。諸外国からも客が来るそうだし」

と、要《い》らんフォローをいれてきた。

それに対してよりいっそう真っ青になったアディがようやく口にした言葉が……、

「実家に帰らせていただきます！」

これである。

「アディ、貴方《あなた》実家ってすぐそこじゃない！　帰っても戻《もど》ってこれるし、むしろ貴方の家族全員うちにいるし！」

「アディさん大丈夫《だいじょうぶ》ですよ、私でも今は普通《ふつう》に王女務まってますから。注目されるのは最初のうちだけです！」

「そういえば、高等部の元生徒会メンバーも来るらしいな。『あのメアリ嬢がいったい誰を選んだんだ』ってここ最近はその話ばっかりだ」

「追い打ちかけるんじゃないわよ、このいじめっ子！　アディ、とりあえずテーブルの下から出てきなさい！　料理長が物凄《ものすご》い形相でこっちを睨んでるから！」

大丈夫だから！　と宥《なだ》めるメアリとアリシアに、アディが渋々《しぶしぶ》といった様子で出てくる。

そうしてパトリックを恨《うら》めしそうに睨むと「素敵《すてき》な祝言《しゅうげん》ありがとうございました」と告げるのだ。その口調の恨みがましさといったらない。言われたパトリックはなお楽しそうに笑い

「どういたしまして」と返すのだからメアリもアリシアも呆れたと肩を竦《すく》めた。

パトリックなりの祝い方なのだろう。対してアディも同じようにクツクツと笑いだすあたり、男の友情なんてそういうものなのかもしれない。

「ひねくれてるわねぇ」

「あら、メアリ様がそれを仰《おつしや》いますか？」

クスリと小さく笑うアリシアに、メアリがキョトンと目を丸くし「言うようになったわね」と睨みつけた。


そうして主役二人も準備に取りかかったのだが、身支度《みじたく》とは男より女の方が時間がかかるというもの。とりわけ結婚発表の準備となれば尚更《なおさら》である。

一人先に支度を終えたアディが再び手持ち無沙汰《ぶさた》で屋敷の中をうろついていると、覚えのある声に名前を呼ばれて振《ふ》り返った。見れば、カレリア学園高等部で生徒会を務めたメンバー。メアリの言葉を借りるならば『ドラ学の攻略《こうりやく》対象者達』である。それぞれが家紋《かもん》を背負った正装を身にまとい集団でこちらに歩いてくる様は圧巻である。現に、あちこちから令嬢達の熱っぽい溜息と黄色い声が聞こえてくる。

「本日はお越《こ》しいただき、まことに有り難《がと》うございます」

深々と頭を下げるアディに彼等が片手で返す。「ご招待いただき…」と続かないのは、もちろんアディがアルバート家の従者だからである。

「パトリックがもう来てるって聞いたんだが」

「はい、パトリック様でしたら今は旦那《だんな》様と話をされています」

「メアリ嬢は？」

「お嬢……メアリ様は現在サロンにて準備中です」

「そうか……ところでアディ」

「はい？」

どうしました？　と首を傾《かし》げるアディに、元生徒会メンバーがニヤリと悪戯《いたずら》気な笑みを浮かべる。次いで元副会長にガシリと肩を掴まれてしまうのだから、これには嫌《いや》な予感しかしない。

「おまえはメアリ嬢の結婚相手が誰か、当然知ってるんだよな？」

「……え？」

「まさかあのメアリ嬢がアディにも秘密で、なんて考えられないしな」

「いや、あの、知ってると言えば知ってるんですが……」

「やっぱり。で、誰なんだ？　聞いても言いふらさないし、発表まで大人しくしてるからさ」

だから教えてくれと食い下がる彼等に、アディがどうしたものかと言い淀《よど》んだ。

彼等は純粋《じゅんすい》に好奇心《こうきしん》から聞いているのだろう。あのメアリ・アルバートが誰を選んだのか、過去に一度メアリに痛い目にあわされたからこそ、そして彼女が申し出を断る時の文句に使っているパトリックを知っているからこそ、『メアリ・アルバートがパトリックではなく選んだ男』が誰なのか知りたくてたまらないのだ。教えたところで情報を漏《も》らしたり、ましてや取り入ることもしないだろう。約束すれば大人しく発表の時まで待ってくれるはずだ。

だがそれが分かっていても教えることが出来ずアディがうやむやに誤魔化《ごまか》していると、覚えのある声が聞こえてきた。

一様に振り返ればパトリックの姿。それに気付いた元生徒会メンバーが揃《そろ》って意識を彼に向け元副会長が肩《かた》を離《はな》すので、アディが助かったと小さく安堵《あんど》の溜息《ためいき》をついた。

「なんだパトリックか。せっかく後少しだったのに」

「おまえ達、どうせアディを問い詰めて結婚相手を聞き出そうとしてたんだろ」

まったく、とでも言いたげに彼等を窘《たしな》めるパトリックの姿はまるで生徒会長様の再来で、先程メアリに「いじめっ子！」と言われていたのが嘘《うそ》のようである。

「パトリックはどんなに頼《たの》んだって教えてくれそうにないから、アディに頼んだのに」

「どうせそう出るだろうと思ってたんだ。まさかアディ、こいつらに教えてないよな」

「そんな、言えるわけがありません」

アディが首を横に振って身の潔白を訴《うった》えると、パトリックが満足そうに頷《うなず》いた。

そのやりとりを見て結局聞き出せなかったと元生徒会メンバーが不服そうな表情を浮かべる。だがいかに不服そうでも彼等の見目の良さが崩《くず》れることはなく、拗《す》ねたような表情に今度は「可愛《かわい》らしい」と黄色い声があがるのだが。

「しかし、ここまできっちり口止めしてるあたり、よっぽど意外な人物なんだろうなぁ」

「意外？」

元副会長の発言に、パトリックがオウム返しのように尋《たず》ねた。

だが誰もが『意外な人物』だと思っていたようで、異論を唱えるようなパトリックの反応に逆におやと首を傾げる。

「そりゃ、あのメアリ嬢が選んだ人物なんだ。それに発表まで信憑性《しんぴょうせい》の高い噂《うわさ》が一つも上がってこないときた。相当意外な人物なんだろうって皆《みな》言ってるぜ。パトリックだって聞いたときは驚《おどろ》いただろ？」

「驚く？　俺が？　そんなまさか」

肩を竦めてパトリックが笑う。その態度に誰もが驚くような表情で彼を見つめた。

仮にも元婚約者。それも、幼少時からお似合いだと持て囃《はや》されていたのに。

「だけどパトリック、君はずっとメアリ嬢と婚約するって言われてたじゃないか。その君が驚かないって……」

「俺とメアリがお似合いなんて周囲が勝手に言ってただけだ。俺はずっと、メアリには彼しか居ないって思ってたよ」

クックツと笑《え》みを浮《う》かべて楽しそうに話すパトリックに、誰もが頭上に疑問符《ぎもんふ》を浮かべる。

彼がここまで言う人物がまったく思い浮かばないのだ。当人を目の前にしても、そしてメアリとアディが常に一緒《いっしょ》に居たことを知っていても、それでも気付かないのだからパトリックがさらに笑みを強め、それをみたアディが溜息をついた。片や楽しそうな、そして片や呆《あき》れたと言わんばかりの二人の様子に聞き出すのは無理と諦《あきら》めたようで、アルバート家夫人に挨拶《あいさつ》に行くかと面々が去っていく。

それを見送り、アディが難は去ったと安堵の息を吐《は》いた。

「……パトリック様、楽しんでません？」

「そりゃ、これを楽しまずになにを楽しめって言うんだ」

「なんて性格が悪い……これが令嬢《れいじょう》達の憧《あこが》れる王子様だもんなぁ。正体知ったら半数近く逃《に》げていきますよ」

「アリシアさえ居てくれれば良い」

「ごちそうさまです」

「そもそも、令嬢達の憧れる王子様って言っても、おまえのたった一人のお嬢様は俺に憧れる様子一つ無かったけどな」

ニヤリと笑って横目で見てくるパトリックに、不意をつかれたアディが顔を赤くし誤魔化すようにコホンと咳払《せきばら》いをした。

そうして改めて一息つき、いまだクツクツと楽しそうに笑うパトリックに向き直る。誰《だれ》もが焦《こ》がれる——もっとも、彼が言うとおりメアリだけは焦がれることはなかったが——理想の王子様。藍色《あいいろ》の髪《かみ》が揺《ゆ》れ、同色の瞳《ひとみ》が「どうした？」と言いたげにアディをとらえる。

誰もが焦がれる彼は、どんな身分の令嬢だって虜《とりこ》に出来る魅力《みりょく》と才能と権威《けんい》を持ちながらも、自分を追いかける田舎《いなか》出身の少女の手を取った。

家を捨てることも厭《いと》わずに……。

「貴方《あなた》と寄り添《そ》う幸せそうなアリシアちゃんを見て、俺の欲がおさえきれなくなりました。お嬢《じょう》を誰にも渡《わた》したくないって……俺だけを隣《となり》に置いてほしいって、とっくの昔に諦めていたはずなのに、強くそう思うようになったんです」

「……アディ」

「ありがとうございます、パトリック様」

家柄《いえがら》ではなく気持ちを求め、政略ではなく愛を選んだ。

今までの全《すべ》てをなげうってでもアリシアの手を取ったパトリックが、そして嬉《うれ》しそうに彼に寄り添うアリシアの姿が、嫁《とつ》いだ先でも仕えられるならと諦めていたアディの『従者』ではなく『男』としての願望に再び火をつけた。

誰にも渡したくない、と、そう思うようになったのだ。

それが今日のこの瞬間《しゅんかん》に繋《つな》がっているのだとしたら、その切っ掛《か》けであるパトリックに感謝しないわけがない。

そう正直に伝えるアディに、パトリックが照れくさそうに頭を掻《か》いた。

「気にするな、俺だって何度も助けられてる」

「パトリック様……」

「それにさ」

パトリックがアディの肩を叩《たた》き、彼らしい——そして『誰もが焦がれる冷静な王子様』らしくない——悪戯気な笑みを浮かべた。

「俺は『アディ応援《おうえん》し隊』の隊長だからな」

パトリックの言葉に、アディがキョトンと目を丸くする。

その反応が楽しかったのかパトリックがクツクツと笑い、改めて「おめでとう」と友人として祝いの言葉を告げた。

そうしてしばらくすればアルバート家の屋敷《やしき》にある大広間に人が集まりだし、準備の慌《あわ》ただしさがパーティーの華《はな》やかな賑《にぎ》わいに変わる。この日のために遠方から呼び寄せられた楽団が音楽を奏《かな》で、給仕《きゅうじ》が忙《いそが》しく、それでいて優雅《ゆうが》に来客達に酒を配る。

並ぶ料理はどれも美しく盛りつけられ見る者の空腹を誘《さそ》い、一品一品から漂《ただよ》う高級感からはとうてい調理場の戦場ぶりは想像できない。まさに祝いの場と化した空気の中、最終準備を終えたアディが緊張《きんちょう》した面《おも》持ちで扉《とびら》を前にしていた。意を決して袖《そで》を通した上着には胸元《むなもと》にアルバート家の家紋《かもん》が刺繍《ししゅう》されており、それを見下ろすだけで緊張感が高まる。

この扉を開ければ大広間へと続く階段がある。その時が来たらメアリの手を取り、来客の視線が注がれる中ゆっくりと階段を下りていくのだ。扉の向こうにいる来客達もその瞬間を今か今かと待ち望んでいるのだろう。とりわけ関係者には箝口令《かんこうれい》が敷《し》かれている今回のパーティーは注目度が高く、普段《ふだん》ならば中庭あたりに人が散っていそうなものだが、今日だけは来客のほぼ全てがこの扉の前に集まっているのが聞こえてくる声で分かる。

その光景を、そして扉を開けた瞬間に注がれる視線を、それらを想像するとアディの額に汗《あせ》が浮かぶ……が、それが伝うより先に白いレースのハンカチが汗を拭《ぬぐ》った。

「……奥方様」

「アディ、あなた緊張しすぎよ」

クスクスと上品に笑うアルバート家夫人キャレルに、アディが困ったように苦笑を浮かべて返した。

「こういうときは堂々と構えてれば良いのよ」

「そう仰《おっしゃ》いましても……」

「ほら、せっかくの男前が台無しじゃない」

楽しげに笑いながらキャレルがアディの背中を叩く。その仕草や表情はどことなくメアリを彷彿《ほうふつ》とさせ、緩《ゆる》やかなウェーブのかかった銀糸の髪はさすが親子と言えるほどである。

「ところで、お嬢は……メアリ様は？」

「もう準備は終わってるはずだから、すぐに来るわ。あの子が来たら二人でこの扉から出てきなさい。ちゃんとエスコートしてあげてね」

「はい、かしこまりました」

「それじゃ、私は客人の反応が一番よく見える場所にいるから！　皆どんな反応するのかしら、楽しみだわぁ！」

何かあったら自分達で何とかしなさいね、と無責任な発言を残し楽しそうに去っていくキャレルの後ろ姿に、アディが「相変わらずなお方だ」と呟《つぶや》いた。

だが次の瞬間コホンと聞こえてきた咳払いに条件反射のように背筋を伸《の》ばし慌てて振《ふ》り返る。そこに居たのはもちろん、アルバート家当主。アディの描《えが》くヒエラルキーの最頂点に君臨する人物である。

「だ、旦那様《だんなさま》！」

「あぁ、頭を下げるな。髪が崩《くず》れるぞ」

普段通り無意識のうちに頭を下げようとするアディを片手で制し、ゆったりとした足取りで歩み寄る。

これだけの規模のパーティーを開いていても余裕《よゆう》を感じさせ、威厳《いげん》さえ感じさせるその貫禄《かんろく》にアディが痛めかねないほどに背筋を正した。アルバート家当主、自分の……それどころか一族の雇用主《こようぬし》、加えて義父となれば緊張するなと言う方が無理な話で、それが分かっているのだろうか、彼は苦笑を浮かべ「せっかくの祝いの日に怖《こわ》い顔をするな」とアディの上着の襟《えり》をなおしてやる。そして最後の仕上げだと胸元に刺繍されたアルバート家の家紋をポンと叩いてやるのは、もちろん彼なりの景気付けであり歓迎《かんげい》の意を示している。

「旦那様、あの……」

「どうした？」

「本当に自分で良かったのでしょうか？　メアリ様はアルバート家のご令嬢で、結婚《けっこん》だってお家のために……」

「ほぉ、なら返してくれるのか？」

「いえ、それはもう無理です。何があろうと絶対にお返しはしません」

キッパリと拒否《きょひ》するアディに、対してアルバート家当主はさすがと言わんばかりに落ち着き払《はら》って苦笑を浮《う》かべ「そうだなぁ」と返した。

元よりメアリはアルバート家の為《ため》に結婚する予定だった。

それは政略結婚が常のこの世界において当然とも言え、とりわけアルバート家などという名門中の名門貴族の家に生まれたのなら尚更《なおさら》。メアリ本人でさえ、それを悲劇に感じることもなく当然だと思っていた。

だが結果的にメアリは当初から予定されていたパトリックとの婚約を破棄《はき》し、アディと結ばれた。国内はおろか諸外国の貴族や王族とも結婚出来る価値をもちながら、選んだのは従者。アルバート家からしてみれば最高の外交カードをまったく何の利点もない従者にやったのだ。信じられないと、なんて勿体《もったい》ないと、そう考えるのが貴族ならば当然だろう。事実、メアリの夫がアディだと知ればどの家だってそう思うはずだ。

「確かに、メアリは家のためにダイス家に嫁がせる予定だった。だがあの二人はまったく別の道を選び……その結果、どうなった？」

「どうって、それは……」

逆に問われ、アディがふとアルバート家とダイス家の現状を思い浮かべた。

メアリとパトリックの政略結婚こそ破棄となったが、アルバート家とダイス家には深い繋がりが出来た。そのうえ、ダイス家の跡継《あとつ》ぎ問題では貸しまで作ることが出来たのだ。さらに言えばメアリは王女であるアリシアからも慕《した》われ、王家に次ぐとまで言われていたアルバート家は今では王家公認《こうにん》の『王家と並ぶ一族』である。アリシアやパトリックはおろか、その親達も親しく茶会や食事の場を設けているのだ。

最早《もはや》アルバート家にもダイス家にも、そして王族にも、追い抜《ぬ》く追い抜かれるといった感覚は無く、周囲の貴族や庶民《しょみん》達も『三家があってこそ国が成り立つ』とまで考えていた。

「考えてみれば、メアリ様とパトリック様が結婚するよりうまくいってますね」

ポツリと呟かれたアディの言葉に、アルバート家当主が満足そうに頷《うなず》いた。

「メアリはどこか変わっていて、時々私達でも予想しないことをしでかす子だ」

「申し訳ございません、その件に関しては一切《いっさい》フォローできません」

王女様に喧嘩《けんか》を売って没落《ぼつらく》を目指していた、などと口が裂《さ》けても言えるわけがない。もっとも、目指したその結果が今という真逆の状況《じょうきょう》に至るのだが。

「変わった娘《むすめ》だが、自分の考えで動いて私達《親》が決めた婚約より多くのものをこの家に与《あた》えてくれた。それなのに、いったいどうして私達があの子の選んだ道に文句を言える？　それに、メアリがあの子らしく動けたのもお前がずっとそばに居てくれたからだ」

「……旦那様」

「メアリにも感謝しているがお前にも感謝している。だから堂々と、メアリの手を取ってこの扉を通りなさい」

「はい！」

「私はキャレルと一緒《いっしょ》に客人の反応がよく見える場所に陣取《じんど》っているから、何かあったら二人でどうにかしなさい。客人がどんな反応をするか、キャレルと賭《か》けをしているんだ」

それじゃ、とアディの肩《かた》を一度ポンと叩きあっさりと去っていく。その楽しそうな後ろ姿といったらなく、最後の最後で感動を覆《くつがえ》されたアディは一人ポツンと取り残され「なんてお似合いの夫婦《ふうふ》だ……」と呟いた。


そうして気付けばいよいよもって一人きりである。

客人はもちろんアルバート家夫妻までもが扉の向こう側で待っているのだ。それを考えれば緊張が再び這《は》い上がってきて、アディが自らを落ち着かせるために深く息を吐《は》いた。

扉から聞こえる賑やかな声に反して、誰《だれ》もいないこちら側は妙《みょう》な静けさを感じさせる。

「……というか、本当に誰も残ってないってどうなんだ？　皆《みんな》そんなに客人の反応が見たいのか⁉」

「あら、私だけじゃ不満なのかしら」

誰にともなく訴《うった》えたつもりが背後から返事をされ、アディが慌《あわ》てて振り返った。

そこに居たのは真っ白なドレスを身に纏《まと》ったメアリ。輝《かがや》かんばかりの純白と胸元《むなもと》に飾《かざ》られたアルバート家の家紋《かもん》が彼女の魅力《みりょく》を深め、きっちりと巻かれた銀糸の縦ロールが歩くたびに揺《ゆ》れ……ず、懐《なつ》かしいまでの安定感で顔の両サイドに構えている。

「お嬢《じょう》……」

「どうかしら？」

自慢気《じまんげ》に笑い、メアリがドレスを見せつけるようにクルリと回った。

純白のドレスの裾《すそ》が大きく広がる様はまるで咲《さ》き誇《ほこ》る花のようで、頭上のティアラがその美しさを後押しするようにキラリと光る。それと同時にブゥンと豪快《ごうかい》に揺れる縦ロールのなんと懐かしいことか。フワリ、ではなくブゥンと揺れるのだ。

その懐かしさと美しさにアディが見惚《みと》れつつ、そっと手を伸ばした。

「触《ふ》れても？」

「えぇ、良いわよ」

許可を得たアディの手がそっとメアリの髪《かみ》に触れようとし……「あ、待って！」と掛《か》けられた言葉にピタリと止まった。

「あまり強く摑《つか》むとドリルが崩れるわ！」

「崩れる……まさか、ドリルが⁉」

「えぇそうなの、そもそも貴方《あなた》をこんなに待たせたのも、なかなか縦ロールが巻けなくてね…

……人為的《じんいてき》に作り出そうとして思い知らされたわ、あのドリルは奇跡《きせき》の産物よ」

真剣《しんけん》な表情で語るメアリにアディも同じように真剣な眼差《まなざ》しで返し……どちらともなく、もう堪《こら》えきれないと言いたげに笑い出した。

「こんな日に、いったいなにを言ってるんですか」

「あら失礼ね。せっかく貴方が喜ぶと思ってこの髪形《かみがた》にしたのに、喜んでくれないの？」

「いいえ、喜んでますよ。嬉《うれ》しいです。本当に……心から、嬉しいです」

笑いすぎて涙目《なみだめ》になった目尻《めじり》を拭《ぬぐ》い、アディが改めてメアリに向き直る。

「髪に触れても良いですか？」

「えぇ、いいわよ」

再度伸ばされた手が今度はちゃんと髪に触れ、メアリが嬉しそうに瞳《ひとみ》を細めた。

愛《いと》おしむように撫《な》でられる感触《かんしょく》、ときおり指先が頰《ほお》を撫でる擽《くすぐ》ったさ。甘く痺《しび》れるようなこの感覚に悩《なや》んでいたのは昔のこと、今はもうこの感情の名前を知っている……そう考えれば、メアリの胸がやんわりと温まっていく。

「あの……抱《だ》きしめても良いでしょうか」

「えぇ、構わないわ」

髪に触れていた手がゆっくりと背に回される。

ドレスに皺《しわ》を作らないよう恐《おそ》る恐るといったその控《ひか》えめな抱擁《ほうよう》にメアリが小さく苦笑《くしょう》を漏《も》らした。応《こた》えるようにそっとアディの背に腕《うで》を回し、彼の上着に皺が出来ないようにと柔《やわ》らかく上着に手を添《そ》える。

触れる感触が心地《ここち》よく、ドレスの皺も、化粧《けしょう》も、いっそ髪形さえ崩《くず》れても構わないからもっと強く抱きしめてほしい……と、そんなことさえ思ってしまうほどだ。そしてどうやらアディも同じように考えていたらしく、メアリの背に回された手が一瞬《いっしゅん》だが強まり、次いで、

「キスしても良いですか？」

と、囁《ささや》くような甘い声がメアリの耳を擽った。

あぁ、いったいどうして拒否なんて出来るのかしら……と、溺《おぼ》れるような感覚に「もちろんよ」とだけ返す。それを聞いた彼の瞳が嬉しそうに細まる。それすらも愛しくて堪《たま》らないのだから、拒否など出来るわけがない。

そうしてゆっくりと二人の距離《きょり》が縮まり、互《たが》いにそっと瞳を閉じ……、
コンコン、
と、まるで「いい加減にしなさい」とでも言いたげなノック音に、揃《そろ》えたように目を丸くさせた。

「あらま……」

「あと少しだったのに……」

そんなことを呟《つぶや》きつつ、アディが手を差し伸《の》べ、メアリがそれに己《おのれ》の手を重ねる。その瞬間にアディが嬉しそうに目を細めたが、メアリはそれに対して気付かないふりをして急《せ》かすように軽く彼の手を握《にぎ》った。

今まで幾度《いくど》と無くパーティーに出てきたメアリの、それでも初めての『愛しい人のエスコート』、柔らかく握り返されれば思わず頬が緩《ゆる》む。

そうしてゆっくりと扉《とびら》が開かれ、二人を見た瞬間の来客達の表情といったらない。

なにせ皆揃《みなそろ》えたようにポカンとし、頭上に疑問符《ぎもんふ》を浮《う》かべているのだ。中にはアディの胸元にあるアルバート家の家紋が見えていないのか、この期《ご》に及《およ》んでサプライズの演出だと考え「結婚《けっこん》相手はどこからくるんだ」と周囲を見回している者さえいる。家紋に気付いた者も理解が追いつかないと言いたげだ。

だがそれも仕方あるまい。なにせ彼等にとって、メアリは普段《ふだん》通り従者を連れているだけなのだ。その光景に今更《いまさら》誰も驚《おどろ》かず「あの変わり者の令嬢《れいじょう》は、今日という日も従者を連れている」とそう考えたのだろう。

だからこそ不思議そうに新郎《しんろう》を捜《さが》す彼等に、メアリもアディも思わず小さく笑《え》みをこぼした。

「ねぇアディ、みんな誰を捜してるのかしら」

「まったくですね。見てください、旦那《だんな》様達の楽しそうな顔」

「えぇ本当、お兄様達、あれあと少しで笑い出すわよ」

「パトリック様も限界が近いですね」

唖然《あぜん》とする客人達のなか、事情を知る者達の楽しげな表情といったらない。なにせこの為《ため》にメアリの結婚相手がアディであることを箝口令《かんこうれい》を敷《し》いてまで隠《かく》し通してきたのだ。そして客人達の反応は彼等の満足のいくものだったのだろう。

そんな面々を眺《なが》めつつ、メアリが「良いことを思いついた！」とアディの服を掴み自分の方へと向き直させた。

「お嬢、良いことって？」

「とっておきの方法で皆を驚かせてやりましょう！」

「どうやって……」

そう尋《たず》ね掛けたアディの襟《えり》をグイと掴んで寄せ、引っ張られて屈《かが》む彼に合わせるようにメアリが背を伸ばした。

シン……と、一瞬会場内が静かになる。

「お……お嬢！」

「見なさいアディ、皆の顔！」

一瞬にして真っ赤になり慌てて離《はな》れるアディに、対してメアリが襟を掴んだまま楽しそうに会場内を見渡《みわた》す。目の前で繰《く》り広げられた『主人と従者では有り得ない』二人の行為《こうい》に客人達がポカンと間抜《まぬ》けな顔をしているのだ。それでも極《ごく》一部の者はキャァと嬉しそうな声をあげたり、その隣《となり》では堪えきれないと肩《かた》を震《ふる》わせたり「流石《さすが》は私の娘《むすめ》ね！」と喜んだり笑い出したりもしているのだが、ほんの一握《ひとにぎ》りである。

「お嬢、貴女《あなた》って人は……良いですか、節度というものをですね」

「サプライズの為よ、やむを得ないわ。それにさっきの続きをしただけよ」

「続き？　違《ちが》いますよ、さっきは俺が許可をもらったんだから……」

そう告げて、アディが再び、今度は自ら身を屈める。そうして軽くメアリの唇《くちびる》に触れると、

「俺が許可をもらったんだから、俺がキスしなきゃ」

とニヤリと笑った。

魅惑的《みわくてき》な錆色《さびいろ》の瞳に、ポッと頬を赤くさせたメアリが「ふむ、なるほど確かに」と頷《うなず》いて返すも、その声は一瞬にしてあがったざわめきに掻《か》き消された。


最大のサプライズで始まったパーティーは盛大に盛り上がり、アディは予想通りあちこちから引っ張りだこであった。従者の立場からアルバート家に婿《むこ》入りしたのだから当然と言えば当然であり、その慌ただしさといったらメアリ以上である。というより、アディにばかり人が集まっているせいかメアリはパーティーの最中も比較的《ひかくてき》ゆっくりと過ごし、それどころか中庭で寛《くつろ》ぐ時間まであった。結局のところ、メアリは昔も今も、そして結婚したこれからも変わらずメアリ・アルバートなのだ。今更媚《こび》を売っても仕方ないと誰《だれ》だって分かっているのだろう。

「思ってた以上に楽だわ。というより、もうちょっと皆《みんな》私に構ってくれてもいいのよ？」

「メアリ様ってば、こんなところで寛いでていいんですか？　アディさん大変なことになってますよ」

「あら大丈夫《だいじょうぶ》よ、お兄様とパトリックがフォローしてくれてるみたいだし」

中庭のベンチに腰掛《こしか》けのんびりと話すメアリに、隣に座るアリシアが「もう」と頬を膨《ふく》らませる。だが頬を膨らませつつもちゃっかりとケーキを載《の》せた皿を手にしているあたり彼女も咎《とが》めこそするがアディやパトリックのフォローに行く気はないのだろう。

そうして二人で慌《あわ》ただしい夫と恋人《こいびと》を見守っていると、「あの、メアリ様……」と声がかかった。

見れば、控えめに声をかける二人の令嬢。薄《うす》いピンクのふわりとしたドレスに身を包み小振《こぶ》りな花飾《はなかざ》りを風に揺《ゆ》らすパルフェットと、対して紺色《こんいろ》のシックなドレスに身を包んだカリーナ。対極的な二人のドレスは愛らしさと美しさという各々《おのおの》の魅力《みりょく》を最大限に引き立たせている。二人とも王女を前にして——カリーナにとっては前作ヒロインを前にして——緊張《きんちょう》した表情を浮かべ、とりわけパルフェットは小動物のように震えていた。

「パルフェットさん、カリーナさん。来てくださったのね」

「メアリ様、こ、この度《たび》は、おめでとうございます！　メアリ様がとてもお綺麗《きれい》で幸せそうで、感動して、私まで嬉しくて、嬉しくてぇ……」

思いだし泣きというものか、感動で瞳《ひとみ》を滲《にじ》ませるパルフェットにメアリが慌てて「喜怒哀楽《きどあいらく》の全《すべ》てで泣くのはやめなさい！」とフォローに入る。

次いでわざとらしくパルフェットの背後にいる人物を見て「あら」と声をあげたのは、言わずもがなガイナス・エルドランドが居るからだ。体躯《たいく》の良い彼の正装は様になっており、パルフェットの髪飾《かみかざ》りと揃いの花が胸元《むなもと》に飾られている。

エスコート相手なのだろう。それを見てニヤリとメアリが笑えば、言わんとしていることを察してパルフェットが慌てて首を横に振《ふ》った。

「ち、違います！　ガイナス様はエスコートとかじゃなくて、ど、どうしてもパーティーに来たいって、メアリ様に挨拶《あいさつ》したいって言うから！」

「そうなの？　でもおかしいわねぇ、エルドランド家には招待状を出したから、別にエスコートじゃなくても来られたのに」

「ひゃっ！　そ、それは……その、彼は、あの……喫茶店《きっさてん》を、私の行きたい喫茶店を知ってたから、その案内をさせていたんです！」

パルフェットが真っ赤になって必死に言い訳をすれば、それを聞いたメアリが「そうだったのね」と返しつつ笑みをこぼした。ガイナスに対して露骨《ろこつ》にそっぽを向くパルフェットは見ていて面白《おもしろ》く、それでいて意地悪したくなる可愛《かわい》らしさなのだ。

「つまり、彼は喫茶店までの案内役ってことね」

「そ、そうです！　それで、パーティーの時間になったから、その……どうしてもって言うから、一緒《いっしょ》に来てあげたんです！　エスコートなんかじゃありません！」

「それなら良かった。待っててちょうだい、今お兄様達を連れてくるから」

「えっ⁉　あ、あの、ちょっと待ってください！　それは、その……！」

会場内に戻《もど》ろうとするメアリを、パルフェットが慌てて引き留める。その分かりやすい反応にメアリがクツクツと笑みをこぼせば、アリシアとカリーナが揃えたように肩を竦《すく》めた。

「まったく素直《すなお》じゃない」と、そう言いたげな二人の表情は、もちろんメアリにもパルフェットにも向けられたものだ。

「まだ少し早かったみたいね。それなら後で時間を作ってちょうだい」

「……は、はい。そのうち……」

視線を泳がせるパルフェットの返事は随分《ずいぶん》としどろもどろで、心にもないことが聞いただけで分かる。それに対してメアリが「少し苛《いじ》めすぎたかしら」とフォローを入れようとし……ガッ！　と背後から肩を摑《つか》まれた。

「メアリ様、おめでとうございます。ところで私はいつでも時間が空いておりますが」

「絶対に来ると思ってたわ……」

獲物《えもの》をねらう狩人《かりゅうど》のごとく瞳を輝《かがや》かせ、情熱的かつ早口に捲《まく》したてるのは言わずもがな野心家令嬢《れいじょう》である。真っ赤なドレスは彼女の美しさを引き立たせているが、どういうわけかメアリには戦闘服《せんとう》にしか見えない。赤か、あの燃えさかる野心を如実《にょじつ》に表した赤がそう見せるのか。

その圧倒的《あっとうてき》な威圧感《いあっかん》に流石のメアリも気圧《けお》されていると、「メアリ様……」と再び恐《おそ》る恐るといった控《ひか》えめな声が聞こえてきた。

といっても今回はパルフェットとカリーナではなく――なにせパルフェットは「ガイナス様

か、エルドランド家も大きいのよね」と呟《つぶや》く野心家令嬢を相手に頬《ほお》を膨らませて威嚇《いかく》するのに必死で、カリーナはそんな二人を呆《あき》れたと言わんばかりに溜息《ためいき》をついて眺めている――見れば数人の令嬢達が気まずそうにメアリを見ていた。

彼女達に見覚えがある……とメアリが記憶《きおく》をひっくり返せば、今まで幾度《いくど》となく出席していたパーティーで背中に突《つ》き刺《さ》さった嫉妬《しっと》の視線を思い出した。冷ややかで、それでいて炎《ほのお》のように熱い視線。パトリックを独り占《じ》めしていると、いつも妬《ねた》ましそうにこちらを眺めていた面々だ。だが今の彼女達の瞳に嫉妬の色はなく、それどころか困惑《こんわく》の色を浮《う》かべていた。散々自分達の王子様を奪《うば》うと危惧《きぐ》していたメアリがよりによってあの結婚《けっこん》発表なのだから、信じられないと困惑するのも仕方あるまい。

だからこそメアリは彼女達の視線に対して余裕《よゆう》の笑《え》みを浮かべ、祝いの言葉に頭を下げた。「ありがとう」と返す言葉の裏に「もう見当違《けんとうちが》いの嫉妬も疑いも終わりにしてちょうだい」という皮肉じみた気持ちも込めておく。

そんなメアリに対し、令嬢達は気まずそうに顔を見合わせた後、ポツリと「どうして」と呟いた。

「あの、どうか怒《おこ》らないで聞いていただきたいのですが……その、どうして彼なんでしょうか？」

不思議そうに尋ねられ、メアリがキョトンと目を丸くした。

彼、とは言わずもがなアディのことである。人が選んだ相手に対して、それも結婚披露《ひろう》パーティーの真っ最中に「どうして」とは失礼にも程《ほど》があるが、彼女達はメアリと同じように政略結婚が常のこの世界に生きる令嬢だからこそ純粋《じゅんすい》な疑問として抱《いだ》いているのだろう。あのアルバート家の令嬢が、美貌《びぼう》と才能と権威《けんい》の全てを持ち合わせどんな男でも手に入れられるアルバート家の令嬢が、いったいどうして従者を相手に……と。

流石にそこまで直接的には尋《たず》ねてこないが、彼女達の視線はそう訴《うった》えている。おまけに、次々と「私はてっきり、メアリ様は……」「私はあの方と結婚されたのかと……」と明後日《あさって》な男の名前をあげてくるのだ。

その殆《ほとん》どがメアリにとって認識《にんしき》のない人物なのだが、彼女達にとって『最高の王子様を独り占めできるメアリ・アルバートが選びかねない人物』であり、彼女達にとっての王子様なのだろう。

つまり、彼女達は今度こそメアリに愛《いと》しい王子様を奪われるのだと覚悟《かくご》してパーティーに臨《のぞ》み、まったく予想しなかった人物に啞然《あぜん》とした……と。

それを察したメアリが苦笑《くしょう》を浮かべて肩を竦めた。

「どうしてって言われても、そんなの決まってるじゃない」

「……え？」

「だって、アディ以上の良い男なんていないんだもの」

そう笑ってメアリが答えれば、令嬢達が目を丸くする。

あのメアリ・アルバートがここまで素直に、正直に、なにより嬉《うれ》しそうに笑うのを見たことがないのだ。いつだってメアリは誰《だれ》もが羨《うらや》むパトリックの手を取り、それでいて頬を染めることも嬉しそうにはにかむこともなく、淡々《たんたん》と令嬢の役割をこなしていた。悠然《ゆうぜん》とさえ感じられるその態度に嫉妬し、逆立ちしても敵《かな》わぬアルバート家の権威を見せつけられていると涙《なみだ》を流す者さえいたのだ。

だが今のメアリはその真逆、嬉しそうに頬を染めて最愛の人を語っている。

「メアリ様、私達もしかしたら貴女《あなた》を誤解していたのかもしれません」

「そう、誤解が解けたのなら良かったわ。それで貴女達はどうなさるの？」

「どう、とは？」

疑問符《ぎもんふ》を頭上に浮かべて首を傾《かし》げる令嬢達に、メアリがチラと横目で会場内に視線を向けた。

今日のパーティーは流石《さすが》アルバート家と言える程の人数が集まっている。国内はおろか諸外国からも来客があり、もちろん彼女達が先程あげた『メアリに奪われるかと思った王子様』も出席しているのだろう。

「それで、また貴女達は何もしないで指をくわえて待っているのかしら？」

「それは……」

「黙《だま》って待っているだけじゃ根性《こんじょう》だけが売りの田舎娘《いなかむすめ》に掻っ攫《さら》われるって、パトリックの時に学んだでしょ？」

そうニヤリとメアリが笑うと、誰《だれ》もが小さく息を呑《の》んだ。

だがそれでも困惑の表情を浮かべるだけで動こうとはせず、変わらぬその奥手さにメアリが小さく溜息をつく。

「世の中には、言われてようやく相手のことをどれだけ愛していたか自覚するような、そんな呆れちゃうくらい鈍《にぶ》い人もいるのよ」

誰とは言わないけど、とわざとらしく付け足せば、それを聞いていたアリシアが小さく笑う。そんなアリシアの反応を咎《とが》めるようにメアリがコホンと咳払《せきばら》いをしたのは、言うまでもなく『呆れちゃうくらい鈍い人』がメアリ自身だからである。

アディに愛していると言われ、アリシアに諭《さと》され、そうしてようやく自分の心がずっと彼にあったことを自覚したのだ。その鈍さを考えれば恥《は》ずかしくて名前など明かせるわけがない。

だからこそメアリが改めて「誰とは言わないけど」と念を押して話し始めた。

「世の中にはそういう鈍い人もいるんだから、相手がいつか気付いてくれる……なんて夢を抱いて待つのは時間の無駄《むだ》じゃないかしら？　動いたもの勝ちとは言わないけど、現に今、私達の前には動いて勝ち取った方がいらっしゃるのよ」

チラとメアリが横目で視線を向ければ、言いたいことを察してアリシアが照れくさそうに苦笑をもらした。

彼女はパトリックに振り向いてもらうために動き、相手が誰もが焦《こ》がれる王子であっても臆《おく》することも退くこともなく追いかけ続けた。そうしてついには彼の心を射貫《いぬ》いたのだ。身分の差、生まれの違《ちが》い、数多《あまた》の恋敵《こいがたき》、それら全《すべ》てを想《おも》い一つで乗り越《こ》えた。

それに……と次いでメアリが会場内にいるアディに視線を向ける。彼が動いてくれたからこそ、鈍い自分は胸を痺《しび》れさせるこの感情の名前を知ることができたのだ。

もっとも、想いのままに動いたからと言って必ず相手が振《ふ》り向いてくれるとは限らない。リリアンヌのように道を間違《まちが》えたり、カリーナのように手遅《ておく》れで終わるときもある。下手《へた》をすれば傷つくだけで終わることだってある。

それでも……と、諭すような落ち着きのある声色《こわいろ》でメアリが告げた。

「動くのはとても勇気が必要なことよ、相手に嫌《きら》われてしまうかも知れない、はしたないと思われるかも知れない、そんな不安があるのも分かるわ。それでも……私は、そうやって動ける人をとても素敵《すてき》だと思う」

まるで愛おしむようなその声に、中庭が一瞬《いっしゅん》シンと静かになる。

そんな静けさを破ったのは、会場から聞こえてくる軽《かろ》やかな音楽。曲調が変わったあたり、ダンスでも始まったのか。

「せっかくだし、皆《みな》さんどなたかダンスに誘《さそ》ってみたらいかが？」

名案だと言わんばかりのメアリの発言に、それを聞いた令嬢達が驚《おどろ》いたように目を丸くさせた。

女からダンスに誘うなどと考えたこともなかったのだ。いつだって最初の一曲はエスコート相手と踊《おど》り、その後は男性からの誘いを求めるように只《ただ》ジッと見つめるだけ。良くて親や知人のツテを使うぐらいだ。だからこそ、そんな非常識な……と訴えかねない令嬢達の表情にメアリが悪戯《いたずら》っぽく笑って見せた。

「あら、今日はアルバート家の変わり者の令嬢が従者との結婚を披露した日なのよ？　女が男をダンスに誘うなんて驚くようなものじゃないわ」

ニヤリと笑いながらメアリが告げれば、誰もが目を丸くさせて顔を見合わせた。相変わらずの変わり者ぶりだとでも言いたいのだろう。

だが徐々《じょじょ》にではあるがその表情が変わっていくあたり、彼女達なりに思うところがあるのだろう。今度こそ愛しい王子様を誰にも奪われたくないと、胸に秘《ひ》めているだけではまた奪われてしまうと、そんな焦《あせ》るような想いがあるのか。それでも今までの待つだけの習慣が楔《くさび》のように足を絡《から》め、互《たが》いに困惑を浮かべて顔を見合わせる。


会場と中庭をつなぐ通路からアリシアを呼ぶ声が聞こえてきたのは、ちょうどその時である。

誰もが振り返り、そして三者三様の表情を浮かべる。愛おしむような微笑《ほほえ》み、焦がれるような熱、そして諦《あきら》めなければならない哀愁《あいしゅう》……。そんな様々な視線を受け、それでも彼は気付くことなく「アリシアここに居たのか」と最愛の恋人《こいびと》の名を、彼女の名だけを呼んだ。

「パトリック様、どうなさいました？」

「もうすぐダンスが始まるから、君と……なんだ、メアリも居たのか」

「今日の主役に対してあんまりじゃないかしら」

冗談《じょうだん》めかして睨《にら》みつけるメアリに、パトリックが苦笑と共に謝罪の言葉を口にする。

そんな雑談を止めたのは、緊張《きんちょう》を露《あら》わにした表情でアリシアに歩み寄ったカリーナだった。

「アリシア様……」と窺《うかが》うような声色は普段《ふだん》の毅然《きぜん》とした彼女らしからず、頭を下げつつチラと横目でパトリックをみる視線には戸惑《とまど》いさえ見られる。だが二人の今の身分と、そしてゲーム上の立場、どちらを考えてもカリーナがアリシアに対して臆してしまうのは仕方あるまい。

「無礼を承知でお願い申しあげます……パトリック様を、ダンスにお誘いしてもよろしいでしょうか？」

控《ひか》えめながらに告げるカリーナの発言に、令嬢達《れいじょう》が小さく息を呑み目を丸くさせた。

だがそれも当然、王女を前にして、公表こそしていないが彼女の恋人をダンスに誘いたいと申し出たのだ。普通《ふつう》であれば咎められ、罰《ばっ》せられ、二度と社交界に出られなくなっても仕方あるまい。

だがアリシアはその申し出に瞳《ひとみ》を細めて微笑み返すと「勿論《もちろん》です」と深く頷《うなず》いて返した。

その返事を受け、カリーナがパッと顔を上げる。そうしてゆっくりとパトリックの元へと歩み寄れば、話に付いていけずにいるパトリックも大方のことを察したのかカリーナに視線を向けた。

「パトリック様、私ずっと……ずっと昔から、貴方《あなた》をお慕《した》いしていました。ずっと……」

必死に言葉を紡《つむ》ごうとし、それでもどこか濁《にご》すカリーナに誰もが見守るような視線を向ける。

それほど昔から……と誰もがそう思っているのだろう。

だが実際は外野が思うよりずっと昔からカリーナはパトリックに恋《こい》をしていた。『前世』という、説明することも出来ない昔から。それを告げられないもどかしさか、カリーナが一瞬言葉を飲み込み視線を泳がせ……そして意を決したかのようにパトリックを見上げた。

「ずっとお慕いしていたこの想いを記憶《きおく》にするために、パトリック様への想いを『いい思い出』として胸に抱《いだ》いて次に進むために、どうか、どうか最後に私と踊っていただけませんでしょうか？」

請《こ》うようなカリーナの声色に震《ふる》えが混ざるのは、彼女自身でこれが最後だと覚悟《かくご》し、そしてそう決めたからこそ断られたらと恐怖《きょうふ》が沸《わ》き上がるからなのだろう。

昔から、それこそ『前世』という途方《とほう》もない昔から恋《こ》い焦がれてきた想いの最後、それを拒《きょ》絶《ぜつ》されたとあれば次に進むどころではない。後悔《こうかい》して、苦しんで、諦めきれない想いに囚《とら》われ続けるだけだ。

そしてカリーナがパトリック相手に臆するのには、もう一つ理由があった。

彼女の中のパトリックはあくまで『ドラ学』のパトリックなのだ。容姿《ようし》端麗《たんれい》、文武両道、女性の理想を詰《つ》め込んだ王子のような外観でありながら冷めた態度が女性の胸を打つ。己《おのれ》と他者に厳しく、そして柔《やわ》らかな表情は恋人である主人公《アリシア》にだけ見せる、そんな男だと思っているのだ。

彼が本当は面倒見《めんどうみ》が良く、気心が知れた相手には年相応の対応をすることも、案外に皮肉屋で冗談を言ったり、笑うのを堪《こら》えて肩《かた》を震わせながら冷静を取り繕《つくろ》っていることが多々あることも、ゲームのパトリックしか知らないカリーナには想像もつかないのだろう。

だからこそ、主人公《アリシア》ではない自分の誘いは断られるかも知れないと怯《おび》えているのだ。

そんな女性の気弱な願いに、パトリックは穏《おだ》やかに笑うとそっと彼女の手を取った。

「俺でよければ、喜んで」

と、そうしてカリーナを会場へとエスコートしていく。その時の彼女の嬉《うれ》しそうな表情といったらない。

そんな二人を見送れば、入れ替《か》わるように会場内からざわめきが聞こえてきた。パトリック・ダイスが王女以外の女性をつれているからだ。それでもいくら周囲がざわめこうがパトリックが臆することもなく、なにより王女公認《こうにん》なのだから問題にすべきでもない。

それより、メアリにとってはカリーナを見送った令嬢達の表情が変わり始めたことの方が興味深かった。そうして次第《しだい》に誰《だれ》もが「私も……」と呟《つぶや》きだす。

自分もパトリックと踊りたいと二人の後を追う者、もう待ち続けるのは嫌《いや》だと決意を固め意中の人物を捜《さが》しに行く者、各々《おのおの》が抱いた想いのままに焦がれる王子の元へと向かえば、中庭に残されたのは数名。

令嬢達を見送るメアリとアリシア、そして互いに動けずにいるパルフェットとガイナス。

……それと、メアリの背後からその肩をガッ！　と摑《つか》む令嬢。

「メアリ様、私もちょっと行ってきます」

「どうしてかしら、貴女《あなた》の『行ってきます』が『狩《か》ってきます』にしか聞こえないの。というか、先陣《せんじん》切って行くかと思ってたわ」

「私、人の獲物《えもの》はとらない主義なんです。他《ほか》の方々の動きを見てからにしようと思いまして」

「良識のある狩人《かりゅうど》だわね。何か困ったことがあったら言いなさい、協力してあげる。私、実は貴女のガッガツしたところ嫌いじゃないの」

「お義姉様《ねえさま》と呼んで頂いても構いませんが」

「恐《おそ》ろしいこと言わないでちょうだい」

冗談じゃないわ、とメアリが呟けば、楽しそうに笑いながら野心家令嬢が会場《狩り場》へと向かっていく。その後ろ姿をメアリが心の中で法螺貝《ほらがい》を吹《ふ》きつつ見送り、次いでパルフェットに向き直った。カリーナがパトリックに声をかけ他の令嬢達がそれに続き始めたあたりから、彼女はそれはもう見ていられないくらいに落ち着きを失っていたのだ。

おおかた、誰《だれ》かがガイナスに声をかけてしまわないかと不安だったのだろう。そんなガイナスはといえば、逆にパルフェットが誰か他の男の元へと行ってしまわないかと不安げに視線を向けていた。

「誰も来ないで」とも「誰のところにも行かないでくれ」とも口にこそしないが顔に書いてあり、割って入れる者などいるわけがない。

「それで、パルフェットさんはどうするのかしら？　気になる方がいるなら協力するわよ。もちろん、お兄様を呼んでも……」

呼んでも良い、と言い掛けメアリが慌《あわ》てて背後を振《ふ》り返った。勿論このパターンだと野心家令嬢に肩を掴まれると知っているからだ。

だが振り向いたところでメアリの背後には誰もいない。考えてみれば当然、彼女は先程《さきほど》パーティー会場へと向かっていったのだから、背後にいるわけがない……。そうメアリが自分自身に言い聞かせ「失礼」と話の腰《こし》を折ったことを詫《わ》びた。

「あの、メアリ様、私は……そういうのは……」

「……そうね、ならうちの庭を見てきたらいかが？　アルバート家の庭と言えば、ここいらでは有名なのよ」

「そ、そうですね！　私、そうします！」

メアリの提案を聞いたパルフェットがパッと表情を明るくさせる。そうして「一人で行ってきます！」とわざとらしく告げるのは、これ以上メアリに突《つ》っつかれないためか、それとも「誰のところにも行く気はない」と伝えるためか……。

どちらにせよ、意気揚々《いきようよう》と去っていくパルフェットとその後を追うガイナスの背中に、メアリが「手の掛かる子ね」と小さく笑って椅子《いす》に腰掛《こしか》けた。


そうして残されたのは、メアリとアリシア。

心地《ここち》よい風が会場から音楽を運び、二人の対極的な色合いの髪《かみ》を揺《ゆ》らして吹き抜《ぬ》けていく。ようやく訪《おとず》れたその静けさにメアリが一息つけば、それを見たアリシアがクスクスと笑った。

「あら、何が楽しいのかしら」

「メアリ様が楽しそうだからです」

「楽しい？　私が？」

「エレシアナ大学でお友達がたくさんできたんですね」

まるで自分のことのように嬉しそうにアリシアが告げ、それを聞いたメアリがほんのすこし頰《ほお》を赤らめコホンと咳払《せきばら》いをした。

そうしてチラと隣《となり》に座るアリシアに視線を向ければ、前世《ゲーム》の記憶を思い出し初めてアリシアと出会ったあの日が随分《ずいぶん》と昔のように感じられる。あれからどうにも物事が思ったようにうまくいかず……そして今日という最高の日に辿《たど》り着いた。彼女に嫌《きら》われ没落《ぼつらく》しようとしていた日々がまるで嘘《うそ》のようだ。ゲームの通りにと、あれほど頑張《がんば》っていたのは何だったのか。

そんなことを考えつつ、ふと『ドラ学』を思い出した。元々ゲームや前世について割り切って考え、おまけに最近ではあまり思い出そうともせずにいたからか、今では記憶もだいぶおぼろげになっている。

『ドラ学』のアリシアはその太陽のような明るさと笑顔《えがお》で攻略《こうりゃく》対象者を癒《いや》し、そして彼等の貴族らしく凝《こ》り固まった心をとかしていった。

それを思い出し、メアリが小さく笑みをこぼす。きっと、誰よりこの太陽の光に心をとかされたのは私だわ……と、そう思えど素直《すなお》に告げてやることなど出来ず、フィとそっぽを向いて会場内に視線を向けた。

パトリックが数人に声をかけられ、あちこちで令嬢《れいじょう》達が意中の王子様に声をかけている。中にはついに王子様を射止めたのかうっとりとした表情で手をとられて踊《おど》る者や、それに乗じてあの場には居なかった者まで意中の相手をダンスに誘《さそ》いだす始末。

相変わらず……いや、ゲーム以上に、ゲームの世界など最早《もはや》関係ない程《ほど》に、これは何ともお花畑な大団円ではないか。

そう考えながらメアリが小さく笑みをこぼせば、隣に座っていたアリシアがメアリの手を掴んだ。

何事かと驚《おどろ》いて視線を向ければ、そこにはアリシアの満面の笑み。おまけに彼女がおもむろに立ち上がるのだから、これにはメアリも疑問を抱きながらもつられるように立ち上がった。

「なに、どうしたの？」

「メアリ様、踊りましょう！」

キラキラと輝《かがや》かんばかりのアリシアの笑顔に、メアリがキョトンと目を丸くさせ、ついで「大袈裟《おおげさ》ね」と溜息《ためいき》をついた。どうやら他の令嬢達にあてられて踊りたくなったらしい。

それにしたって、お互《たが》い既《すで》に相手が決まっているのだからそこまで意気込むこともないのに……と文句を呟いていると、アリシアがメアリの腕《うで》をグイと引いて急《せ》かしてきた。

「メアリ様、行きましょう！」

「はいはい、分かったわよ。でもパトリックは今忙《いそが》しいみたいだから、もう少し待ってあげたら？」

「何を言ってるんですか、私とメアリ様で踊るんですよ！」

「……はぁ!?」

どういうこと!?　と声をあげるメアリの腕を引っ張り、アリシアが会場へと向かう。

相変わらず王女らしからぬその強引《ごういん》さにメアリは碌《ろく》な抵抗《ていこう》も出来ず、引っ張られるまま「待ちなさい！　放して！」と声を荒らげるしかない。

そうして人混《ひとご》みを掻《か》き分けて会場内を進めば、そんな二人に気付いたアディが駆《か》け寄ってきた。

「お嬢！　あの、俺と一曲」

「アディさんは私のあとです！」

「あと⁉」

アディの誘いを一刀両断し、アリシアが止まることなく進む。

もちろん「勝手に断るんじゃないわよ！」とメアリが怒鳴《どな》るのだが、それでアリシアが足を止めるわけがない。それどころか、ちょうど一曲を終えたパトリックの「アリシア、次は君と」という誘いすら「パトリック様はもっとあとです！」と断ってしまうのだ。

哀《あわ》れ男二人は唖然《あぜん》とし、誰より哀れなメアリは気付けば会場のど真ん中。

先程まで音楽に合わせて優雅《ゆうが》に踊っていた者達も、これには誰もが驚いて足を止める。アルバート家の令嬢と王女が手を取り合って——メアリからしてみれば手を取られて、それどころか引きずられて、なのだが——会場の中央に躍《おど》り出たのだ。楽団でさえ演奏を続けつつも二人に視線を向ける。

そんな視線をものともせず、アリシアが嬉《うれ》しそうにメアリの手を握《にぎ》りしめた。

「さぁメアリ様、踊りましょう！」

「ちょ、ちょっと待って！」

「ほら音楽が始まりますよ！」

「わ、わわ、引っ張らないで、そんなに振り回さないで！」

「楽しいですねぇ、メアリ様」

音楽に合わせてアリシアがクルクルと回れば、彼女に腕を取られているメアリは振り解《ほど》くこともできず、まるで振り回されるようにその後を追う。その無様としか言いようのない姿は優雅と言うには程遠く、お世辞にもダンスとは言えない。

そんな二人を周囲は苦笑《くしょう》を浮《う》かべながら温かな視線で見守り、アディとパトリックも顔を見合わせて肩《かた》を竦《すく》めた。

騒々《そうぞう》しくはあるが、なんとも楽しげな光景ではないか。もっとも、グルグルと回るアリシアに引っ張り回されているメアリは楽しいわけがない。アリシアは止まりそうにないし、周囲もどういうわけか見守るだけで止めてくれない。転ばないようにと必死である。

そうしてついにはスゥと息を吸い込み……、

「ちょっとは人の話を聞きなさいよ！　この田舎娘《いなかむすめ》が！」

と、結婚披露《けっこんひろう》パーティーにはそぐわぬ怒鳴り声をあげれば、その声に被《かぶ》さるように、二人の腕に塡《は》められた色違《いろちが》いのブレスレットがカチャンと音を立ててぶつかった。

エピローグ

「本当に、本当に、ほんっとうに！　続編とかファンディスクとか、そういうのは無いんですね⁉」

「本当に、本当に、ほんっとうに！　そういうのはもう無いわよ！」

問い詰《つ》めるような勢いで尋《たず》ねてくるアディに、メアリがうんざりだと言いたげに答えた。

先程のアリシアとのダンスが――メアリにとってはダンスとは言い難《がた》いが――終わって直後、満足気なアリシアに引きずられるように疲労困憊《ひろうこんぱい》のメアリが中庭に戻《もど》ると、待っていたのはアディのこの尋問《じんもん》であった。

いったいどういうわけか、この従者……もとい夫は、祝いの場でありながらもゲームの続編の有無《うむ》が気になるらしい。それも、様子から見るに相当だ。

そんなアディに対してメアリが溜息をつきつつ、近くにいたカリーナを呼び寄せた。

「ねぇ『ドラ学』のシリーズって2で終わってたはずよね？」

「確かそのはずです」

「ほら、彼女もそう言ってるじゃない」

ね、とメアリが念を押せば、アディが些《いささ》か不満そうに、それでも「分かりました」と頷《うなず》いた。

だがどうにも怪訝《けげん》そうな、まだ信用できないとでも言いたげなその表情に思わずメアリが小さく溜息をつく。

「ねぇアディ、どうしたの？　貴方《あなた》ゲームなんてどうでも良いって言ってたじゃない」

「そうですよ」

「それなら、いったい何が不満なの？」

「……です」

「え？」

「これ以上増やされたら、たまったもんじゃないんです！」

そう自棄《やけ》になったように喚《わめ》くアディに、メアリが目を丸くさせ、いったい何が増えるのかと尋ねようとし……、

「メアリ様ぁ！　もう一曲踊りましょう！」

と飛びついてきたアリシアに右腕《みぎうで》を取られ、

「あの、メアリ様、わ、私とも……嫌《いや》じゃなければ、お、踊ってくださいませんか……？」

と、不安げな瞳《ひとみ》で見上げてくるパルフェットに左腕を取られ、出かけた言葉を飲み込んだ。

アディが錆色《さびいろ》の瞳で「何がって？　これですよ」と訴《うった》えている。その冷ややかな視線にこれは確かに納得《なっとく》せざるを得ないとメアリが小さく溜息をついた。

そうしてグイグイと引っ張ってくるアリシアとパルフェットに視線を向ける。

「いいこと、そもそも今日は私とアディの結婚披露のパーティーであって」

「メアリ様！　ほら、中央があいてますよ！」

「だから人の話を聞きなさいよ！　パトリック！　パトリックはどこ⁉　この子を引き取ってちょうだい！」

「メアリ様ぁ……や、やっぱり私とは……！」

「貴女《あなた》も貴女で、私なんか誘ってる場合じゃないでしょ！」

二人を叱咤《しった》し、それぞれの保護者――パトリックとガイナスである――を捜《さが》す。が、前者は今まさに他《ほか》の令嬢《れいじょう》の思い出づくりに付き合わされ、チラとメアリと視線が合うと遠目ながらに「すまない」と口パクで告げてきた。後者に至っては「俺には無理です」と無言で首を横に振《ふ》っている。

そんな頼《たよ》りにならない保護者達にメアリが盛大に溜息をつき、未《いま》だ左右の腕を取る二人に何か言ってやろうとし……グイ、と強く引き寄せられた。

声を出すよりも先に逞《たくま》しい腕が体を包み、額がポスンと何かに……誰《だれ》かに当たる。締《し》め付けられるような感覚に抱《だ》き寄せられたのだと理解すれば、それとほぼ同時に両腕にしがみついていた二人が手を離《はな》すのが分かった。

「駄目《だめ》です！　お嬢は俺と踊るんですから！」

そう頭上から聞こえてくる言葉はまったくスマートとは言い難く、ダンスの誘い文句としては落第点である。

だがそんなアディらしい間の抜《ぬ》けた誘いにメアリが小さく笑い、ようやく解放された腕を彼の背へとまわした。もっと強く抱きしめてと強請《ねだ》るように彼の上着を掴《つか》み、見せつけるように体を擦《す》り寄せる。

「ごめんなさいね、二人とも」

そうアリシアとパルフェットに告げ、自分を抱きしめる人物を見上げる。

頬《ほお》を赤くさせたアディが何か言いたげにこちらを見つめており、その欲情的な錆色の瞳にメアリが口角を上げた。なんて分かりやすくて、そして甘い独占欲《どくせんよく》。

「さすがのメアリ・アルバートも、こんなに情熱的に誘《さそ》われたら断れないの」

クスクスと笑いながら、差し出された手に己《おのれ》の手を重ねて返した。


そうしてアディに手を取られて会場内へと向かう。

中央にゆっくりと歩み出れば、周囲が「ようやくか」と苦笑を漏《も》らすのが聞こえてきた。確かに、本来であれば一番に踊《おど》るべき二人がこんな遅《おく》れた登場なのだ。おまけに先程《さきほど》のアリシアとの一件もあるのだから誰もが呆《あき》れたと肩を竦めるのも仕方あるまい。楽団までもが苦笑を浮かべ、待ってましたと言わんばかりに楽譜《がくふ》をめくる。

次いでゆったりと流れてくる音楽に合わせてアディに寄り添《そ》い、拗《す》ねるような彼の表情に思わずメアリが小さく吹《ふ》き出した。

「アディ、貴方まだ拗ねてるの？」

「……俺が一番に踊りたかったんです」

「あの子《アリシア》とのダンスなんて正式なものには入らないわよ。あんなもの『メアリ・アルバート振り回し大会』にすぎないわ」

「なにそれ参加したいんですが」

「安心なさい。メンタルの部はぶっちぎりで貴方が優勝よ」

そんな二人らしい——そして結婚披露パーティーらしからぬ——会話をしつつ、寄り添い、互《たが》いに顔を見合わせてはクスクスと笑いあう。傍《はた》から見ればさぞ絵になっており、会話の内容こそ聞こえなければ愛し合う二人の夢のような一時《ひととき》として映ることだろう。

そんな空気の中、メアリがギュウと強くアディの手を握った。

自分の手より一回り以上大きい男らしい手。強く掴まれた時は泣きたくなる程に胸が痛んだのに、今は繋《つな》がれた手から、絡《から》められた指から、甘い痺《しび》れが流れ込んで体中をとろけさせる。

「ねぇお嬢、貴女が一番初めにダンスを踊った相手を覚えていますか？」

「一番初め？　そうねぇ、ダンスの先生かしら？　それともお兄様？」

「いいえ、俺です。貴女がまだヨチヨチと歩いていた頃《ころ》、聞こえてくる音楽にあわせて俺と踊っていたんですよ」

昔を思い出しているのか楽しそうに笑うアディに、メアリが「そうなの？」と僅《わず》かに目を丸くさせた。

『ヨチヨチと歩いていた』という彼の表現から考えるに、相当昔、物心つくずっと前なのだろう。勿論《もちろん》その時のメアリにダンスという概念《がいねん》があるはずもなく、当然だがパーティー会場であるわけがない。きっとどこか別の場所で、アディに手を取られながらヨタヨタとおぼつかない足取りでダンスもどきのステップを踏《ふ》んでいたのだろう。

そんな光景を思い描《えが》き、メアリが小さく笑《え》みをこぼした。

「どうりで誰《だれ》と踊っても楽しくないはずだわ。だって、一番初めに最高の相手と踊っていたんだもの」

誰もが焦《こ》がれるパトリックに手を取られ華《はな》やかなパーティー会場の真ん中で彼の完璧《かんぺき》とさえ言えるリードに身を委《ゆだ》ねても、気分はいつも高まることなく楽しいとも思えなかった。自分の感情が壊《こわ》れているのかとさえ思っていたほどだ。

だというのに、今のこの幸福感といったらない。繋がれた手が温かく、寄り添っているだけで体に熱が灯《とも》る。まどろむような幸福感と胸の高鳴り。心の底から嬉《うれ》しいと、この瞬間《しゅんかん》が何より楽しいと、そう思えるのだ。

この感情を知ってはじめて、今までパトリックを独り占《じ》めしていたことを申し訳なく思えてくる。みんなこの幸せな時間を味わいたくていつも彼の誘いを待ち望んでいたのだ。

そう小さく笑い、メアリがアディを見上げた。

彼の錆色の瞳が自分を見つめ、同色の髪《かみ》がふわりと揺《ゆ》れる。音楽に合わさったその光景は何とも言えぬ壮観《そうかん》ではないか。柔《やわ》らかく微笑《ほほえ》まれれば、心臓がとろけて甘い幸福感に体中が包み込まれる。あぁなんてダンスって素敵《すてき》なのかしら……！　と、今まで散々「よくあんな退屈《たいくつ》なこと好き好んでやるわね」と文句を言っていたことなどさっぱり忘れて、メアリがうっとりまどろみに身を任せてアディの胸元《むなもと》に擦り寄った。

「ねぇ、これからパーティーではいつも踊りましょうね」

「えぇ、勿論です」

「いつも私のエスコートをしてね」

「はい、必ず」

「ずっと一緒《いっしょ》に居てちょうだい」

「貴女の隣《となり》が俺の居場所です」

「私の居場所も、貴方の隣よ」

そう笑いながら瞳を細め、メアリがそっと背伸《せの》びをし……、
ムギュ、
と、軽く足を踏まれて閉じかけた瞳をパチンと瞬《またた》かせた。

「当分はダンスの練習が必要かしら」

「……精進《しょうじん》いたします」

申し訳なさそうなアディにメアリがニヤリと笑い、お返しにとムギュと彼の足を踏み返してやると同時に、その足を踏み台にしてキスをした。

パーティーの最中に

「まだですよ。まだ目を開けちゃ駄目《だめ》ですよ」

そう小声で告げるアリシアに、腕《うで》を取られながら歩いていたメアリが同じように小声で「分かってるわよ！」と喚《わめ》いた。もちろん、言われるままに目を瞑《つぶ》りながら。

結婚《けっこん》披露《ひろう》パーティーの最中、来客の応対に努めていたメアリは突如《とつじょ》腕を掴んできたアリシアに強引《ごういん》に連れ出され今に至る。目を瞑っているためどこを歩いているのか詳《くわ》しいことは分からないが、それでもこの年まで過ごしてきたアルバート家の屋敷《やしき》なのだから大体の場所は把握《はあく》できる。

たぶん中庭だ。それも噴水《ふんすい》に近付いているはず。

だがそれが分かってもアリシアに連れられている理由が分からず、それでも彼女には何を言っても無駄だと諦《あきら》め半分で腕を取られるようにして歩いていた。一応「しょうもない理由だったらひっぱたいてやるからね！」と牽制《けんせい》はしておく。効果があるかは定《さだ》かではないが。

そうしてご機嫌《きげん》なアリシアに連れられ、中庭を目を瞑ったまま歩き……、

「メアリ様、もう目を開けて良いですよ！」

と楽しそうなアリシアの声に、恐《おそ》る恐るゆっくりと目を開けた。

「右頬《みぎほほ》が良いか、左頬《ひだりほほ》が良いか選ばせてあげる……わ……」

という暴言も忘れない。だがその言葉を途中《とちゅう》で飲み込んでしまったのは、目の前の光景があまりに美しく魅力的《みりょくてき》だからだ。

月の光が噴水の水に反射し瞬《また》くように輝《かがや》き、周囲の花が淡《あわ》く映り込んでは水の流れに合わせて揺れる。幻想的《げんそうてき》なその光景は屋敷の絢爛豪華《けんらんごうか》な華やかさとはまた違《ちが》った魅力にあふれ、その光景にメアリが吐息《といき》をもらした。

なによりメアリの胸をときめかせるのは、この美しい光景のなかで佇《たたず》む人物。こちらに気付くと嬉しそうに微笑み、錆色《さびいろ》の髪を風に揺らす。

「お嬢《じょう》」

と、そう呼ばれてメアリの胸に熱が灯る。

「アディ、こんなところでどうしたの？」

「パトリック様に呼び出されたんです。でもいらっしゃらなくて……。お嬢はどうしました？」

「私は……あぁ、そういうことね」

いつの間にか居なくなったアリシアの姿を思い描き、メアリが小さく笑みを零《こぼ》した。「田舎《いなか》娘《むすめ》にしては中々洒落《しゃれ》たこと考えるじゃない」と、メアリなりの感謝も抱《いだ》いておく。

そうして改めてアディへと向き直れば、彼も察したのだろう照れくさそうに笑ってゆっくりと手を伸《の》ばしてきた。それを大人しく受け入れれば優《やさ》しく頰《ほお》を撫《な》でてくる。擽《くすぐ》るような指の動きと、時折髪を撫でる仕草が胸を温かく溶《と》かす。浮遊感《ふゆうかん》に似た心地《ここち》よさに任せてアディに寄り添《そ》えば、まるでダンスを踊《おど》るようにそっと腰《こし》に手が添えられた。

会場から音楽が風に乗って聞こえてくる。それに合わせて体を揺らせば、アディがリードするように一歩足を引いた。

「足を踏まないでちょうだいね」

そう悪戯っぽく笑い、彼の胸元に身を預けるように寄り添う。伝ってくる心音が心地よく、肌《はだ》を伝って自分の心音と重なり合う。その幸福感のまま、彼を見上げて強請《ねだ》るように瞳《ひとみ》を閉じた。

その意図を察したのだろう、アディの足が止まる。どうやら口付けとダンスを同時にこなすことは出来ないらしく、その不器用さにメアリが小さく笑みを零して促《うなが》すように服を引いた。

頰に手を添えられ、優しく撫でられると共に彼が近づいてくるのが分かる。そうして捧《ささ》げるようにそっと唇《くちびる》に触《ふ》れる感触《かんしょく》の柔らかさ、温かさ、なにより胸を包む幸福感。世界中のどのケーキもタルトも敵《かな》わない蕩《とろ》けそうな甘さに、メアリがアディの背に腕を回した。

二人きり、月に見守られ交《か》わす口付け……まるで夢物語のラストシーンのようではないか。

この演出にはメアリもご満悦《まんえつ》で、交わされる口付けが次第《しだい》に深くなるのも許してしまう。……
……のだが、腰に回された彼の手が撫でるような動きを見せ始めた瞬間、瞳をカッと見開き、

「節度ぉ！」

と、右の拳《こぶし》を彼の脇腹《わきばら》にめり込ませた。

「相変わらず切れの良い右フック……！」

これは世界を狙《ねら》える……と褒《ほ》め言葉と共に膝《ひざ》から頽《くずお》れるアディを、メアリが頬を赤くしながら睨《にら》みつけた。

あとがき

こんにちは、さきです。

『アルバート家の令嬢《れいじょう》は没落《ぼつらく》をご所望《しょもう》です』2巻をお手にとって頂き、ありがとうございます。

前作ではラブコメというにはコメディに偏《かたよ》っていたこのお話ですが、本作でようやくラブコメのバランスが取れたかなぁ……という具合です。いかがでしたでしょうか？

『楽しい』をめいっぱい詰《つ》め込むことを目指して書きだしたこの作品、大団円な最後を書ききったときの晴れやかな気分は今でも忘れられません。

本編は今作で終了《しゅうりょう》していますが、ＷＥＢの方では短編をちょこちょこと掲載《けいさい》しております。

またメアリ達に会いたいと感じ覗《のぞ》いて頂けたなら作者としてこれ以上のことはございません。

最後になりましたが、
可愛い格好良いキャラクターを画いてくださった双葉《ふたば》様、ここまで導いてくださった担当様。

そしてなにより、この本を手に取り読んでくださった全《すべ》ての方。

本当にありがとうございました。

それでは、またお会いできることを願って。

さき

「アルバート家の令嬢は没落をご所望です 2」の感想をお寄せください。
おたよりのあて先
〒102-8078 東京都千代田区富士見1-8-19
株式会社KADOKAWA 角川ビーンズ文庫編集部気付
「さき」先生・「双葉はづき」先生
また、編集部へのご意見ご希望は、同じ住所で「ビーンズ文庫編集部」
までお寄せください。

アルバート家《け》の令嬢《れいじよう》は没落《ぼつらく》をご所望《しよもう》です 2

さき

角川ビーンズ文庫 BB112-2　19280

平成27年8月1日 初版発行
平成28年2月10日 再版発行

発行者――三坂泰二
発 行――株式会社KADOKAWA
東京都千代田区富士見2-13-3
電話(03)3238-8521(カスタマーサポート)
〒102-8177
http://www.kadokawa.co.jp/
印刷所――旭印刷 製本所――BBC
装幀者――micro fish

落丁・乱丁本は、送料小社負担にて、お取り替えいたします。KADOKAWA読者係までご連絡ください。(古書店で購入したものについては、お取り替えできません)
電話 049-259-1100 (9:00～17:00/土日、祝日、年末年始を除く)
〒354-0041 埼玉県入間郡三芳町藤久保550-1

ISBN978-4-04-102945-9 C0193 定価はカバーに明記してあります。

第15回
角川ビーンズ小説大賞
原稿募集中！
「新しい物語」を、
ここから始めよう！
締切 2016年3月31日
（当日消印有効）
★応募の詳細はビーンズ文庫公式HPで随時お知らせします。
http://www.kadokawa.co.jp/beans/
イラスト／カズアキ